DE BUURJONGEN

BOEKEN VAN JAN SIEBELINK

Nachtschade (verhalen, 1975)
Een lust voor het oog (roman, 1977)
J.-K. Huysmans, *Tegen de keer* (vertaling, 1977)
Weerloos (verhalen, 1978)
Oponthoud (novelle, 1980)
De herfst zal schitterend zijn (roman, 1980)
De reptielse geest (essays, 1981)
En joeg de vossen door het staande koren (roman, 1982)
Koning Cophetua en het bedelmeisje (verhalen, 1983)
Arnhem, beeld & verbeelding (met tekeningen van Peter van Straaten, 1983)
J.-K. Huysmans, *De Bièvre* (vertaling, 1983)
De hof van onrust (roman, 1984)
De prins van nachtelijk Parijs (portretten en gesprekken, 1985)
Met afgewend hoofd (novelle, 1986)
Ereprijs (novelle, 1986)
Schaduwen in de middag (roman, 1987)
De overkant van de rivier (roman, 1990)
Sneller dan het hart (portretten, 1990)
Hartje zomer (verhalen, 1991)
Pijn is genot (wielerverhalen, 1992)
Met een half oog (novelle, 1992)
Verdwaald gezin (roman, 1993)
Laatste schooldag (verhalen, 1994)
Dorpsstraat Ons Dorp (briefwisseling met J. Jansen van Galen, 1995)
Vera (roman, 1997)
Daar gaat de zon nooit onder (met Rein Bloem en Johanna Speltie, 1998)
Schuldige hond (novelle, met Klaas Gubbels, 1998)
De bloemen van Oscar Kristelijn (verhalencyclus, 1998)
Mijn leven met Tikker (roman, 1999)
Engelen van het duister (roman, 2001)
Margaretha (roman, 2002)
Eerlijke mannen op de fiets (wielerverhalen, 2002)
Knielen op een bed violen (roman, 2005)
De kwekerij (verhalen, 2007)
Het gat in de heg (met litho's van Klaas Gubbels, 2008)
Suezkade (roman, 2008)
Mijn eerste liefde (verhalen, 2009)
Het lichaam van Clara (roman, 2010)
Conversaties (portretten, 2011)
Oscar (novelle, 2012)
Daniël in de vallei (oerboek) (roman, 2013)
Het wonder dat mij is geschied (Schrijversprentenboek, 2013)
De blauwe nacht (roman, 2014)
Margje (roman, 2015)

Jan Siebelink

De buurjongen

ROMAN

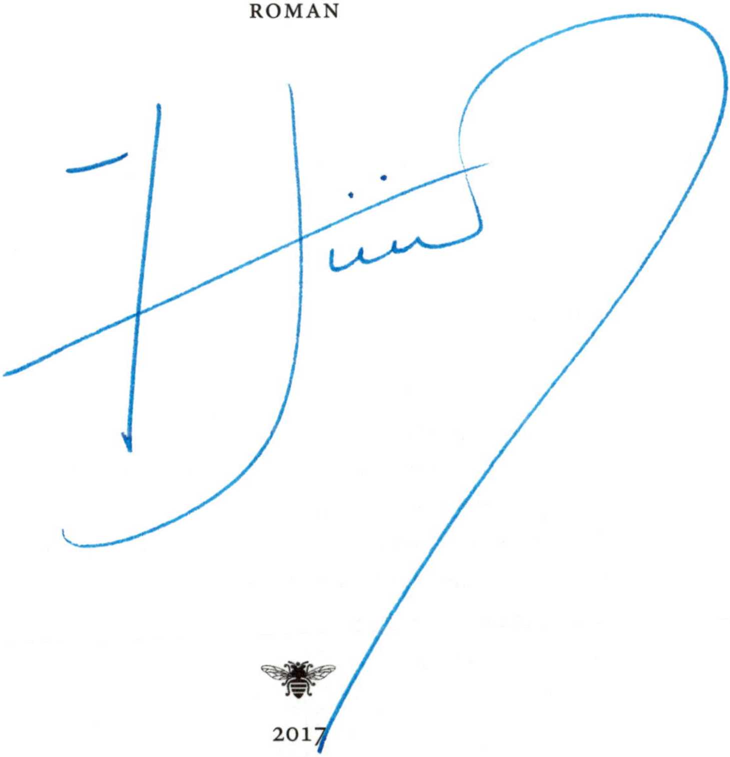

2017
DE BEZIGE BIJ
AMSTERDAM

Eerste druk september 2017
Tweede druk september 2017
Omslagontwerp Brigitte Slangen
Omslagbeeld Cristina Rodriguez, *The Rooster*, 2009 (privé-collectie / The Bridgeman Art Library)
Foto auteur Paul Levitton
Vormgeving binnenwerk Adriaan de Jonge
Druk Wöhrmann, Zutphen
ISBN 978 90 234 6830 1
NUR 301

debezigebij.nl
jansiebelink.nl

Voor Gerda

In de hal van verpleeghuis Insula Dei deze woorden:

Waar zonder waan en zonder trots,
wordt meegeleefd en meegeleden,
daar wordt het kleinste eiland Gods
een vasteland van vrede.

Mensen vertelden later dat ze zonder aanwijsbare reden stil waren blijven staan en naar boven hadden gekeken.

Het was een broeierig hete dag in juli. Waar je de zon vermoedde was de grijze lucht zo licht dat die doorschijnend leek. Je zag de insecten van ver aan komen vliegen.

Een peillood daarin neergelaten zou de bodem nooit bereiken. Een oneindigheid die tot nadenken stemde. Ze was zeker niet dreigend of onheilspellend.

Anderen stapten van hun fiets, keken ook omhoog. Het ongewoon schelle licht deed pijn aan de ogen.

Allen hadden het gevoel dat iets stond te gebeuren, een onthulling zou plaatsvinden. Een gave van boven.

Die geelsmeulende zon.

Hun gevoel had hen niet bedrogen. Een rijzige gestalte daalde neer.

Verwonderd bleef men kijken. Sommigen dachten aan de wederkomst van Christus. Stond er niet geschreven: 'Zie, Hij zal op de wolken verschijnen, de muren van Jericho zullen scheuren, en de volkeren op aarde zullen worden gericht.'

Anderen haastten zich verbijsterd naar huis om hun naasten te waarschuwen over het naderende oordeel.

De graven stonden op het punt te worden geopend en het kaf zou van het koren worden gescheiden.

Enkelen, die bleven, in de ban van de verschijning, wisten met zekerheid te vertellen dat de gestalte, omstraald door licht, een knap en regelmatig gezicht had, en zijn handen zegenend had uitgestrekt.

De zon kwam in alle hevigheid door, de lucht golfde, contouren vervaagden.

Wie nog keek, begon over het warme weer dat maar aanhield. De zomers van vroeger kwamen weer terug. De ouderen onder hen, de sterken, van rond de tachtig, herinnerden zich de hete zomer van '48 toen koningin Wilhelmina afstand deed van de troon.

Nog lang gingen geruchten dat de Christus met een kleine schare in de grensstreek rondtrok, zieken genas, duivels uitdreef, doden opwekte. Geroemd was Zijn gave van het menselijk woord. Wie Hem hoorde, raakte betoverd.

Hij was gekleed in blinkend en smetteloos fijn linnen en wie een blik op Hem wierp, gooide zich ter aarde en riep: 'Amen. Halleluja.'

DEEL EEN

‘Lief jochie van me, draai de kraan goed dicht. Ik wil dat nadruppelen niet.’

Aan die woorden dacht Henk Wielheesen toen de jonge, Surinaamse verpleegster van Insula Dei een glas water op zijn nachtkastje neerzette.

‘Niet dat nadruppelen. Alsjeblieft. Ik word er gek van. En als je de kraan gebruikt, een klein straaltje. Niet dat geplens.’

Als die herinnering bij hem bovenkwam, dook ook dat andere moment op.

Hij was elf jaar en zat in de vijfde van de Jan Ligthartschool voor speciaal onderwijs.

Op een middag kwam hij thuis van school. De sleutel lag onder de vuilnisbak. Hij opende de keukendeur, snoof onmiddellijk een scherpe geur op die hier niet thuishoorde.

Hij rook onraad.

In de huiskamer was de geur sterker. Als een hond stak hij zijn neus in de lucht. Hij herinnerde zich de geur vaag, maar kon hem niet thuisbrengen.

Hij zette zijn schooltas tegen de tafelpoot, keek om zich heen. Boven het dressoir hingen drie borden van

Delfts aardewerk. Ze beeldden het werk op het land uit: het ploegen, zaaien en oogsten. Op de kast stond de bruidsfoto van zijn ouders. Een foto van zijn moeder als jong meisje, in een weiland, kauwend op een grasspriet, en een foto van zijn DUW-opa, leunend op een schop, om zijn broek een stuk touw in plaats van een riem, waren met punaises vastgeprikt op de deur naar de gang. Zijn opa was zijn leven lang los arbeider geweest.

Aan de foto's was niets veranderd. Toch was de kamer niet als voorheen. Het licht viel anders. De muren in die donkere hoek bij de gangdeur waren grijzer, vlekkeriger, alsof daarop bedreigingen waren neergekalkt.

Henk Wielheesen keek aarzelend en angstig om zich heen. Snel raakte hij met zijn hand de tafel, de stoelen, het dressoir aan, tikte daarna met de wijsvinger van zijn rechterhand in de palm van zijn linker, in een poging de herkomst van de geur af te dwingen, zijn angst te bezweren.

Voorzichtig liep hij om de tafel heen, sloot zijn ogen, ademde door zijn neus om beter te ruiken. Alles was onveranderd. Niets was hetzelfde.

Hij opende zijn ogen.

De foto's waren bleke vlekken.

In de kamer was het buitengewoon stil. Het was alsof de buitenwereld extra zijn mond dichthield. Hij stond daar, alleen, met de kwalijke, dreigende geur die van alle kanten op hem afkwam.

Zijn hand trilde op de armleuning van een stoel.

Henk Wielheesen voelde een hand op zijn schouder.

Hij schrok. Het was de geur die tegen hem zei: je weet dat je niet aan mij kunt ontsnappen. Ik ben er nu eenmaal.

Vanaf het brede pad dat naar de boomkwekerij voerde, hoorde hij Ruben: 'Waar blijf je?'

Hij holde naar buiten. Samen liepen ze de kwekerij op.

Rubens vader kwam uit de palmenkas.

'Dag Sieje,' zei Henk Wielheesen.

'Wie het eerst bij de verlospaal is,' riep Ruben.

De verlospaal was een oude perenboom midden op het land.

Henk was de snelste, tikte de stam aan, maar schuurde door de snelheid zijn hand aan de ruwe schors open.

Op dat precieze moment, terwijl hij naar zijn hand keek die bloedde, wist hij waar de vreemde geur vandaan kwam.

'Ruben?'

Ruben keek hem aan.

Henk Wielheesen was op dat moment niet in staat de juiste woorden te vinden. Vanaf zijn vroegste jeugd was het spreken hem moeilijk afgegaan.

Sievez ontsmette de wond.

Zijn leven lang dacht Henk aan dat moment: zijn hand op de knie van Ruben, Sieje die zijn hand verbond.

~

Het was een warme septemberdag, in 1950.

De twee jongens fietsten de Bergweg af. Ze riepen luid: hey-ba-be-riba. Een oorlogskreet. Niemand wist waar die vandaan kwam. Hij werd in die tijd door alle jongens van elf jaar geschreeuwd als ze in de rivier zwommen en scheepjes oppikten, een boomhut bouwden of, zoals vandaag, naar de motorraces met zijspan gingen.

Hey-ba-be-riba. Geheimzinnige klanken.

Henk probeerde zo goed mogelijk met Ruben mee te schreeuwen, maar liet altijd wel ergens, door een te haastige inzet, een lettergreep schieten.

Onder aan de straat, voor ze linksaf sloegen, tegenover de lijstenwinkel van Ruysch, op de hoek met de Vlashofstraat, keek Henk om, zwaaide naar zijn moeder aan het tuinhek.

De jongens kwamen bij de rand van het dorp, waar de heuvels begonnen, passeerden, steeds steiler omhoog fietsend, de kruising Emmapiramideweg-Kluizenaarsweg, kwamen bij een verlaten, dichtgetimmerde uitspanning. Op een verbleekte, oranje affiche was nog leesbaar: Neêrland zal herrijzen.

Ze stapten af.

Met de fiets aan de hand volgden ze een kronkelig bospad, hoorden gedempt door het dichte onderhout de echo's van motoren, kwamen ten slotte op een groot zanderig terrein, aan de voet van de Emmapiramide, een ruim honderd meter hoge uitkijktoren.

In het lawaai van de stationair draaiende motoren, keurig in het gelid, op de standaard getrokken, zetten ze hun fietsen tegen elkaar in de hoek van het terrein waar de Duitse bunker lag.

Ze keken snel door de kijkspleten en schietgaten, toen naar de wapperende geel-rode banieren op de vier hoeken van het terrein. 'Coupe d'or – Grand Prix motorraces met zijspan – Zijpenberg'.

Deze wedstrijd telde mee voor de Europese kampioenstitel. De laatste zijspanrace op dit vermaarde circuit met zijn dubbele S-bochten, die als zeer gevaarlijk bekendstonden, dateerde van '39, enkele maanden voor de oorlog.

De beide jongens konden daar geen herinnering aan hebben. Ze waren in dat jaar geboren.

De wedstrijd zou pas over twee uur beginnen. Ze hadden vrije toegang tot dit terrein achter de startplaats omdat Henks vader EHBO-wijkhoofd was.

Ruben wees naar de overzijde van het rechthoekige veld. Daar stond de centrale EHBO-post.

'Misschien zien we je vader,' zei Ruben.

Ze liepen de kant op van de motoren. Tussen de hardrode Harley Davidsons en de gele Nortons liepen mecaniciens in helblauwe overalls. Ze sleutelden aan de motoren, draaiden een moer vaster, voerden de laatste controles uit.

De jongens mochten met hun hand over het dunne staalplaat gaan van de torpedo-achtige zijspan.

Een van de monteurs, liggend op zijn rug, riep tegen hen dat ze straks fantastisch bochtenwerk zouden zien. 'Acrobatiek.' Hij schreeuwde om boven het lawaai van de motoren uit te komen.

Henk zag op de benzinetank een verbleekt plakplaatje: Neêrland zal herrijzen.

De monteur kwam overeind.

De race van '39 had hij meegemaakt. Hij was al na de eerste ronde stilgelegd. De motor had een veel te hoge snelheid gehad om behoorlijk de bocht uit te driften. Hij was geslipt en over de kop geslagen. De machine was de helling afgevlogen en totaal uitgebrand. Motorrijder en bakkenist waren met de schrik vrijgekomen. Zwarte rookwolken. Die bleven als donkere wolken tussen de bomen hangen.

Hij werd geroepen.

Henk Wielheesen voelde zich blij en onbekommerd, maar toen een motor vlak achter hem werd gestart schrok hij, ging direct wat dichter bij Ruben staan. Ruben legde zijn hand op Henks arm.

'Morgen, jouw verjaardag. Dan zijn we weer even oud.'

'Mama is nu in het dorp om boodschappen te doen.' Hij raakte Rubens arm aan.

Eén cadeau wist hij al. Zijn vader had in de avonduren, op het stukadoorsbedrijf waar hij werkte, een kippenhok voor zijn zoon getimmerd, ruim genoeg voor een toompje van een haan en drie kippen. Een hok met een uitloopren. Henk had aan het gezicht van zijn moeder gezien dat zij nog blijer met het cadeau leek dan hijzelf. Ze had het niet verwacht. Naast zijn werk als stukadoor was hij wijkhoofd, en trainde op zondagmorgen ook nog de jeugdelftallen. Zijn vader trok de krijtlijnen op het veld en hing het net in het doel. Henk gaf niet zoveel om voetballen. Toen hij nog heel jong was, had zijn vader een bal voor hem gekocht. Hij had de bal naar zijn zoon geschopt. Die had op dat moment zijn aandacht bij iets anders gehad en de bal was langs hem heen gerold. Papa had zijn teleurstelling nauwelijks kunnen bedwingen.

'We gaan kijken of we je vader zien.'

Ja, Ruben... wilde hij zeggen, maar hij kon alleen 'ja' uitbrengen.

Door alle rumoer om hem heen, door alle verwachting voor vanmiddag en voor morgen zou zijn tong zich opbollen tegen zijn verhemelte en die beide woorden zouden tot één lettergreep versmelten. Dan was hij weer eens in de greep van een grote verlegenheid of schaamte. Ja, daarover zou hij zich schamen.

De jongens staken de geheel door dichte sparrenbossen omsloten zandvlakte over. De motorrijders stonden in groepjes bij elkaar. Ze zagen er onheilspellend uit in hun witte motorpakken, met talloze insignes van merknamen en hun donkergroene brillen met mica glazen, die hun ogen ook van opzij bedekten. De bril zat met een brede, zwarte, elastieken band om het hoofd geklemd. Sommigen, ondanks de zon en het op het gele zand weerkaatsende licht, hadden hun bril op het voorhoofd geschoven.

Een motor werd opgestart, begon rondjes te rijden. Andere volgden. De brullende motoren echoden tegen de dichte bossen rondom. Het tumult nam toe.

Henk Wielheesen drukte van opwinding de punt van zijn tong zo hard mogelijk in zijn wang.

'Wuwwn.'

Ruben draaide zich bezorgd naar hem toe, legde een arm om hem heen. Zij, samen, maakten deel uit van dit geweldige spektakel. De echte race, de echte opwinding, moest nog komen. Morgen ook, zijn verjaardag. De buren zouden op bezoek komen.

Tegelijkertijd zagen ze, in de schaduw, de centrale EHBO-post. Op de verschoten en op sommige plaatsen ingescheurde legertent, overgenomen na de oorlog, van het Canadese bevrijdingsleger, prijkte een oranje-blauw vlaggetje. Om de tent heen was veel drukte. Mannen in legerkleurige kleding liepen in en uit. Terzijde lag een stapel brancards.

Motoren met zijspan maakten oefenrondjes, joegen donkergele zandwolken op. De EHBO-post was een moment volkomen onzichtbaar.

Ergens in die zandwolk was zijn vader. Henk Wielheesen zag in gedachten zijn vader. Hij dacht aan hem, in de tent, zag de scheiding, precies over het midden, en aan weerszijden, vlak over de schedel gekamd, het dunne, blonde haar, in twee vakken verdeeld.

Naast de tent stond ook een jeep, met op de achterbank rood-witte bakens voor de afzetting.

Een lauwe, onrustige wind stak op. Een nieuwe stofwolk dreef richting de tent, loste op, boven de donkere sparren.

Ruben was de eerste die Henks vader zag.

Hij droeg een kaki overhemd met korte mouwen, een legerkleurige broek, soldatenkistjes, en, schuin op het hoofd, een baret met het EHBO-insigne. Om zijn linkerarm een smalle, witte band.

Zijn vader gaf aanwijzingen. Henk Wielheesen dacht aan hun huis. Naast de voordeur, boven het metalen plaatje met het huisnummer 19, zag je een brede plaat met 'Wijkhoofd'.

Op het stukadoorsbedrijf in de stad was zijn vader knecht, gespecialiseerd in restauratie van plafondengelen. Maar hier had hij het voor het zeggen.

Henk Wielheesen zwaaide naar zijn vader.

Zijn vader was met zoveel dingen tegelijk bezig. Hij zag zijn zoon niet.

'Papa!' Hij gilde bijna, maar het klonk heel zwak in alle herrie en zandwolken.

Het was voor zijn vader onmogelijk die stem te horen.

Nieuwe stofwolken onttrokken de tent aan het gezicht.

'Hij heeft het extra druk,' zei Ruben. 'Het is vlak voor de wedstrijd. We blijven voorlopig hier.'

Henks vader gebaarde naar iemand. Je zou zeggen dat de ander niet begreep wat van hem gevraagd werd. Wielheesen wees strak met een vinger naar de grond. Het had er alle schijn van dat hij iemand terechtwees.

Henk volgde vaders hand, vaders wijsvinger. Die hand zou hij uit duizenden herkennen. Hij was groot, breed, wit. Als vader van zijn werk kwam, waste hij zijn handen met veel water en zeep. Zorgvuldig waste hij elk plekje van zijn lichaam dat met pleisterkalk in aanraking was geweest. Daarna begon hij zijn vingers onder de nagels schoon te maken. Moeder hielp hem daarbij en mopperde soms. Hij had toch dunne handschoenen kunnen aantrekken bij het werk? Er mocht geen vuiltje blijven zitten. Zij wreef zijn handen in met glycerine en kamferspiritus. Boven trok hij schoon ondergoed aan, en andere kleren. Handschoenen? De baas zag hem aankomen.

Op dit moment in het harde zonlicht, teruggekaatst van het zand, was, behalve de handen, ook vaders gezicht heel erg wit. Alles aan zijn gezicht leek van een doorzichtige bleekheid.

Henk keek opzij naar zijn vriend. Die zou ook dat bleke aan zijn vader zien.

Henk Wielheesen dacht aan zijn moeder. Ze deed nu boodschappen in het dorp. Dan zou ze deze kant opkomen, al hield ze niet van motorraces.

Ruben riep: 'Buurman!'

Vader droeg zijn baret zo schuin dat Henk het lichtblonde haar kon zien. Zelfs van afstand was de scheiding een wit kalkweggetje.

Henk veegde met zijn arm het zweet van zijn voorhoofd. Al als kleine jongen had hij al dat wit van zijn vader opgemerkt. Er waren momenten dat hij daarom liever niet naar zijn vader keek en zijn hoofd afwendde.

Mama verdroeg dat witte van papa ook niet. Henk had haar eens tegen buurvrouw Sieje horen zeggen: 'Daar moet toch iets aan te doen zijn?'

Ruben onderbrak zijn gedachten.

'Je vader is druk bezig. We kunnen beter teruglopen naar de bunker.'

Door de microfoon klonk geluid, gevolgd door applaus, gedempt door de dichte bossen.

In de tentopening verscheen een lange, magere vrouw. Henks vader stond bij de stapel brancards. De vrouw droeg een baret met het EHBO-insigne, een kaki bloes en rok. Om haar linkerarm zaten twee smalle witte banden. Zij sprak hem aan.

De jongens gingen dichter naar de tent toe. Zij sprak luid en opgewonden tegen Henks vader, wees nadrukkelijk naar de brancards. Een lok sluik, donker haar, die voor haar gezicht viel, streek ze met een snel en geërgerd gebaar weg. De lok viel even snel weer terug. Wat ze zei was niet te verstaan. Ze was duidelijk heel ontevreden over de gang van zaken. Henk Wielheesen keek de andere kant op. De motoren waren weer op hun standaard getrokken, maar bleven stationair draaien.

De vrouw verdween in de tent. Ruben dacht dat ze hinkte. Henk keek nog steeds de andere kant op.

Zijn vader stond daar, de zon in het gezicht. Van de drukte om de tent heen was niets meer over. Hij stond daar helemaal alleen bij de stapel brancards. Henk zou naar hem toe willen rennen.

'Henk, hij heeft ons gezien. Hij roept ons.'

Ze renden op hem toe.

'Jullie komen als geroepen.'

Zijn vader tilde een brancard van de stapel. Die moest naar de hulppost, net voor de laatste bocht. Er was haast bij. Ze kregen een polsbandje om. Dan mochten ze over het parcours lopen.

Wielheesen legde kort zijn hand op Henks hoofd, die blij verrast opkeek. Zo vaak deed papa dat niet. Zijn vader zocht steun bij hem.

'Straks komt mama ook,' zei hij tegen zijn vader. Zo hield hij het innige contact nog wat langer in stand.

‘Dat is wel de bedoeling. Ga nou maar.’

De jongens pakten de draagbaar op, een lap bruin zeil tussen twee stokken, die niets woog.

De leidster stond in de tent, maar kwam niet naar buiten.

De jongens liepen richting de uitkijkheuvel. Henk keek achterom naar zijn vader. Hij ging net de tent binnen.

De politie liet hen door.

Het publiek stond aan weerszijden van het circuit, achter dranghekken, rijen dik. De mensen hadden behoefte aan een verzetje. Het land bevond zich nog steeds in de wederopbouw. Het asfalt dampte waar de zon door de loofgang heendrong.

Ze bleven aan de kant lopen, want er was steeds het onverwachte opduiken van een Norton of een Harley die een proefrondje reed. De motorrijders droegen windsels om de benen. De bijrijder in de zijspan hing buitenboord, aan de handgreep, vlak boven de weg, naast de wielspaken.

Ze keken opzij het nauwe beekdal in. Een stroompje flonkerde tussen rode zwerfkeien. Daar begon het sprengenveld. Vorige week hadden ze samen de loop van de beek gevolgd.

In de bochten waren barrières gestapeld van balen geperst stro. Op die plaatsen mocht geen publiek staan.

Henk Wielheesen dacht aan de uitval van de vrouw. Vaak kwamen EHBO’ers aan huis om te vergaderen. Haar had hij niet eerder gezien.

Ruben liep voorop, keek achterom. Zijn blik was bezorgd, als die van een oudere broer.

De weg werd steiler. Je voelde het aan je kuiten. Het dal dieper.

Henk voelde zich veilig bij Ruben. Zijn vriendje wist dat hij in staat was om zomaar op de grond te gaan liggen, en niet verder wilde. Op het asfalt zou hij zomaar in slaap kunnen vallen.

Ze kregen, tussen de bomen door, de hulppost in het oog. Uit luidsprekers schalde muziek. Ze vulde de dalen, klonk op tegen de hellingen.

Mama zou allang klaar zijn met de boodschappen. Ze wilde alleen naar de banketbakker, vooraan in het dorp, bij de trolleyhalte.

Het gebrul van de motoren op het zanderige terrein, diep beneden hen, klonk gedempt en toen ze nog hoger kwamen was dat lawaai niet meer dan een zacht knetterend houtvuurtje, totdat het helemaal verzonk in de dikke moslagen.

Het was hier bijna kil. Een kleine rilling trok over Henks armen. Toen over zijn rug. Hij dacht dat een spin over zijn huid liep.

De hellingen werden kaler. Meer zon viel tussen de bomen door, die flakkerende schaduwen op de weg gaf. Ineens was het ook of zich dicht om hem heen alle racemotoren bevonden, op volle snelheid, als bij het steilewandrijden op de kermis in het dorp. Was de wedstrijd al begonnen? Henk Wielheesen dacht aan alles tegelijk: aan zijn vader, aan mama op weg hiernaartoe, aan zijn verjaardag morgen. Mama zou er al zijn, wachtte op hen bij de uitkijktoren. Hij voelde zich zo licht, zo vrolijk.

Abrupt stond hij stil, liet de handvatten los. Hij moest

Ruben aanraken voor ze verder gingen. Zijn neiging om onder het lopen een tak of het plaveisel even aan te raken, had hij bedwongen.

Hij hield Rubens hand vast. Ze bleven bij elkaar staan, keken de diepte in, hoorden helder klaterend water.

Ze liepen door.

De wind blies dwars over de weg. Een smalle roetsjbaan van licht, die kort verblindde.

Hier stond veel publiek.

Een stem uit het publiek. 'Ga er zelf maar op liggen.'

'Niets van aantrekken, Henk,' zei Ruben onmiddellijk.

Dor blad, proppen papier kwamen op de brancard neer.

'Rennen,' riep Ruben.

Ze kwamen bij de hulppost, werden met een jeep teruggebracht. Henks blik was dromerig, in zichzelf gekeerd.

Een windvlaag draaide het blad hoog in de boomtoppen om en het klonk of dat van metaal was.

Het startschot.

De motoren gingen op in de schemer van het parcours. De twee jongens liepen de zandvlakte op, de zon in. Die was, met de verschoten tent, bijna wit in het schelle licht. Een stoffig, verlaten terrein.

De vrouw stond in de opening van de tent. Ze zag de jongens en kwam op hen toe.

Ze boog zich naar Henk, die om zich heen keek, zijn moeder zocht.

'Je papa is om dringende redenen weggeroepen. Ik heb geen idee wanneer hij terugkomt.'

Ze streek liefdevol met haar lange hand over zijn hoofd. Hij schudde met zijn hoofd.

'Mama?' Zijn stem klonk angstig.

'Met je vriendje mag je naar de wedstrijd kijken. Ik heb mooie plaatsen voor jullie gereserveerd.'

Vanuit de EHBO-post werd ze geroepen. Ze wuifde. Ze zou er zo aankomen.

Henk rilde. Hij raakte verkild alsof hij in de schaduw stond. Ruben legde een arm om hem heen. Henk voelde de hand op de botten van zijn schouder, voelde dat zijn huid daar samentrok onder de warmte van Rubens hand. Een angstig dier kroop tegen Ruben aan. In zijn hoofd was een zacht suizen begonnen, alsof daar met een fijne broes water verneveld werd.

Een groep mecaniciens zat in de zon. Ze dronken bier, rookten sigaretten en lachten hard.

De vrouw vroeg of ze al beslist hadden. Ruben zei dat ze er nog over nadachten.

'Zal ik wat te drinken laten brengen?'

Henk had een droge keel, maar hij wilde geen water. Zijn bloes was doorweekt. Hij plukte aan zijn doornatte kleren om ze los te maken van zijn huid.

'Je hijgt,' merkte Ruben op. 'Je hebt het benauwd. We gaan thuis kijken wat er aan de hand is.'

Hij veegde met zijn hand Henks voorhoofd af.

De vrouw bleef nog bij hen staan. Henk Wielheesen had de indruk dat zij met haar lange, harde vingers op zijn hoofd duwde en hij wist al dat hij zich uit die wurggreep nooit los zou kunnen wringen.

De leidster begaf zich in het poederwitte licht naar de centrale post. De jongens gingen richting de bunker om hun fiets te pakken. Ergens boven hen raasden de motoren.

Met de fiets aan de hand liepen ze om de Emmapiramide heen.

'Je opa heeft aan deze berg gewerkt. Je DUW-opa...'

Een leven lang zou hij de beelden van die dag met zich meedragen. Naar het einde van zijn leven toe zouden ze alleen maar in helderheid toenemen: de vrouw in het schelle licht, het lawaai, de schemer onder de bomen, mama in het ziekenhuis. Van haar gezicht waren alleen de gesloten ogen te zien.

DEEL TWEE

Henk Wielheesen, elf jaar en een paar maanden, keek om zich heen, midden in de huiskamer, zag de foto op het dressoir, de borden tegen de muur waar zijn moeder zo trots op was. Hij wist niet wat hem te wachten stond.

Hij opende de deur naar de gang. Hier viel alleen licht door het halvemaanvormige glas-in-loodraam boven de voordeur. Het rook sterk naar mest, naar dier.

Henk deed het ganglicht aan. Groen licht scheen door de zeshoekige perkamenten lampenkap op zwarte rijlaarzen onder de kapstok.

Hij schopte tegen een laars die vertraagd omviel, alsof er een been in zat. Het spoor schaafde rinkelend over de tegelvloer. Hij schopte tegen de andere laars. De laarzen lagen naast elkaar. Hij schopte ze tot aan de voordeur.

Met de klas had hij dit jaar een bezoek gebracht aan de manege even buiten het dorp. Hij wist waar sporen voor dienden, hoe je je stalvliegen van het lijf moest houden, en ze hadden met een zweep door de lucht mogen zwiepen. Hij bukte zich, stak zijn vinger in de holle, leren buis aan de achterkant van de laars. Er zat geen zweep in.

Hij bleef naar de laarzen kijken, zette ze weer naast elkaar onder de kapstok. Toen pas zag hij aan een knaapje haar EHBO-jasje met het insigne en de dubbele, witte armband.

Henk rende naar school om het Ruben te vertellen. De klas waarin zijn vriendje zat zou volgend jaar toelatingsexamen moeten doen voor de middelbare school in de stad en kreeg na schooltijd extra les in Frans en Engels.

De les was al begonnen. Daarom ging hij naar Sieje.

De kweker zat op de rand van het waterbassin. Het leek of hij op Henk Wielheesen wachtte.

Henk ging naast hem zitten.

'Hoe is het met je wond?'

'Ik heb geen pijn meer.' Henk ging met zijn hand door het koele water. 'Sieje, is het w-w-waar dat jij met een engel gesproken hebt?'

'Och jongen. Kom, er is werk aan de winkel. Ik heb een mooie bestelling van hotel-restaurant Naeff.'

Zijn hand schrijnde, de wond trok, maar hij wilde graag helpen. In zijn vrije tijd was hij altijd op de kwekerij.

Ze liepen de werkplaats in. Een tussendeur gaf toegang tot de twaalf meter hoge palmenkas waarin altijd een groene schemer hing. Hans Sievez verhuurde tropische planten aan hotels en restaurants in de omgeving. Daarnaast kweekte hij zeldzame coniferen, struiken en veredelde vruchtbomen.

De tussendeur zat altijd op slot. De waarde van de kuipplanten was groot.

Sieje ontsloot de deur, trok hem met een korte ruk open. Door het vocht klemde de deur.

Henk snoof de zoete, vochtige geur op die hem altijd licht bedwelmde. Hier vergat hij de wereld buiten. Condensdruppels vielen van de ruiten naar beneden, hadden in de harde grond van het looppad ontelbare kleine, ronde gaatjes geboord.

Direct rechts van de deur stond een oud ladenbureau. Hier stond de telefoon. Er lag een notitieblokje om bestellingen te noteren, een bos gele etiketten voor plantennamen. Aan haken hingen strengen blanke en gekleurde raffia.

Met een steekwagen reed de kweker een tiental citroen- en sinaasappelboompjes naar de werkplaats. Ze waren bestemd voor de tuinzaal van Naeff.

Ze namen de bladeren nat af, droogden ze met een doek. De bestelling zou vanavond worden opgehaald.

Sievez deed nieuw verband om de hand van de jongen.

'Hoe was het op school vandaag?'

'Ik heb een acht voor taal gehaald.'

'Prachtig. Kom mee.'

Ze gingen dieper de palmenkas in. Sommige palmen reikten tot aan de nok. De luchtramen stonden op hun hoogste stand. Ze gingen een hoog houten bruggetje over. Het binnenbassin was verbonden met de watergoten buiten, die het regenwater opvingen.

Bij de afdeling bloeiende bougainvillea's lag zelfs op de ramen een paarse gloed.

Bij de agaves bleven ze staan. De grijsblauwe bladeren

hadden de vorm van een zwaard en waren meer dan een meter lang. De jongen voelde aan de vlijmscherpe zaagtanden, even gevaarlijk als de sporen van de rijlaarzen.

Sievez waarschuwde hem voor de verraderlijke scherpte.

Van een zeer zeldzame variant, de geelgestreepte agave, wist Henk de Latijnse naam nog.

'Agave striata.'

Hij hoefde niet eens na te denken. Die naam had hij paraat.

'Wonderbaarlijk,' mompelde de kweker.

Hij keek de jongen verbaasd aan.

Van deze variant bezat hij zeven exemplaren. Eén was verborgen achter de neerhangende groene slingers van een oude asparagus op een schap.

Sievez verschoof de plant. Henk Wielheesen zag een crème-gele tong die oprees uit het hart van de agave. Hij was zeker twintig centimeter lang.

'Vannacht in bloei gekomen. Deze bloeit eens in de zeven jaar.'

Henk rook aan de bloem.

'Sieje, hij stinkt.'

'Zo lokt hij insecten.'

'Bij een nieuwe bloem ben ik achttien.'

'Dan heb je de lagere tuinbouwschool al achter de rug en wie weet werk je hier op de kwekerij.'

Bij Sieje voelde Henk zich op zijn gemak.

Ze liepen terug naar de werkplaats.

'Ik heb een plaatje met de Ark des Verbonds. Daarop staan twee engelen, met het gezicht naar elkaar toe.'

'Daarin ligt de Wet,' merkte Sievez op.

'Van Ruben heb ik gehoord dat je met een engel gesproken hebt.'

De telefoon ging.

'Neem jij op, Henk.'

Hij durfde niet. Hij zou nooit een telefoon opnemen als hij niet tevoren wist wie aan de lijn was.

Sievez nam op.

Henk hoorde dat het zijn vader was.

'Je vader wil dat je thuiskomt.'

'Hij is nooit zo vroeg thuis. Sieje, ik heb de meester vandaag mijn herbarium laten zien.'

'Ga eerst naar huis.'

Zijn vader wachtte hem op onder de kleine veranda met het schuin aflopende dak van gekleurd glas. De ligstoelen met oranje linnen waren dichtgeklapt en stonden tegen het houten beschot.

Het dak wierp rode en groene streepjes op vaders gezicht. De tuindeuren stonden open. Zijn vader draaide zich om, sprak met iemand binnen.

Henk stelde de ontmoeting uit, opende het kippenhok. De hennen vochten om een plaats op zijn schouder, de haan scharrelde aan zijn voeten. De bus voer had hij vanmorgen per ongeluk in het hok laten staan, zodat hij niet eerst naar de fietsenschuur hoefde te lopen. Hij liet ze zaad uit zijn hand pikken. Door het betraliede, bestofte raampje zag hij dat zijn vader nog steeds met de rug naar hem toe stond.

In het leghok vond hij twee eieren. Met de bus voer kwam hij het hok uit. De bus zette hij op het schap in de fietsenschuur, naast een verminkte plafondengel. De schuur had geen raam en er was ook geen verlichting. Hij liep terug naar het hok om de twee eieren te pakken. Ze voelden nog lauwwarm aan.

Naast zijn vader stond de vrouw uit de EHBO-tent.

Hij liet de twee eieren zien.

'Leg ze in de keuken op het aanrecht, in het emaillen bord,' zei zijn vader.

Hij liep voor de vrouw langs naar de keuken. Hij legde de twee eieren in het bord waarop zijn moeder altijd de takjes peterselie liet drogen.

Hij draalde bij het aanrecht, overwoog een moment het huis in te vluchten en via de voordeur naar de buren te rennen.

'Waar blijf je?' vroeg zijn vader.

Via de voordeur kon hij snel op de straat zijn. Hij kon de straat uit rennen, de Vlashofstraat in, de Hoofdstraat. De trolley naar de stad nemen.

Die twee staken een sigaret op.

Als hij later aan dat moment terugdacht, geloofde hij uren bij het aanrecht gestaan te hebben, bevend over zijn hele lichaam. In werkelijkheid waarschijnlijk niet langer dan nodig was om een sigaret uit een pakje te halen en op te steken. Wanneer hij daar later aan dacht, voelde hij opnieuw de spanning in zijn nek. In zijn buik vooral.

Hij kon geen kant op. Een door jagers opgejaagd beest, verstrikt in een braamstruik. Henk Wielheesen voelde doornen. Met zijn rug stond hij naar de keukendeur.

Zijn vader, sigaret tussen zijn lippen, kwam hem halen, draaide de jongen om, duwde hem naar buiten, tot aan de veranda, totdat hij voor de vrouw stond.

Gelukkig dat een hoge, dichte laurierhaag hun tuin scheidde van het brede pad naar de boomkwekerij.

'Lieve jongen, we kennen elkaar. Ik ben Toos Radstake.' Ze boog zich naar hem toe, sluik, donker haar viel voor haar gezicht. 'Wat is er met je hand gebeurd?'

Hij wilde zeggen: aan een roestige spijker opengehaald, maar hij zei niets, keek langs hen beiden heen, zag een zijvlak van de palmenkas die hoog boven de omgeving uitstak.

'Zeg wat!' gebood zijn vader. 'Wees een beetje tegemoetkomend.'

Ze plantte haar handen op zijn schouders.

'Nou, lief jochie, wat is er met je hand gebeurd? Het bloed komt door het verband heen.'

Hij voelde weer haar vingers, tuurde langs de vrouw heen de kamer in, toen ging zijn blik omhoog, langs de dakveren. Zijn kin beefde.

Zij ging op haar hurken zitten. Op haar gewone kleren droeg ze ook het EHBO-insigne. Maar dit insigne zag er meer uit als een medaille.

'Ik vind je een mooi jongetje. Je hebt warme ogen. Dat zag ik toen al.'

Ze was vastbesloten hem voor zich te winnen.

'Spreek haar met "tante" aan,' zei zijn vader. Het peukje kleefde aan zijn onderlip.

'Je bent gek op planten en je weet er veel van. Ik heb stiekem in je herbarium gekeken. Dat ziet er heel verzorgd uit.'

Ze ging staan.

In Henks herinnering was ze anders. Hij wist niet waarin dat zat. Nog langer, nog magerder was ze in werkelijkheid. Uit haar tas haalde ze een haarkam, schoof met beide handen het haar naar achteren, zette de dichte bos vast in haar nek.

'Kippen zeggen me niet zoveel. Maar jij bent er gek mee.' Ze legde een arm om hem heen. Ze zei dat ze hem begreep. Het was natuurlijk heel moeilijk allemaal.

Hij had zich iets van haar weggedraaid en stond deels in het avondlicht. De laatste stralen licht zetten de nok van de palmenkas in vuur en vlam. In de lichte wind die opstak leek het zelfs of een rij brandende toortsen boven op de kas stond. Hij had tegelijk de indruk dat haar mond vanbinnen zwart was.

~

Henk Wielheesen vluchtte naar zijn kamer boven, naast de ouderlijke slaapkamer, bladerde in zijn herbarium, een extra dik, maar eenvoudig spiraalschrift. Hij was met zijn verzameling gedroogde planten begonnen in de vierde klas, gestimuleerd door zijn onderwijzer. Voor elke bloem had hij een bladzij ter beschikking.

Hij tekende vakjes. Daarin schreef hij de Nederlandse en de Latijnse naam, de vindplaats, de staat waarin de bloem en het wortelgestel verkeerden. Buiten de vakjes noteerde hij met een enkel woord een opvallende gebeurtenis. De vorige week had hij een blauwe ereprijs gevonden. Die had hij gisteren ingeplakt. Het blauw was bij het drogen vrijwel intact gebleven. Hij had er drie keer 'mama' bij geschreven.

Hij hoorde hen bovenkomen, trok zijn deur goed dicht. Ze liepen nu over het zeil van de overloop, bleven voor de oude mahonie linnenkast staan. Het was een erfstuk uit de familie van moederszijde. In de loop van de tijd waren de deuren door lekkage ontzet geraakt. Hoe voorzichtig je ook te werk ging, ze gingen altijd met een weeklagend geluid open.

Zijn hart bonsde. Als zij de kastdeur opentrok en in het linnengoed ging scharrelen, zou hij zijn kamer uit komen. Ze had daar niets te zoeken. Ze had hier helemaal niets te zoeken. Je blijft van het linnengoed van mijn moeder af. Dat zou hij zeggen.

Ze deed neerbuigend over de linnenkast. Bovenop ontbraken pilaartjes. Voor de inhoud had ze helemaal geen belangstelling. Wat haar betreft mocht dat hele geval het huis uit. Geen mens die er nog een cent voor wilde geven. Die opmerkingen wekten woede en opluchting bij hem op.

Ze gingen de slaapkamer binnen. Ze deed de deur van de vaste kast open en hij hoorde haar zeggen: 'Hier komt het linnengoed.'

Zij klopte op zijn deur. Mocht ze binnenkomen? Hij gaf geen antwoord.

Zijn vader deed de deur open. Ze bleven op de drempel staan.

Daarna ging zijn vader de overloop op, zij bleef vanaf de drempel rondkijken. Ze sloot de deur.

Zijn vader zette de losse ladder, die altijd tegen de reling van de overloop lag, in het zoldergat. Aan het zolderluik zat nog de oude trekhaak van voor de oorlog. Daaraan zat een koord waarmee je het luik kon opentrekken.

Zijn vader en de vrouw beklommen de trap. Op zolder stond een oude dekenkist. Het gewelfde deksel was vanbinnen bekleed. Op het deksel en op alle hoeken zat koperbeslag. Volgens mama moest de dekenkist eeuwenoud zijn. Ze wist niet hoe die in de familie was gekomen.

Ze daalden de ladder af. Zijn vader legde de trap weer tegen de reling. Ze keken nog even in het kleine kamertje dat op de straat uitkeek en gingen naar beneden.

Ze spraken nauwelijks. Zijn vader was altijd kort van stof geweest.

Beneden liepen ze een tijd heen en weer. Ten slotte verlieten ze het huis via de voordeur.

Hij keek hen na vanuit de voortuin.

Waar de Bergweg overging in de smalle, donkere Vlashofstraat verloor hij hen uit het oog.

Joop Ruysch, de jonge eigenaar van de lijstenwinkel onder aan de straat, kwam net de Bergweg af, stopte, stak een hand uit het raam van zijn auto en vroeg Henk hoe het met hem ging. Joop had dit jaar onverwacht zijn vader verloren. Hij zette de oude zaak zelf voort.

Henk Wielheesen had zijn kippen al gevoerd, maar hij wilde ze vandaag extra verwennen. Tussen de rijen coniferen op de kwekerij zocht hij naar muur. Toen hij met een handvol vers onkruid bij het hok kwam begonnen de hennen te kakelen. De haan kraaide. Ze zaten al op stok, maar vlogen op zijn arm en schouder. Hij trakteerde ze, zei lieve woordjes, hield zijn warme hoofd tegen hun warme kop, knuffelde de haan.

Hij hoorde zijn vader op het grind langs het huis. Henk streek over de snavel van de veelkleurige haan. Volgens Sieje was het groen van de staartveren het groen van bevroren boerenkool.

Hij zag zijn vader naar binnen gaan, daarna kwam hij recht op het hok af.

De jongen zag hem door het ruitje aankomen.

De dieren hadden de bodem in het hok door eindeloos gepik uitgehold en vastgetrapt. Als hij alle tijd had, ging hij in die gerieflijke uitholling zitten, die fraaie, ronde kom van aarde, vol marmerkleurige stippen en strepen van verkalkte uitwerpselen. Dat had hij onlangs van de meester geleerd: een kip piste en poepte tegelijk.

Vader was vlakbij.

De haan zat op zijn hoofd, de hennen op zijn schouders.

Henk knipte met zijn vingers, wees met een kort gebaar naar de grond. De dieren begrepen hem. Ze kwamen omlaag, spreidden hun vleugels, als om hem te beschermen.

Zijn vader bukte, keek het hok in. Henk Wielheesen zag de precieze scheiding van vaders haar.

'Je begrijpt het, Henk.' Hij onderbrak zichzelf geërgerd: 'Zo kan ik niet praten. Kom eruit.'

Henk kwam direct naar buiten. De stem van zijn vader klonk als in de tijd van moeders dood.

'Kijk me aan. Er gaan dingen veranderen. Ze komt bij ons inwonen. Er hoort een vrouw in huis. Wat precies gaat veranderen zal de tijd leren.'

Zijn vader was verlegen met de situatie. Hij zei ook nog dat er geen andere weg was. Henk Wielheesen verwachtte de grote, zware hand van hem op zijn hoofd. Dat gebeurde niet. Hij raakte zijn zoon ook niet aan. Zijn vader liep naar de fietsenschuur om die op slot te doen en mompelde in zichzelf: 'Dat is waar ook. Ik zou daar licht in aanleggen.'

'Ja, mama heeft daar nog om gevraagd. Ze kon er nooit wat vinden door dat donker.'

'Zei ze dat?' Hij keek zijn zoon aan. 'En dit nog: zij wil boven een vertrek voor zichzelf. Om zich daar te verkleden, op te maken. Een vaste plek waar ze haar spullen kwijt kan, doosjes met crème, lippenstift. Ik heb het rommelkamertje boven voorgesteld. Daar is iets leuks van te maken. Daar neemt ze geen genoegen mee. Ze heeft haar keus op jouw kamer laten vallen.'

Het was doodstil.

Alleen de laurierhaag huiverde, zuchtte.

Henks vader voegde daar nog aan toe dat hij had geprobeerd haar van dat idee af te brengen. 'Jij krijgt de voorkamer beneden, je oude speelvertrek.'

Henk Wielheesen dacht aan zijn moeder die daar lag opgebaard.

'Zeg wat!' schreeuwde zijn vader bijna.

Een kip viel van haar stok. Dat gaf onderdrukt gekakel. Daarna werd het in het hok weer stil.

'Ze zal, schat ik, binnen een week hier intrekken. Ik ga die kamer mooi voor je vertimmeren. Je mag zelf behang uitzoeken. Ik heb nog stalen uit de tijd dat ik stoffeerder en behanger was. Je krijgt een bureautje, een extra breed schap voor boeken en je herbarium.'

Zijn vader ging het huis binnen. Vanuit de keuken riep hij: 'Nogmaals, niet dat koppige.'

Zijn kamer was nog niet klaar toen Toos Radstake haar intrek nam. Het bed stond er. Zijn vader had de kamer behangen.

Hij had er daarna geen tijd meer aan kunnen besteden omdat het bedrijf waar hij werkte een grote plafonddecoratie had aangenomen in een villa aan de Hoofdstraat. Joop Ruysch, die vaak op inboedelveilingen kwam, op zoek naar oud lijstwerk, had een bureau op de kop getikt. Een schap zou nog getimmerd worden.

Vanuit zijn bed keek Henk Wielheesen naar buiten, de eerste nacht in zijn nieuwe kamer. De gordijnen had hij niet helemaal dichtgetrokken. Licht van de straatlantaarn viel schuin over zijn bed, maanlicht raakte een deurknop. Eén hoek van de kamer lag helemaal in het donker, maar hij was al zo lang wakker dat hij aan het donker gewend raakte. Henk onderscheidde het opengeslagen spiraalschrift, ook het witte vloei waarop een wilde akelei lag te drogen.

Hij zat rechtop in bed. Voorbij de kleine voortuin zag hij de straatstenen, het huis aan de overkant, een deel van het hek dat de boomkwekerij afsloot.

Dat stelde gerust.

Noch op zijn deur, noch op de laden van het bureau zat een slot. Hij had er niet om durven vragen.

Hij dacht aan mama. Haar verwrongen fiets stond in de schuur. Hij betrapte zich erop dat hij, zonder dat te willen, een geluid voortbracht dat op een binnensmonds kreunen leek.

Direct na het eten was hij naar zijn kamer gegaan. Ruben had hem twee droptoffees door het open raam aangereikt. Hij had ook nog een handvol tamme kastanjes gebracht en was een tijdje bij hem gebleven, zittend op de vensterbank.

Vader was laat van het karwei thuisgekomen. Soms hoorde Henk hun stemmen vanuit de huiskamer.

Zijn hoofd voelde warm aan.

Zou mama hem in zijn piere eentje vanuit de hoge hemel in bed zien liggen? Het was zeker dat zij zich niet meer in het graf op Heiderust bevond. De dag van de begrafenis nog was zij doorgereisd naar Gods Koninkrijk.

In een automatisch gebaar vouwde hij zijn handen op de teruggeslagen witte sprei die zijn moeder voor hem gehaakt had.

Als vanzelf kwamen de woorden van het avondgebed dat ze hem leerde:

Ik ga slapen ik ben moe
Sluit mijn beide oogjes toe
Here, houdt ook deze nacht

Hij stopte voortijdig, omdat hij niet zuiver bad. God zag dat natuurlijk ook. Alleen aan haar denken, niet aan de indringster.

Hij vouwde zijn handen opnieuw, wilde het gebed gaan opzeggen, bedacht hoe blij hij was gedoopt te zijn. Zijn moeder had dat doorgezet, zijn vader was tegen geweest. Op de ochtend van de doop, op Palmpasen, had zijn vader in De Del, het dal boven aan de straat waar de sportvelden lagen, krijtlijnen uitgezet. Hij raffelde drie keer achter elkaar, de handen steeds krampachtiger gevouwen, zijn gebed af, drukte met zijn vingertoppen hard in zijn oogkassen. In de nevel, dwars over de weg, schemerde de trolleybus, de stangen op het dak staken hulpeloos omhoog naar de bovenleiding.

Hij was ingedommeld. In de huiskamer werd heen en weer gelopen, de lichtschakelaar omgedraaid.

De deur naar de gang ging open. Onder zijn deur zag hij ganglicht. Ze passeerden zijn deur, kwamen bij de trap. De treden kraakten. Een traproe werd aangeraakt. Ze waren op het zeil van de overloop. De deur van de slaapkamer werd dichtgetrokken. De slaapkamer lag aan de achterzijde, keek uit over de boomkwekerij. In de kamer waar hij nu was kon hij niet verder van hen verwijderd zijn. Ook dat was geruststellend.

Henk Wielheesen lag op zijn rug, de armen langs zijn lichaam, de handen plat op het onderlaken. Daarna vlocht hij ze ineen onder zijn hoofd.

Ver weg hoorde hij de spiraal van het bed kreunen, dacht ook een licht jammeren te horen. Het was onrustig boven.

Hij viel in slaap. Zijn vader gilde. Met een schreeuw werd hij wakker. Zijn vader gilde of huilde.

Het was doodstil in huis. In zijn handen had hij geen gevoel meer. Zijn handen hadden zich tijdens zijn droom aan de rand van het bed vastgeklampt, ze waren doodmoe. Met deze pijnlijke, beurse handen zou hij nooit de fijne lila bloemblaadjes van de wilde akelei vlak en regelmatig op het vloeipapier kunnen uitspreiden.

Vroeg in de ochtend hoorde hij zijn vader opstaan. Hij kwam naar beneden, waste zich in de keuken, kleedde zich aan. Voor hij naar zijn werk ging, opende hij de deur van Henks kamer.

Henk deed of hij sliep.

~

Bij zijn bord stond een glas melk. Zij droeg een gladde, lichtblauwe peignoir. Van het kijken naar de gladde stof kreeg hij al kippenvel. Hij had zijn schooltas ingepakt op zijn kamer. Die zette hij tegen een tafelpoot. Hij wilde altijd als een van de eersten op school zijn.

'Kom, lief kereltje.'

Hij ging tegenover haar aan tafel zitten.

'Luister. Je mag me aanspreken zoals je wilt. Met tante of met mijn voornaam. Ik heb geen voorkeur. Jij moet zoveel mogelijk het leven leiden zoals je dat voorheen deed. Je moeder kan ik niet vervangen. Ik heb het goed met je voor.'

Bij al deze woorden had hij half van haar weggekeken. Hij zat volkomen roerloos aan tafel, de handen gevouwen in zijn schoot. Hij zou willen zeggen: je hebt me van mijn kamer verjaagd. Al zou hij die woorden heel voorzichtig uitspreken, lettergreep voor lettergreep, elk met evenveel gewicht, dan zou het geheel toch niet goed uit zijn mond komen.

Nee, dat zou niets worden.

'Goed, je zegt niets. Drink je melk op, eet je boterhammen.'

Hij vouwde zijn handen voor het gebed. Zij begon door de kamer te lopen, richting de keuken. Hij nam een slok melk. Hij kreeg de boterham niet door zijn keel.

Hij spreidde de vingers van zijn beide handen zo ver mogelijk uit elkaar naast zijn bord, staarde naar het zachte weefsel tussen zijn vingers.

Zij kwam de keuken uit, bleef bij een hoek van de tafel staan.

'Je zegt niets. Ik wil je verder niet lastigvallen. Alleen dit nog: als je de kraan in de keuken gebruikt, draai 'm goed aan. Ik kan niet tegen dat nadruppelen.'

Ze pakte de boterham in die hij niet had opgegeten en deed die in zijn schooltas.

Net voor hij wegging zei ze: 'Ik wil je een andere keer nog iets vragen. Ga nu maar naar school. Het heeft geen haast.'

~

Henk Wielheesen kwam om halfvier thuis van school. De herfst was begonnen. Harde wind joeg de laatste bladeren van de bomen. Van de palmenkas stonden de nokramen op de laagste stand om de wind geen kans te geven eronder te kruipen.

Toos Radstake was, naar gewoonte op dinsdag, naar de manege. Hij vond de sleutel onder de vuilnisbak. In de keuken hing hij die op aan de nieuwe sleutelhanger van vier paardenkopjes, liep snel de huiskamer door, de gang in. Henk wilde naar zijn kamer, bleef stokstijf staan, begon over zijn hele lichaam te rillen, liet zijn tas los, voelde het vel van zijn armen en schouders rimpelen.

In zijn haast had hij niet om zich heen gekeken, maar in de gang besefte hij wat zijn ogen in de huiskamer hadden waargenomen. Zijn ogen hadden niet willen zien.

Hij verzamelde moed om terug te keren. De zon, een kort moment tussen donkere voortjagende wolken door, die met zwarte inkt leken te zijn gevuld, zette de huiskamer in een verblindend licht.

Van het dressoir blonk hem een foto tegemoet van

Toos Radstake, hoog en hooghartig op een zwart paard, in rijkostuum. De bruidsfoto van zijn ouders was verdwenen. De foto van mama in het gras en die van opa hingen als vanouds.

Dat ging hij straks tegen zijn vader zeggen. Zijn vader pikte dit niet.

Mijn papa is niet bang voor haar. Die foto komt daar weer te staan. Die vrouw heeft in huis niets te vertellen. Het hele huis is van ons. Vanavond vang ik papa op bij het tuinhek. Papa, kom gauw. Kom kijken wat ze gedaan heeft. Je moet er wat aan doen. Je kunt die vrouw toch aan. Hij zou aan de arm van zijn vader trekken.

Dit gaat niet gebeuren, jongen, zou zijn vader zeggen. Daar gaan we wat aan doen. Maar eerst ging zijn vader zich wassen. Daarna trok hij andere kleren aan, fatsoeneerde zijn haar.

Papa, doe wat!

Blijf rustig. Dat van de foto wist ik. Dat is met mij besproken. Ik maak er werk van.

Henk Wielheesen rende de kwekerij op. Hij zocht Sieje. In de werkplaats wilde hij de tussendeur openen naar de palmenkas. De deur was vanbinnen op slot. Hij tuurde door de ruiten, zijn hoofd nog heter dan de lucht om hem heen. Voorbij de agaves en de citrusboompjes zag hij Rubens vader op de rug, in gedachten verzonken, het hoofd gebogen, waarschijnlijk met een boek op schoot.

Hij wilde hem niet storen.

Terug in huis nam hij de foto, gevat in een brede, zwartglanzende lijst, in zijn hand, bekeek de achterkant, begon de klemmetjes terug te buigen, haalde het karton, de foto en het glas uit de lijst, legde ze naast elkaar op tafel.

In de keukenla vond hij een schaar.

Op het punt de foto in duizend stukjes te gaan verknippen had Henk het gevoel dat zijn benen onder hem wegsmolten. Kleine schokken gingen door zijn arm waar hij geen controle over had.

Hij legde de schaar neer, zocht houvast, naar buiten kijkend. Sieje zag hij met een hark en schoffel de kant op lopen van de rijen coniferen die onder de wind diep doorbogen. Sieje hield van de conifeer, omdat hij vormvast was en onverstoorbaar. De conifeer liet zich door niets van de wijs brengen.

Nu zag hij weer wat nieuws. Onder de veranda stonden twee nieuwe tuinstoelen met blauw linnen, stijf naast elkaar. Aan weerszijden een bijzettafel met asbak.

Het gevoel in zijn benen kwam terug, de armen trilden minder.

Hij knipte de foto doormidden, knipte in de twee helften. Tranen drongen achter zijn ogen.

Hij zou naar zijn vader op het werk kunnen gaan. In een paar minuten kon hij bij de villa aan de Hoofdstraat zijn. Hij haalde zijn fiets uit de schuur, reed de Bergweg op. Waar die de Schonenbergsingel kruiste, sloeg hij linksaf. De Singel kwam op de Hoofdstraat uit. Hij zag de villa al liggen, in de steigers.

Ik ga alles aan papa vertellen. Hij zal mij helpen.

Henk Wielheesen stak de Hoofdstraat tot halverwege over, liet de trolley, komend vanuit de stad, voorgaan. Papa liet dit niet over zijn kant gaan. De bruidsfoto kwam daar weer te staan.

Pap, jij kunt haar aan, dacht hij. Pap, het hele huis is van ons.

In de hoge hal hield een opzichter hem tegen. Verderop zag hij zijn vader op een steiger aan het werk. De capuchon van de witte overall had hij over zijn hoofd getrokken. In zijn linkerhand had hij een smalle plank, in zijn rechter een troffel of plamuurmes. De kalk droop van zijn capuchon.

Het was absoluut niet toegestaan zijn vader te storen. Hij werkte 'boven zijn macht' en kon snel het evenwicht verliezen.

Vaders gezicht zat onder de kalkspetters. De kalk zat ook aan zijn wimpers.

Henk riep nog, stak een hand op. Hij kreeg geen reactie.

Terug in huis verknipte hij de foto en veegde de snippers met zijn vingers tot een hoopje bij elkaar. Hij nam dat in zijn handen, ging de trap op en liet de snippers op hun bed neerdwarrelen.

Hij hoorde haar thuiskomen, begon te beven over zijn hele lichaam, moest zich aan de trapleuning vasthouden. Hij dacht nog op tijd beneden te kunnen zijn. Buiten deed ze altijd haar rijlaarzen uit. Via de voordeur zou hij het huis kunnen verlaten.

Ze wachtte hem op in de nauwe hal. Ze had haar rijkostuum en laarzen met sporen nog aan.

Hij kon geen kant op.

'Ja, lief ventje, je zit gevangen.' Ze opende haar hand en liet de snippers zien die ze op tafel en in de gang had gevonden. En op de trap. 'Wat deed je boven?'

Hij keek naar de grond. De sporen glommen. 'Laat zien wat je daarboven hebt uitgespookt.'

Ze sprak zacht, bijna fluisterend. Het stelde hem niet gerust. Henk had geen idee wat hem te wachten stond. Hij had wel door dat wat hij had gedaan grote gevolgen kon hebben.

'Nou, Henk, blijven we hier de rest van de dag staan? Ik heb meer te doen.'

Ze was heel kalm, haar stem klonk gewoon.

Henk begon de trap op te lopen, verwachtte een harde duw te krijgen, of een klap tegen zijn hoofd. Hij bleef staan, met de rug naar haar toe, volstrekt weerloos. De duw, de klap, bleven uit. Hij liep door, maar alle kracht uit zijn benen leek weggevloeid. Met beide handen omklemde hij de leuning.

Ze joeg hem niet op, volgde zijn tempo zonder iets te zeggen. Met die zware laarzen was elke stap van haar een zware donkere bonk.

Hij zag bij elke stap het geglim van de traproeden. Zijn ogen, van al het schokkende en onvoorziene, van alles wat hem nog te wachten stond, werden wazig en troebel van angst. De roeden werden diepe spleten waar hij overheen moest stappen. Een moment geloofde hij dat de aarde onder het hele huis opengebroken was om boze schimmen door te laten.

Op de slaapkamer keek zij glimlachend naar de snippers, hij wist niet hoe hij kijken moest. Zijn ogen deden pijn, ze staken. De schaamte had zich achter zijn ogen genesteld. In het slappe vel aan de onderkant van zijn arm voelde hij een harde plek. Daar zat de schaamte ook al.

‘Help me. We ruimen het samen op.’

Hij wist niet wat ze van zins was. Hij deed niets. Zij veegde alles tot een bergje en gooide het in een kleine prullenbak. Hij hoorde zichzelf ademen.

Beneden deed ze limonadesiroop in een glas, deed er water bij.

Ze zette het glas grenadine voor hem neer.

‘Je bent overstuur. Hier praten we niet meer over. We vinden hiervoor wel een oplossing. Een dezer dagen wil ik je nog iets vragen. Niet nu. Vanavond hebben je vader en ik een extra trainingsavond.’

Zijn vader kwam om halfzes thuis. Zó onder de witkalk had hij nog nooit gezeten.

Hij waste zich langdurig met overvloedig water en veel groene zeep, langer en intenser dan ooit. Elk wit vuiltje onder zijn nagels moest verdwijnen.

Zijn vader verkleedde zich boven.

Bij het weggaan zei hij tegen zijn zoon: ‘Je kunt me niet zomaar storen op mijn werk. Dat geeft problemen.’

~

Elke vrije woensdagmiddag schoffelde Henk de paden tussen de aanplantingen van coniferen. Het was een onverwacht zachte, aangename dag in november. De zon scheen. De jonge, spits toelopende planten gaven magere, zuinige schaduwen.

Hij had de grond van het hele pad losgemaakt, legde de schoffel in het gras van het talud waar dit pad op uitkwam en ging in de zon zitten. Die had behoorlijke kracht voor de tijd van het jaar.

Hij overzag de kwekerij die in terrassen naar beneden liep. Van de warmte trok hij het werkjasje uit dat Sieje voor hem gekocht had.

Zijn ogen werden zwaar. Hij viel in slaap.

Hij werd wakker, maar verbaasd over zijn terugkeer uit dat diepe wegzinken, hield hij zijn ogen nog even gesloten, wilde eerst uitvinden waar hij zich bevond.

Het drong na een tiental seconden ineens tot hem door en hij deed zijn ogen open. De zon scheen pal in zijn gezicht.

Henk Wielheesen lag heerlijk zacht. Sieje had een oude deken onder hem geschoven, bang dat het gras nat zou optrekken. Henk bleef nog even liggen, nagenietend. Hij ademde heel rustig en had de indruk dat iets van de voedzame, donkere teelaarde om hem heen mee-ademde.

Er was, behalve het zachte mengsel van aarde en turfmolm, het zachte van de zon, de deken, het weelderige gras daaronder, de verre uithoek...

Hij zakte weer weg.

Bij het opnieuw wakker worden stond hij direct op. Hij ging een tweede pad aanpakken, nu tussen rijen buksboompjes in. Hij voelde zich volkomen uitgerust na die twee weldadige slaapjes.

Hij stak zijn hand uit naar de schoffel. Zijn blik viel op zijn blote arm. Voor het eerst zag hij, zo precies en duidelijk, ontelbare witte spikkels op zijn bruinverbrande huid. Littekens van heel kleine wondjes, veroorzaakt door de scherpe takken van de coniferen en de blauwe douglasspar.

Hij keek er trots naar. Die konden hem niet afgepakt worden. Die pijnlijke prikken voelde hij wel steeds, maar dat hoorde bij het werk. Hij hield de lange paden onkruidvrij. Voor Sieje had hij die kleine pijntjes graag over.

Daar was Sieje. Hij had een potje witte vaseline bij zich.

'Ik zag je armen zonet. Ze zijn ook wat opgezet. Ik ben bang dat er vlak onder de huid kleine ontstekingen zitten.' Hij wreef beide armen in.

Dat verzachtte direct.

De kweker raadde aan bij dit werk altijd een bloes met lange mouwen te dragen, en dat jasje daaroverheen.

Hij begon aan het tweede laantje. Hij was halverwege toen een onrustig gevoel kwam opzetten. Nog even schoffelde hij door. Dit werk wilde hij afmaken. De onrust werd angst. Met een beetje geluk zou er niemand thuis zijn.

~

Henk Wielheesen keek de straat af, trok de voordeur dicht, haastte zich de trap op, bleef voor de linnenkast staan. Hij tilde de beide deuren bij het opendoen iets op. Soms werkte dat. Vandaag niet. Ze knarsten en piepten alsof ze door fijn grind getrokken werden. Ondanks zijn haast sloot hij ze weer. Het was bij alle ernst ook een spel geworden. Hij opende ze nu snel en zonder omwegen. Geluidloos op een heel klein klagen na.

Zijn hand ging over een stapel lakens. Die had hij nog met zijn moeder opgevouwen. Tussen de slopen lag een takje lavendel. Hij rook de mottenballen die ergens bovenin lagen.

De kast had drie schappen.

Hij schoof een stoel bij. Op het bovenste schap tastte hij achter washandjes, zijn hand voelde het kersttafellaken en bijbehorende servetten. De laatste kerstmaaltijd kwam in hem op, de kaarsen, de rode linten, de beshulst en de schaal glanzend opgepoetste bellefleurs.

Onder het kerstlaken voelde hij het zachte kinderdekentje van zijn ledikant vroeger, en daarin weggestopt het ronde doosje met het losse deksel van paarlemoer.

Met zijn prooi sprong hij van de stoel. Hij rook eraan, wreef over het deksel. Hij sloot de kast, schoof de stoel in de hoek. Op het zeil van de overloop stalde hij moeders sieraden uit: oorknopjes, oorhangers, een zilveren ring met een rood steentje. De ring was van haar moeder geweest. Ze droeg hem op hoogtijdagen. Er was zelfs een oorhanger in de vorm van een rode vlam die van haar grootmoeder was geweest. De ring met het rode steentje deed hij aan zijn pink. In zijn hand nam hij twee witte oorknopjes. Die droeg ze altijd op zondag.

Het sieradendoosje stond altijd op de slaapkamer, op het kastje met de ovale spiegel, naast het kleine oranje vaasje dat Henk Wielheesen bij de troonsafstand van de koningin op school gekregen had.

Kort voor het ongeluk had mama het opgeborgen in de linnenkast. Hij was erbij.

Ze legde het op de middelste plank, nogal vooraan, in een washandje.

(Hijzelf had het later op de hoogste plank gelegd en zo ver mogelijk achterin.)

Hij hoorde mama nog zeggen: 'Ik ga het niet echt verstoppen, maar het is beter dat het hier ligt.'

Hij had moeten vragen of het op de slaapkamer dan niet veilig was.

Ze had waarschijnlijk gezegd: och, daar ligt het zo in het oog.

Dat wegstoppen had hij heel spannend gevonden. Ze had hem er eerst aan laten ruiken. Het was van geurend hout gemaakt. Hij mocht ook voelen hoe glad het steeds van kleur verschietende paarlemoer was.

Mama had toen ook niet gezegd: ik heb liever niet dat je hierover met papa praat. Of iets dergelijks.

Het was een stem in haar die wilde dat het een betere plek kreeg, een stem in haar of buiten haar. Sieje had ook met die stem te maken gehad.

Hijzelf had ook zo'n stem gehoord.

Moeder lag opgebaard in de voorkamer. De gordijnen waren dichtgetrokken. Dag en nacht brandde een wandlampje. Elke dag ging hij met buurvrouw Sieje kijken. Ze zaten aan weerszijden van de kist. Mama's hoofd lag op een plat satijnen kussen. Haar handen waren gevouwen. Soms leek het of mama bewoog, hem aankeek. Op dat moment had hij een stem gehoord.

Hij was toen in het zondagsschoolschrift gaan bladeren, had de ingeplakte plaatjes bekeken met bijbelse voorstellingen. 'Jezus in de Hof van Gethsemane', 'De kruisiging op Golgotha', 'De opwekking van Lazarus', 'De engel met het vlammende zwaard' en 'De engel in het bad Bethesda'.

Hij had ze van de juf op zondagsschool gekregen als hij een versje goed had opgezegd. Henk Wielheesen herinnerde zich nog dat ze eens tegen hem had gezegd: 'Jij bent een godvruchtig jongetje.'

Twaalf plaatjes had hij uitgezocht. Tevoren had hij ze uitgestald op zijn bed en de definitieve volgorde bepaald. Wat hij van plan was, joeg hem geen angst aan. Henk zou ervan af willen zien, maar was al te ver op deze weg. Hij was gedwongen hem helemaal af te leggen. Ja, dat plaatje van 'David en Jonathan' moest er ook bij. Had hij in die tijd geleefd, dan was Ruben David geweest en hij Jonathan.

Op de ochtend van de begrafenis was hij 's morgens om vijf uur de voorkamer binnengegaan. Hij begon de plaatjes op de kist uit te stallen. Hij was eerst heel rustig, heel zeker van zijn zaak. Zonder het te beseffen begon hij steeds meer te trillen. Bij het laatste plaatje kon hij zijn vingers niet goed meer besturen.

Hij klappertandde.

~

Had mama iets voorvoeld? Wist ze op de een of andere manier dat haar het ongeluk ging overkomen? Dat kon hij niet geloven. Ze was op weg geweest om gebak voor zijn verjaardag te kopen.

Mama had de linnenkast gesloten. Samen waren ze naar beneden gegaan.

'Nee, nee...' had ze in zichzelf gemompeld.

Ze was opgestaan en naar boven gelopen. Hij was haar direct achterna gegaan. Ze had het doosje op het onderste schap gelegd, toen had ze gevraagd of hij de stoel wilde bijschuiven en had ze het bovenin gelegd. Ten slotte was het toch weer op de middelste plank terechtgekomen.

Daarna was ze niet meer op het doosje teruggekomen.

Dat kwam allemaal in Henk Wielheesen naar boven terwijl hij zijn blik over de sieraden liet gaan.

Hij keek naar de ring aan zijn vinger, verloor zich in gedachten aan haar.

Die prachtige zondagmorgen. De vogels kwetterden in de haag. Bij de buren klonk psalmgezang. Hij hoorde de stem van Rubens vader. Zijn eigen vader was naar het sportterrein in De Del.

Henk speelde in de tuin. Zijn moeder was op hem toegekomen, had een opmerking over het stralende weer gemaakt, was op haar hurken bij hem gaan zitten en ineens hevig geschrokken.

'Mijn ring is weg. Net had ik hem nog.'

Ze keek naar haar hand.

Vanaf de veranda liep het grindpad naar de achtertuin. Op straat was ze niet geweest. Die ochtend zou ze met de buurvrouw naar een dienst van de Hervormde Gemeente gaan. De buurvrouw had er, met spijt, van afgezien. Haar man leidde een huisdienst. Sinds hij een stem uit de hemel had gehoord, had hij de kerk de rug toegekeerd. De ware kerk was buiten de kerkmuren. De beide vaders waren, op heel verschillende wijze, onkerkelijk.

Hoe oud was hij toen geweest? Zes jaar? Nee, vijf. Hij zat nog met Ruben in dezelfde klas op de kleuterschool. Kort daarna moet hij hebben gehoord dat hij niet met hem naar de gewone lagere school ging.

Ze zochten samen naar de ring. In huis gingen ze de kamers langs, tastten in stoelen, keerden kussens om.

Mama schudde steeds het hoofd. Ze kon er niet over uit dat ze de ring verloren had.

'Hoe kan mij dit nou overkomen?' Zijn moeder was wanhopig. Henk Wielheesen hoorde haar mompelen: 'Wat heeft hij de hele zondag op het sportveld te zoeken?' Met een theedoek sloeg mama op het aanrecht. Dat had hij haar nog nooit zien doen.

Mama rende de trap op. Hij volgde haar. Ze kon de ring per ongeluk niet omgedaan hebben. Ze keek in het sieradendoosje, keerde het doosje om. Ze sloeg met de vlakke hand op het bed. Ze was even ontzet als na het gesprek met de kleuterleidster, toen ze hoorde dat haar kind naar het speciaal onderwijs moest. Dagelijks had ze taalspelletjes met hem gedaan.

Henk zocht het grindpad af, duwde met een stokje de stenen opzij. Hij zou mama's ring vinden, al moest hij zijn leven lang zoeken.

Het was als het zoeken naar een speld in een hooiberg.

Mama gaf het op.

Ze liep naar het tuinhek, keek de straat af naar beide kanten.

Bij de buren klonk luid psalmgezang. Zij herkende de melodie van psalm 119.

Hij zocht tussen de witte kiezelstenen. Zij stond onder het glazen dak van de veranda. Hij hoorde mama duidelijk zeggen: 'Ik zie geen uitweg meer.'

Henk hield voor het moment met zoeken op. Hij kwam overeind, zette een paar stappen in de richting van de fietsenschuur, zag tussen twee tegels de ring flonkeren.

'Mama, kijk.'

Hij opende zijn hand.

Ze drukte hem tegen zich aan. Ze liet hem los en liep de gang in. Ze wilde niet dat hij haar zag huilen.

Een tijdlang had hij mama's ring na het ongeluk bij zich gedragen. Onder de les nam hij de ring in zijn hand, deed hem snel aan zijn vinger. Het had hem een keer in problemen gebracht.

Op een dag riep de meester om de paar minuten een naam af. De leerling verliet de klas en kwam na een kwartier weer terug. Henk had geen idee waar ze naartoe waren geweest. Hij had weer zitten dromen.

Hij hoorde zijn naam. Henk Wielheesen kwam naar voren, de ring in zijn hand. De meester gaf hem een brief mee. Op de gang wachtte een verpleegster hem op.

Ze nam hem mee naar een leeg lokaal. Hij moest zich uitkleden, maar mocht zijn onderbroek aanhouden. De kleine zilveren ring had hij gauw weggestopt. Op de banken lagen hoopjes kleren. Henk durfde de kostbare ring niet in zijn broek achter te laten. De verpleegster bracht hem naar het hoofdenkamertje aan het eind van de gang. Hij kneep zijn hand met de ring samen, kreeg kramp in zijn hand, nam hem in zijn andere hand. Hij had geen idee hoe lang hij moest wachten. Hij kreeg het koud, klemde in wanhoop de ring tussen zijn billen. De deur ging open.

De dokter luisterde naar zijn longen, vroeg hem zich te ontspannen. Onverwacht voelde de dokter in zijn onderbroek. Hij knikte naar zijn assistente die een notitie maakte.

Hij mocht zich aankleden.

~

Henk Wielheesen borg de sieraden op, verborg het doosje in de mahonie linnenkast.

~

In de huiskamer wachtte Toos Radstake hem op. Op haar gezicht een verlegen, bijna verontschuldigend lachje.

'Wil je liever eerst je dieren verzorgen?'

De tuindeuren naar de veranda stonden half open. Ze zag nu ook dat hij verse eitjes had. 'O, heerlijk, leg ze maar op het aanrecht. Je proeft dat ze vers zijn. Heerlijk.'

Wantrouwend hoorde hij haar aan vanuit de tuin, schopte tegen een grote kiezel om zich een houding te geven.

Hij liep haar kant op, raakte het gaas van het hok aan, de deur van de fietsenschuur, de klink duwde hij drie keer naar beneden.

'Kom je? Binnen praat het wat gemakkelijker.'

Hij had geen idee wat ze van hem wilde. Op de drempel van de kamer bleef hij staan.

'Ja, nog wat dichterbij. Ik ben de laatste die je kwaad wil doen.' Ze stak een sigaret op, zoog de rook hoorbaar naar binnen, de lippen getuit. Ze had dunne, kleurloze lippen. Hij dacht aan twee reepjes gedroogd vlees. Had ze in de kast op de overloop gescharreld, terwijl hij op school zat of in de blauwe uithoek aan het schoffelen was?

'Nog een stapje?'

Ze sloeg haar lange benen over elkaar.

'Je moet me wel aankijken als je tegen me praat.' Ze onderbrak zichzelf: 'Nee, ik ben verre van volmaakt.'

Ze schoof wat naar voren, in de nieuwe rotan stoel. Over de foto zou ze met zijn vader praten.

Ze boog zich naar hem toe.

Hij bleef langs haar heen kijken, nam haar uit zijn ooghoek op. Zijn hart bonsde met verdubbelde snelheid. Wat wilde ze van hem?

'Lief kereltje, laatst vroeg je vader zich af waar toch het sieradendoosje van zijn vrouw gebleven was. Het had altijd op de slaapkamer gestaan. Een rond doosje, met een roze-zilverig deksel. Heb jij misschien enig idee waar dat gebleven kan zijn? Je zou je vader geen groter plezier doen. Je kunt je wel voorstellen dat het voor hem een belangrijk aandenken is.'

Hij volgde de iele wolkjes rook uit haar scherpe neus. Ze wachtte, hem strak aankijkend, trok haar rok over de knie, nam een likje speeksel van haar tong, poetste met haar vingertop iets van de stoelleuning weg.

'Ik kan ook wel begrijpen dat een jongen van jouw leeftijd niets van een sieradendoosje weet. Ik zie ook dat ik je ermee overval. Denk erover.'

Zijn vader en Toos Radstake dronken na het avondeten, bij dit zachte weer, koffie in de nieuwe ligstoelen.

De oude, met het oranje doek, waar het weer in zat, had zijn vader opgeslagen in de fietsenschuur. Het hout kon hij nog weleens gebruiken, zoals ook sommige onderdelen van moeders verbrijzelde fiets.

Zij haalde een nieuw pakje Old Mac uit haar tas tevoorschijn, hij schonk de koffie in.

Toos Radstake ritste met haar nagel het nieuwe pakje open.

Bij Old Mac zaten de sigaretten altijd strak geperst.

Het kostte moeite om vat op een sigaret te krijgen. Eindelijk had ze er een met haar voortanden te pakken. De tweede volgde vanzelf. Ze gaf beide sigaretten aan zijn vader. Hij stak ze tegelijk aan.

Henk hoorde vanuit het kippenhok de tabak knisteren. Bij de eerste lange haal schroeide vloei weg.

Dagelijks volgde hij van afstand die kleine plechtigheid. Ze spraken er geen woord bij.

Helemaal nieuw op een dag was dat papa na het opsteken de lucifer niet uitblies, maar toekeek hoe de vlam van de lucifer uiteindelijk tegen de binnenkant van zijn hand doofde. Wilde hij zo indruk op de vrouw maken? De hand van zijn vader was door het stuccen natuurlijk gehard. Hij voelde geen pijn.

Ze doofden de sigaret in de asbak op het bijzettafeltje, staken direct een tweede op. Vader was altijd een matige roker geweest, vanwege zijn aanleg voor astma. Ook in dit kettingroken ging hij met haar mee.

Ze staarden in de verte, waar de boomkwekerij lag met de hoge, glazen palmenkas, de lange rijen met coniferen, taxussen en blauwe douglas. Hun handen op de smalle leuning speelden minnaartje, hun vingers kropen over elkaar, totdat ze weer koffie inschonken of een nieuwe sigaret opstaken. Ze keken elkaar niet aan, zaten daar roerloos totdat het van de grond koud optrok.

Henk Wielheesen verliet het hok en ging naar binnen.

Het kwam niet bij zijn vader op om te zeggen: 'Henk, joh, kom erbij zitten. Vertel over school.'

Op dit moment had hij daar ook geen behoefte aan. Hij haastte zich de trap op, stond op de overloop stil voor de linnenkast, verbeeldde zich dat zij uit de ligstoel kwam, onhoorbaar de gang in liep, onder aan de trap stond.

Ha, ha, ik dacht het wel. Jij wist er dus van. Geef hier! Henk keek naar beneden, liep de trap af. Vanuit de kamer zag hij hen op de rug. Twee gestucte plafondbeelden.

Hij had alle tijd.

Hij deed de kast open, stak zijn hand in het dekentje, had het doosje bij de eerste greep te pakken, nam het mee naar zijn kamer.

Gerustgesteld kleedde hij zich uit. Ruben kwam hem aan het raam welterusten zeggen. Hij knielde voor het avondgebed. In bed maakte hij een holletje door zijn knieën op te trekken, duwde het doosje zacht tegen zijn buik.

Vannacht hield hij het bij zich.

Hij voelde aan het gladde deksel, was niet alleen. Een engelenschaar schoot hem te hulp.

Morgen zou hij verder zien.

~

Met Ruben fietste hij de Bergweg af. Ze waren algauw bij de rand van het dorp waar de heuvels begonnen.

Bij de bunker zetten ze hun fietsen tegen elkaar. Ruben had een tuinschepje en zilverfolie meegenomen. Dat legde hij op het dak van de bunker. Henk haalde het sieradendoosje uit zijn fietstas, legde dat tussen het schepje en de folie in.

Ze klommen op de bunker.

Waar die door inslagen beschadigd was, zag je in het zware, bewapende beton het verroeste draadwerk. Ze staken hun arm door de opening. Het beton was zeker een halve meter dik. In het dak zaten twee ronde schietgaten. Ze keken naar binnen. In een hoek lag een hoop naar binnen gedwarreld dor blad.

De jongens gingen op de bunker staan, overzagen het zanderige terrein, hoorden de motoren knetteren.

Ruben wees.

Daar stond toen de EHBO-tent.

Henk zag zijn vader, met gebogen hoofd, vernederd, op dat terrein achter de startplaats, bij de stapel brancards. De herinnering was zo levend dat hij zijn vader een moment echt meende te zien, maar het gevoel van medelijden was verdwenen.

'Hier stond ze op jouw vader te foeteren,' zei Ruben.

Henk, als reactie, sprong over een ondiepe kuil met zwartgeblakerde takken van een vuurtje.

Het was windstil. Zelfs de toppen van de bomen wiegden niet. Uit het beekdal verderop steeg helder geklater op van stromend water.

Ruben Sievez sprong ook over de kuil met geblakerd hout.

Henk sprong in de kuil, greep een zwart stuk hout en smeet het hoog de lucht in. Schemerde op dat moment bij hem heel kort iets over de vreemde aaneenschakeling van de dingen?

In een donkere, onontkoombare golf hoorde Henk Wielheesen, bewaard in zijn herinnering, achter de sparrenbossen, behalve het lawaai van de motoren, zijn vader die in woede ontstak: 'Dat gedroom van je ook altijd! Waar zit je met je gedachten. Ik heb een mooie bal voor je gekocht. Je kunt op z'n minst proberen die terug te schieten.' Papa, altijd stil en kalm, die zich op zaterdag, na zijn werk, door mama liet wassen, voor zijn zoon soms de kop of vleugel van een plafondengel meebracht, papa die op zondagmorgen al vroeg de krijtlijnen op het voetbalveld trok, hij was op Henk afgekomen, maar had zich op tijd kunnen bedwingen, toen hij mama hoorde, die met haar fiets het grindpad langs het huis opkwam.

Ruben was de bunker in gegaan. Hij kwam weer tevoorschijn, riep: 'De grond binnen is te hard.'

Ze gingen naar de plek waar de EHBO-tent moest hebben gestaan, in de schaduw van een dichtbegroeide houtwal. De bosgrond daarachter was zacht.

Ruben groef een gat.

Henk wikkelde het doosje in zilverfolie. Mama liet hem altijd aan het doosje ruiken. Zoet. Het was gemaakt van sandelhout. Op de dag van de troonsafstand, toen ze met alle buren in de kamer van Sieje naar de radio luisterden (de boomkweker bezat een radio voor het weerbericht), had mama knopjes in haar oren gedragen, alsof het een zondag was, en als hij zich goed herinnerde, aan haar pink het smalle, bewerkte ringetje, dat nog van haar moeder was geweest.

Ze begroeven het sieradendoosje, dekten het toe met

zand en handenvol dor blad, wisten ook alle sporen van vers omgewoelde aarde.

Henk Wielheesen keek op, terwijl Ruben nog bezig was. Verschool zich daar iemand achter een boom? Werd het doosje, zodra zij weg waren, uit de grond gehaald?

'Ruben, iemand keek.'

Wind stak op, de verdorde stengel van het vingerhoedskruid kraakte.

Ruben stelde hem gerust. Ze waren alleen.

De wind ging liggen. Alleen hoog in de lucht was hij nog aanwezig. Ze verlieten de plek achterwaarts, prentten zich de plaats zo goed mogelijk in. Van afstand keken ze in de vlekkerige, groene duisternis.

Die nacht droomde Henk.

Bij het eerste donker verscheen een marter. Al snel daarna de wezel, de vos. De gevechten waren gruwelijk.

~

Henk en Ruben gingen over naar de zesde klas.

De meester van de Jan Ligthartschool vroeg Henk of hij na de rapportuitreiking wilde nablijven.

Wat zou hij met hem voorhebben?

Hij was alleen in het lokaal. De meester had een korte bespreking in het hoofdenkamertje. Tegen de achtermuur hing een ingelijst portret van Jan Ligthart. Hij ging rechtop in zijn bank staan, in de rij bij het raam. Hij zag de rode pannendaken van Bergweg 19 en 17. Van de palmenkas stonden de luchtramen wijd open. Op het glas gloeide de middagzon.

De meester kwam terug. Hij ging aan zijn tafel zitten en haalde uit zijn la een dik boek tevoorschijn. Henk kende het, had eruit mogen voorlezen. Op het omslag stonden een palmboom en een rokende vulkaan. Het boek speelde in het opstandige Atjeh en heette *Pang Paneu de Toenonger*. Hanengevechten speelden een grote rol in het boek. Om de uitslag werd gewed met grote bedragen. In het boek stonden pentekeningen van vechtende hanen.

De meester zei: 'Weet je nog welk stuk je hebt voorgelezen?'

'Ja, meester.' Hij mocht uit de bank komen en het aanwijzen.

Hij zocht de tekening op van de kampplaats met publiek en, in ronde kooien, de beide hanen. Hij vond het. Zonder in het boek te kijken zei hij de tekst uit het hoofd op: 'Hebben jullie de haan van Pang Paneu gezien? Eén en al spier, van zijn bek tot aan zijn onderpoten. De storm mag mij wegnemen als ik sta te liegen, maar zijn sporen zijn nog scherper dan nagels van een tijger.'

'Wonderbaarlijk,' zei de meester. Hij raakte even Henks schouder aan. 'Dat geheugen van jou, op bepaalde terreinen...'

Hij deed het boek dicht, nam het in zijn hand. Henk zag de bruine vlek op het lichte omslag. De meester had in het begin van het jaar verteld dat het in de oorlog, tijdens de evacuatie uit de stad, waterschade had opgelopen.

'Het speelt in het Atjehse berggebied,' wist Henk nog. 'Daar verborgen de opstandelingen zich in boomhutten.'

'Weet je dan ook nog hoe dat gebied heette?'

'De Toenongse Bovenlanden.'

'Dus dat weet je ook nog. Volgens mij hoor je helemaal niet op de Jan Ligthartschool thuis!'

De meester prees hem om zijn keurige zinnen, om het juiste gebruik van de werkwoordsvormen. Hij prees vooral de rust in het spreken.

Hij overhandigde hem het boek.

'Je krijgt het van mij.'

'En de andere kinderen?'

'Ik heb maar één boek om weg te geven.'

De meester liep met hem mee de lege gang in en vertelde dat hij vroeger zelf zo van dit boek had genoten.

Het was een lange gang, die op een hoge hal uitkwam. Vanuit de hal liep je naar de uitgang.

'Wonderbaarlijk toch,' hoorde hij de meester binnensmonds mompelen. 'Die heel specifieke herinnering.'

Thuis liet hij het boek direct aan Ruben zien. Ze bekeken samen de plaatjes. Ruben wist dat op weg naar de stad, tegenover Insula Dei, een standbeeld stond van Van Heutsz, een generaal die in Atjeh de opstandelingen bestreden had.

's Middags fietsten ze naar de uitkijkpost bij de bunker. Ruben had zijn buurjongen voorgesteld het sieradendoosje weer op te graven. Vandaag of morgen was het misschien weg.

Ze groeven het op. Ruben stelde voor het op te bergen in de onderste la van zijn vaders bureau in de palmenkas. Daar lagen bundels belastingpapieren van vroegere jaren, allang vereffende kolenrekeningen. Niemand zou het daar ooit vinden. Alleen zij waren van die geheime plek op de hoogte.

Tegen etenstijd ging hij naar huis.

Hij gaf de kippen voer. Zijn vader kwam thuis, witter dan anders, dacht hij, van alle kalk, natte gips en pleisterwerk. Op zijn kamer wierp hij een blik in het boek, ging met zijn vinger langs de tekening van het gevecht (losse veren vlogen in de lucht).

In de keuken waste hij zijn handen.

Zij vloog op hem toe, draaide de kraan dicht, draaide hem opnieuw open, met een heel klein straaltje, dat vanzelf ophield. 'Zo doe je dat!'

Ze keek toe. Daarna trok ze een deurtje van het aanrechtkastje open, pakte een teiltje met een dweil, sloeg het deurtje weer dicht. Een steeds grotere versnelling leek in haar bewegingen te komen. Ze liet water in het teiltje lopen, pakte een doek uit een mand.

Hij dacht aan het sieradendoosje dat veilig opgeborgen was. Hij had haar daar niet meer over gehoord.

~

Henk Wielheesen leerde veel op de kwekerij. Hans Sievez vond dat de jongen gevoel voor het vak had. De lagere tuinbouwschool zou later voor hem een peulenschilletje zijn, met alle kennis die hij nu al bezat.

De jongen hoefde slechts één keer een naam te horen, hoe moeilijk, hoe uitzonderlijk ook. Hij verbaasde daarmee niet alleen de meester van de vijfde.

Viel een naam als calluna vulgaris, dan kwam een hele rits op gang, alle behorend tot de voorposten in het woud: genista, cytisus, salix hippophaëfolia, myricaria, shepherdia, halimodendron, rosa spinosissima, caragana jubuta.

Dan kwamen de humusrijke gewassen van het gesloten woud, zo mogelijk nog miraculeuzer: euonymus, sorbaria, spiraea prunifolia alba, vanhouttei hypericifolia...

Sievez en de jongen liepen over het brede pad richting de zuidmuur, waartegen morellen, perziken en abrikozen langs draad geleid werden. Zware muurijzers hielden de stenen, begroeid met blauwe korstmossen, bij elkaar. Het was een laatste rest van het zeventiendeeeuwse landgoed De Schoonenberg. De grond was later verkaveld. In de zomer kon hier de temperatuur, door de licht golvende bouw, tot vijfenveertig graden oplopen.

Hans Sievez ging hem vandaag de beginselen van het oculeren bijbrengen.

'O-cu-le-ren,' herhaalde de jongen, elke lettergreep accentuerend. Hij scandeerde bijna. Niets van wat Sieje hem leerde mocht vergeten worden.

'Of enten.'

Ze bleven stilstaan voor een perzik. De hoofdtakken

langs het strakgespannen draad hadden kleine twijgen gevormd. Sieje voelde aan de twijgen, de zijscheuten. Met een fijn, scherp mesje sneed hij een goed ontwikkelde zijscheut af. Dat was de ent of griffel. Zelfs het oude woord 'rijs' kwam weer in de mode.

Henk noteerde de begrippen in zijn hoofd.

Met de perzikscheut liepen ze naar de blauwe uithoek van het bedrijf, waar behalve jonge aanplant van de blauwe douglasspar ook een rij volwassen kweeperen stond.

'Kweepeer of cydonia oblonga.'

Henk Wielheesen zei het direct na.

Op het pad stonden een fles spiritus en een bus entwas. De boomkweker zocht een kweepeer uit met een gezonde onderstam. De gezondheid las je af aan de bast. Die moest glad en effen zijn, zonder beschadiging van hagel of vraat van dieren.

Henk nam gretig alle details in zich op. Dagelijks noteerde hij in zijn herbarium nieuwe woorden. Hij bladerde erin, kwam de namen weer tegen. Zijn spiraalschrift was bijna vol. Achterin lagen de gedroogde bloemen die hij dubbel had.

'Opletten. Je staat te dromen.'

Met het vlijmscherpe entmes maakte Sieje een schuine, diepe snee in de stam van de kweepeer. De perzikent schoof hij precies in de wond waaruit doorzichtig vocht droop.

Hij wees de jongen op de bast van de perzikscheut, toen op die van de kweepeer. De perzik-ent schoof hij nog preciezer in de wond.

'Kijk goed. Later moet je het alleen kunnen.'

De man, geknield, keek op naar de jongen.

Sieje wikkelde een streng blanke raffia strak om de wond heen, zo gelijkmatig, zo strak, dat de bast van perziktwijg en kweepeerstam elkaar overal raakten.

Hij bond er nog een streng omheen.

'Die twee gaan een innig verbond aan. En wat ik net nog vergat te vertellen: de verwonding met het mes aanbrengen heet "de stam opkloven".'

'Op-klo-ven,' herhaalde Henk. 'Een mooi woord.'

Henk mocht een derde streng om de twijg en de stam wikkelen.

'We zijn er nog niet.'

Bij de wond mocht absoluut geen regen komen. Ze moest volledig van de buitenwereld worden afgesneden, anders ging ze vloeien. Je zag net al wat sap komen.

De tuinder draaide het deksel van de bus entwas open. Met zijn vinger smeerde hij een flinke lik op het deksel en goot er spiritus bij. Met de platte kant van het entmes roerde hij de was tot die vloeibaar was en bestreek de raffia rondom met de hete was.

Ze keken samen naar dit veredelingswerk. Precisie stond aan de basis van veredeling. Je moest het verder aan de natuur overlaten.

Henk keek aandachtig, voelde dat Sieje hem bij de arm pakte, hem nog dichter bij deze unieke vermenging van soorten wilde brengen. De perzik die hieruit voortkwam zou nog voller van smaak zijn.

Ze pakten de spullen op. Vanaf het grote pad keken ze naar het verrichte werk. Sieje geloofde dat die twee, ent en onderstam, het goed met elkaar konden vinden. Zo voelde hij dat.

Henk Wielheesen dacht aan het zondagsschoolplaatje dat hij niet op de kist had durven leggen. Het stelde de Ark des Verbonds van de Israëlieten voor. Daarin werd het Allerheiligste van het Joodse volk bewaard.

Dat wilde hij tegen Sieje zeggen. Maar mocht hij die heilige Ark wel verbinden met de kweepeer en perzik?

'Daar is Margje,' zei Sieje.

De buurvrouw kwam met thee en limonade, presenteerde er sprits bij.

~

Henk Wielheesen bladerde in zijn album: het witte akkermaalsbloempje, de koekoeksbloem.

Zij was zich boven aan het verkleden voor de trainingsavond.

Op straat stapte een fietser af, las 'T. Radstake – Districtshoofd EHBO'.

Henks vader had het opvallend grote bord in fel oranje-blauw gisteravond op de muur naast de voordeur bevestigd. Het bord met 'Wijkhoofd' viel daarbij in het niet.

Een wandelaar bleef staan.

Henk hoorde de mensen met elkaar praten. Zo'n goed bemande EHBO-post in de buurt gaf een gerust gevoel.

Zij kwam de trap af. Toen ze zijn kamer passeerde vroeg ze of hij dadelijk bij haar kwam.

Hij wachtte.

'Kom je nog?'

De deur naar de gang stond open. Zij hinkte van de vaste kast in de kamer naar de tafel en legde iets op tafel neer.

'Henk?'

Hij kwam de huiskamer in, zag op tafel een groot pak, in zilverpapier. Met een strik van zilverdraad. Een sticker van Haweko. Een grote winkel aan de Hoofdstraat voor speelgoed en kantoorartikelen.

'Voor jou.'

Henk wist zich geen raad. Hij wist niet waar hij met zijn blik naartoe moest.

Het beeld zou hij nooit meer kwijtraken: het spitse gezicht, het vlassige, donkerbruine haar dat de kam slechts gedeeltelijk bij elkaar hield, de adem door haar neusgaten.

Ze glimlachte naar hem over de tafel heen. 'Maak het maar open.'

Hij, verstrakt, kon niet eens met zijn hoofd schudden.

'Zal ik helpen?' De schorre, doorrookte stem.

Zij verwijderde de strik.

'Maak jij het verder open?' Hij reageerde niet.

Zij pakte het cadeau uit. Het prachtigste album dat hij zich voor kon stellen. Een zilverkleurig omslag. Ze bladerde erin. Hij zag de voorgedrukte vakken op elke bladzij. Hierin kon hij het beste uit zijn oude album overbrengen en daarna zijn verzameling uitbreiden. Hij was beduusd.

Ze zag dat.

'Je hoeft er niets voor terug te doen. Ik wil je blij zien. Al ben ik wel nieuwsgierig. Heb je nog over het sieradendoosje nagedacht? Voor je vader is het belangrijk.'

Hij nam het in zijn hand. Hij had al gezien dat er zelfs een apart vak was afgebeeld om de staat van het wortelgestel aan te geven.

Over haar gezicht lag een glans van opwinding. Ze trok haar gezicht weer in een glimlach.

Hij legde het boek op tafel, zette een stap richting de keuken, om naar buiten te komen.

De glimlach doofde.

'Je wilt ervandoor. Zo gaat dat niet.' Haar stem was schril. Hij zag dat de weg naar de keuken versperd was, dacht nog bij de voordeur te kunnen komen. Ze was snel, ondanks de handicap van het hinken. Haar handen sloegen zich als klauwen in zijn schouder. Ze drukte hem langzaam naar beneden. Henk Wielheesen bood geen verzet. Hij zag hoe sterk de pezen van haar onderarm waren, zag de dunne, harde mond, rook haar rok die als een groen zeil voor hem hing. Hij slikte omdat hij geen lucht kreeg. Zijn mond zat vol slijm.

Toos Radstake duwde hem tegen de grond, blies over zijn gezicht. Henk voelde haar bovenbenen tegen zijn voorhoofd; ze gleed met haar handen langs zijn rug. Ze trok de kam uit het haar, stak die in zijn nek.

'Geschift ben je,' fluisterde ze, vlak voor hem. 'Ja, geschift.' Ze trok hem nog half overeind, liet hem toen los.

DEEL DRIE

Henk Wielheesen droomde zijn kindergebed:

Aan het eind van deze dag
Dank ik dat ik praten mag
Met mijn God die heel dichtbij
Als een vader zorgt voor mij

In zijn droom had hij zijn handen losjes over elkaar gevouwen.

Midden in de nacht werd hij wakker. Hij dacht dat hij zijn vader boven op zijn kamer hoorde snikken. Henk kon het ook gedroomd hebben.

Daarna droomde Henk Wielheesen dat hij rondzwierf in een landschap dat in stukken was verbrokkeld. In een diepe spleet zag hij zijn moeder, opgebaard in de voorkamer. De gordijnen waren gesloten.

Mama zonk weg en hij liep over een stille, zonovergoten straat. De mensen hadden de luiken gesloten. Ineens veranderde alles. Hij rende over het midden van de straat. 'Debiel' werd hem toegeschreeuwd. Hij raakte buiten adem, keek schichtig achterom. Hij vroeg zich af waar zijn belagers waren, dacht dat ze alle belangstelling voor hem verloren hadden. Henk Wielheesen dacht te kunnen ontsnappen, maar zijn achtervolgers, links en rechts op het trottoir, maakten hem duidelijk dat hij geen kans maakte. Ze matten hem af, dreven hem tegen een hek, begonnen hard op hem in te slaan. Henk trok zijn lippen naar binnen, want hij wilde niet huilen. Hij hield een hand tegen zijn mond.

Daarna zag hij zich zitten, zijn handen gevouwen.

'Voor jou,' zei de juf van de zondagsschool, 'jij hebt je vers zo mooi uit het hoofd opgezegd.'

Hij kreeg het plaatje cadeau van 'De engel met het vlammende zwaard', die de ingang tot het paradijs bewaakte.

De engel daalde uit de hemel neer, raakte het water in het bad Bethesda in Jeruzalem aan. Dan bewoog het water. Wie er op dat schaarse, goddelijke moment het eerste in kwam, na de beweging van het water, werd gezond, wat hem ook mankeerde. Om het bad heen lag een menigte van zieken, blinden, verlamden en verschrompelden. Henk, met zijn moeder op schoot, was de eerste die de engel zag verschijnen, tilde haar op en droeg haar het water in.

Doornat werd hij wakker.

~

Zijn vader kwam thuis van zijn werk, waste zich met veel water en zeep. Daar was hij nog wel even mee bezig.

Toos had gedekt voor twee personen. Ze liep heen en weer met op elkaar geperste lippen. Hij zag dat ze zich ergerde aan alle geplas met water.

Henk liep naar het hok, gaf de kippen voer. De haan had hij een week geleden dood in het hok gevonden en in de tuin begraven. Joop Ruysch van de lijstenwinkel had daarvan gehoord en beloofd naar een nieuwe haan uit te kijken.

Nu hij bij de kippen in het hok zat, drong het tot Henk door dat hij op de keukentafel een bord met bestek had zien liggen. Vader was bezig zijn bovenlijf af te drogen. Henk, in zijn hok, keek gauw een andere kant op. Hij kon niet goed naar de blondbehaarde borstkas van zijn vader kijken.

Ze riep dat het eten klaar was.

Henk zag in de keuken het bord met bestek, liep door naar de kamer.

'Nee, voor jou heb ik in de keuken gedekt. Je vraagt je af waarom? Je vader en ik zien elkaar zo weinig. Aan tafel willen we met z'n tweeën zijn. Je eet voortaan in de keuken, en vooraf.'

Hij ging aan de keukentafel zitten. Ze schepte snijbonen op en aardappelpuree. Ze goot er een donkere saus overheen met stukjes gestoofd vlees. De brij verspreidde zich over het bord.

Met zijn vork prakte hij alles fijn.

Ze bleef in zijn buurt. Zijn vader was in de fietsenschuur bezig.

Hij nam een hap, hield die in zijn mond. Henk Wielheesen dacht aan de opstandelingen in de Atjehse bovenlanden, liet het eten langzaam uit zijn mond op het bord lopen.

Hij veegde zijn mond af.

Wat hij op zijn bord had, leek nog het meest op de vloeibare Sunlight-zeep waarmee zijn vader zich dagelijks waste.

'Slik door.'

Ze greep zijn nek. Hij liet het eten door zijn mond gaan, spuugde het uit. Ze pakte hem bij zijn kin, haalde zijn gezicht naar zich toe. Hij voelde de stof van haar bloes.

Hij voorvoelde dat hij over een tijdje nooit meer zou eten.

~

De dagen erna gaf ze met een korte hoofdbeweging aan dat er eten voor hem klaarstond. Hij gehoorzaamde, nam een paar happen, die hij weer uit zijn mond liet lopen.

Hij vermaakte zich in het kippenhok. Die twee zaten na het eten buiten in de ligstoelen. Een enkele keer richtte zijn vader de blik tersluiks op het hok. Ze dronken koffie, staarden in de verte. Soms kwamen ze tegelijk overeind, veranderden de stand van de stoelen, gingen weer liggen, hun handen op elkaar.

Het zwijgen van die twee, die lange uren in de ligstoel, dat zou ook nooit uit Henks geheugen verdwijnen.

Vandaag was Henk Wielheesen alleen thuis. Het was een zaterdag.

Met Ruben zou hij naar de heuvels fietsen. Toos Radstake was de hele ochtend bezig geweest de pas gekochte Berini en de twee zwarte helmen op te poetsen. Ze waren zojuist de Bergweg af gereden.

Hij zette de losse trap in het zolderluik en klom naar boven. Hij duwde het zolderluik open. Henk Wielheesen had alle kracht nodig om het zware, gewelfde, met koper beslagen deksel van de dekenkist open te slaan. Aan de binnenkant zat halfvergane roodjute bekleding. Hij liet zijn hand over mama's bruidssluier gaan. De bruidsjurk zelf had ze verknipt. De fijne stof kietelde aan zijn vingers. Hij nam mama's blauwe zomerjurk in zijn handen. Haar lievelingsjurk. Ze droeg die jurk toen hij nog niet geboren was. De jurk had grote schuine steekzakken. Ze stak haar handen in die ruime steekzakken en kon haar handen over haar buik laten gaan en tegen hem praten.

Hij kreeg een warm gezicht, legde de blauwe jurk terug, liet zijn blik gaan over het gescheurde jute aan de binnenzijde van het gewelfde deksel. Daarna liet hij voorzichtig het zware deksel naar beneden zakken.

Door het smalle zolderraam zag hij dat Ruben op het brede pad op hem wachtte.

Henk Wielheesen was aan het werk in de blauwe uithoek. Hier stonden tientallen variëteiten van kegeldragende gewassen. Hun stam en takken waren het hele jaar door blauw berijpt. De plantennamen stonden geschreven op gele, houten steeketiketten. Hij hoefde die niet te raadplegen. Naar de lucht kijkend noemde hij alle soorten op: juniperus, thuya occidentalis, pinus austriaca, pinus montana, taxus baccata. Tientallen namen had hij in dezelfde volgorde paraat.

Sieje liep op Henk toe en vroeg of hij met hem meekwam. Ze liepen naar de palmenkas. Het was vochtig weer.

Een sleutel zat in het slot van de tussendeur.

Sieje ontsloot hem. Ze liepen naar een kleine uitbouw waar op een tablet yuccastekken waren uitgezet. De stekken waren al beworteld. Hij groef er een uit en liet die aan Henk zien. De kleur van de haarvaten beviel hem niet. Hij vermoedde grauwe schimmel. Sieje had gehoopt dat de natuur het zelf zou oplossen. Dat was niet gebeurd. Hij wilde vandaag ingrijpen en de grond in de hele kas desinfecteren. Vanwege het vocht in de lucht was hij ook bang voor luis op de agave. Dat wilde hij voor zijn.

Op het bureau in de kas had hij al de gele bus neergezet waarop twee gekruiste doodsbeenderen waren afgebeeld. De zuivere nicotine, in poedervorm, was een natuurlijk, maar zwaar giftig verdelgingsmiddel. Hij paste het alleen in uiterste noodzaak toe. Het middel was, juist en met mate toegepast, effectief.

Om de paar meter deponeerde de kweker een maatbeker nicotine. Henk nam het werk over, strooide de lichtbruine poeder in kleine hoopjes uit. Ze sloten samen alle luchtramen, staken de poeder aan. Korte, hevige vlammen. Uit de talloze kleine vulkanen steeg witte rook op.

Weer buiten mocht Henk Wielheesen de kas afsluiten. Zo kon niemand per ongeluk de broeikas binnenlopen. De giftige dampen waren levensgevaarlijk.

Sieje kreeg een hoestbui.

Ze keken toe vanuit de werkplaats. De planten waren onzichtbaar in de dichte rook. Door de turfmolm op de tabletten kronkelden roodsmeulende stroompjes.

De ramen van de kas waren deze zomer extra gekit, zodat geen rook kon ontsnappen.

'Is het niet schadelijk voor de planten?'

'Niet als je je houdt aan de afgemeten hoeveelheden. Het is een plantaardig middel.'

Hier en daar nog verlate helgele steekvlammen. Ze reten kort de dichte rook uiteen.

Ze hoorden getik.

'Wat is dat, Sieje?'

'Bladluizen. Ze spatten uit elkaar.'

Na twee uur mocht de tussendeur naar de werkplaats weer open. De rook was verdwenen via de buizen die verbonden waren met de watergoten aan de buitenzijde van de broeikas.

Henk ging aan het werk in de witte uithoek. Hij schoffelde en harkte tussen zilverbonte heesters waaronder de zeldzame zakdoekjesboom, de davidia involucrata. Puur voor zijn plezier begon hij de soorten om zich heen op te noemen: clematis, acer negundo, acer pseudoplatanus. Met de jaren zou hij er nog honderden bijleren. Hij zou ze alle onthouden. Daar lag zijn kracht. In de herinnering.

Sieje kwam naar hem toe. Hij had de kas geïnspecteerd. Hij dacht dat schimmel en luis verdreven waren.

'En jij bent hier goed aan het werk.' Hij drukte hem tegen zich aan, mompelde: 'Niemands meester, niemands knecht.'

Henk Wielheesen begreep hem. Toen hij weer alleen was dacht hij, verborgen tussen al het schoons van de heesters: wat een bijzondere tijd maak ik mee, alles bij elkaar genomen.

~

Henk Wielheesen en Ruben Sievez hadden de lagere school achter de rug. Henk zat op het vglo, het voortgezet gewoon lager onderwijs, Ruben op het gymnasium in de stad.

Het was een warme nazomer.

Henk was bang om in te slapen. De warmte wakkerde nachtmerries aan. Elke nacht werd hij gillend wakker. Het sleutelgat van zijn deur had hij dichtgestopt met entwas, zodat de stemmen in huis of de stemmen van andere schimmen niet in zijn kamer konden doordringen. Het hielp nauwelijks. Elke avond hoorde hij hen naar boven gaan. Dan kraakte het zeil.

Hij stopte zijn oren dicht. Aan een kleine verschuiving van zijn album had hij gemerkt dat Toos Radstake bij zijn afwezigheid in zijn kamer scharrelde. Ze zou er niets van haar gading vinden.

Hij herinnerde zich de angstige droom van de afgelopen nacht. Hij daalde af in een heldere afgrond en bezocht de manege. Een paard reed op hem in. Vader keek toe. Op het paard zat een gedaante, zo lang, zo mager, dat zijn vader daarbij in het niet zonk. Vader was witter dan anders. De voegkalk was nog dieper in zijn poriën doorgedrongen. Hij zag nu dat de gedaante omgekeerd op het paard zat.

Hij was weer ingeslapen.

De vloer van de overloop bewoog. Henk hoorde haar lachen. Hij kon het bed op hun slaapkamer zien. Het bewerkte, houten achterschot had de vorm van een halve maan. Hij dacht dat hij papa hoorde huilen. Had die vrouw zijn vader aan het huilen gebracht? Was hij wakker of in halfslaap? Hij wist het niet, maar het kon toch niet zo zijn dat zij van zijn zo zwijgende vader, die op zondag jeugdelftallen trainde en wedstrijden floot, ook de krijtlijnen trok en het doelnet ophing, een huilend kind maakte?

Hij vergiste zich natuurlijk.

Helemaal wakker ging hij rechtop zitten. Hij wilde zekerheid en kwam het bed uit.

Henk opende zo voorzichtig mogelijk de deur. De straatlantaarn wierp een zwak schijnsel in de hal. Henk stond onder aan de trap. Hij liep behoedzaam enkele treden op. Vanonder de slaapkamerdeur viel een smalle reep licht op het zeil van de overloop.

Papa huilde. Het was meer een hortend, onderbroken snikken van een diepbedroefd jongetje. Hij dacht aan zijn opa die altijd rode huilogen van de kou had. Als hij was 'uitgevroren' klopte hij als werkloze aan bij de Dienst Uitvoering Werken. Hij had de uitkijktoren helpen opwerpen. Opa woonde in een armoedig huis aan het eind van de Waterstraat. Bij hoge waterstand van de rivier liep de kelder onder en kwamen de ratten met het grondwater mee. Ze zwommen vrolijk tussen de weckpotten met doperwten uit eigen tuin. Henk had gezien dat opa een rat ving met zijn blote handen. Hij sloot hem op in een verroeste vogelkooi, zette de kooi op het paadje tussen zijn huis en de schuur met het varken. Hij goot benzine rond de kooi, stak de benzine in brand. De vlammen kwamen bij de kooi. De rat jankte. Het vuur kwam bij de tralies, het gejank werd een wanhopig snikken. De ogen van de rat zwollen op van doodsangst. De ratten uit de kelder kwamen op het snikkende beest af. Opa van de DUW reeg ze aan een mestvork.

~

Zijn vader was die zondagmorgen al vroeg in De Del. Henk zat in zijn pyjama op bed. Toos was boven bezig. Hij verliet zijn kamer om zich snel in de keuken te wassen. Op dat moment kwam zij de trap af in haar kamerjas. Hij ving een glimp op van haar magere bovenbenen. Zijn aandacht werd nog meer getrokken door haar douchemuts, met daarin al het opgeboste haar. Het was een naar, bloot gezicht.

Vanaf de trap vroeg ze waar hij naartoe ging. Omdat hij geen antwoord gaf, greep ze hem bij zijn arm.

'Je wast je niet meer in de keuken. Met je vader heb ik dat besproken.'

Hij maakte zich met een korte ruk los van haar, begreep dat hij zich voortaan boven moest wassen. Op de kleine kamer aan de voorzijde was een douche geïnstalleerd.

Die kant wilde hij opgaan.

'Nee, niet naar boven.'

Ze hinkte achter hem aan. 'Je wast je buiten.'

Uit het keukenkastje onder het aanrecht haalde ze het teiltje, liet er koud water in lopen. Ze zette de teil buiten, net buiten de veranda, zodat hij in de kille ochtendwind zou staan. Ze bracht hem een blok Sunlight-zeep en een washandje.

Henk trok zijn pyjamajasje uit, waste zijn gezicht en bovenlichaam.

Vanuit de keuken keek ze toe.

Hij had weinig last van de kou, was gehard door het werk op de kwekerij.

Dit overkomt me, zo moest hij denken. Tegen het eten in de keuken had hij zich nog teweergesteld. Intuïtief geloofde hij dat op dit moment deze berustende houding voorlopig de beste was.

De winter zette vroeg in, met nachtvorst en een dun laagje sneeuw. De kweker strooide sintels op het pad tegen gladheid.

Zij zette een teiltje koud water voor hem neer, reikte zeep en een washandje aan, en een handdoek. Bij heviger kou beloofde ze hem, als hij zich beter waste, zich beter boende, en afspoelde, een voorverwarmde handdoek.

De bezorgde moeder.

De gure wind joeg stofsneeuw op. Hij stond met blote voeten op de ijskoude tegels.

Vanuit de warme keuken keek ze toe, de deur op een kier.

Ze wilde dat hij zich grondiger waste, zich overal met groene zeep insmeerde.

Ze overhandigde hem een voorverwarmde handdoek. Hij droogde zich rustig af. Toos Radstake gebaarde.

Zijn pyjamabroek. Ze hield een tweede voorverwarmde handdoek in de lucht. De beloning. Hij wreef zijn naakte lichaam met zeep in, boende, voelde de kou niet, dacht aan zijn grootvader die met een pikhouweel in de vorstgrond hakte en grond de berg op kruide. Hij voelde zijn moeder dichtbij. De kou was hitte, de kou was genot. Een eerste, lichte verstijving van zijn lid. Zij kwam naar buiten om een warme handdoek aan te reiken. Hij weigerde die.

Langs haar heen ging hij naar binnen. Zij had haar vingers in elkaar gehaakt en liet ze knakken.

Zijn vader en Toos Radstake maakten ruzie. Het leek of papa steeds meer tijd nodig had om zich na zijn werk schoon te wassen.

Henk keek naar zijn vader vanuit het hok. Zijn hoofd zat onder het zeepschuim.

Zij maakte aanmerkingen op zijn overvloedig watergebruik. Henk, met twee kippen op zijn schouder, dacht aan het nieuwe schoolschrift dat hij had ingewijd als herbarium. Twee nieuwe aanwinsten voor zijn verzameling lagen tussen vloei: een brekebeen en een roomse krodde.

Ze riep Henk. Hij gaf geen antwoord. Ze schreeuwde richting het hok, waarop de regen neerkletterde. Het regende de hele dag al.

Henk hoorde zijn vader zeggen: 'Zet niet zo'n stem op tegen hem!'

Voor zover hij zich kon herinneren was het de enige keer dat zijn vader voor hem opgekomen was.

Na het eten vertrok zijn vader in uniform naar een extra EHBO-oefening. Zij bleef thuis.

Henk trok de gangdeur achter zich dicht om naar zijn kamer te gaan. In de kleine hal was het door het regenachtige weer nog schemeriger dan anders.

Ze kwam achter hem aan. Karig rood-groen licht viel door het glas-in-loodraam van de voordeur. Zij drukte de klink van de gangdeur naar beneden. Hij deed gauw het licht van de plafondlamp aan. Op de muur zag hij haar schokkende schaduw, hoorde het wegblazen van een sliert haar, de snelle ademhaling.

Henk was rustig, dacht aan de woorden van Sieje vanmiddag. Ze hadden op de rand van het waterbassin gezeten en over de in terrassen aflopende kwekerij gekeken. Henk had aan de sawa's in Atjeh moeten denken. Zonder aanleiding had Rubens vader tegen hem gezegd: 'God, de Heer, heeft je met een volwaardig verstand gezegend.'

Die woorden hadden hem goed gedaan. Op Sieje kon je aan. Die had ooit met een engel gesproken.

Hij was bijna bij de deur van zijn kamer. Onverwacht greep ze van zijn hand alleen de vingers, alsof ze vol afkeer van hem was. De andere hand omvatte zijn schouder en drukte hem tegen de grond. Hij voelde haar duim onder zijn sleutelbeen, krabde met haar lange nagels over zijn rug. Haar nagels hadden de donkergrijze tint van een mollenvel. Het was een gemeen, pijnlijk krabben.

Henk had om hulp kunnen roepen. Op straat hadden ze hem kunnen horen.

Ze trok de kam uit het haar.

De half gebogen kam in zijn nek voelde als het lemmet van een mes. Het lange, donkere haar van Toos Radstake viel voor zijn gezicht. Hij kon toehappen, een lok in zijn mond nemen. Ze bleef zacht, maar dwingend, op zijn schouders duwen. Ze zette weinig kracht, maar hij voelde hoe pezig en sterk haar handen waren. Hoeveel brancards met gewonden had ze in haar leven al niet gedragen?

Haar vingers gleden over zijn rug. Hij hoorde de regen op straat, een enkele voorbijganger. De plafondlamp, met het bruine, perkamenten kapje, schommelde.

'Zeg wat!'

Ze was boos. Ze wilde dat hij tegenstribbelde. Henk was als het schaap dat niet bang is voor het aangezicht van zijn scheerder. Hij had een laag onverstoorbaarheid over zichzelf aangebracht. Daar kwam ze niet doorheen.

Ze begon aan zijn hoofd te trekken, tilde zijn hoofd op.

'Kijk me aan!'

Ze zag zijn onbewogen, naar binnen geslagen blik.

Ze sloeg hard, zonder reserve.

De klappen kwamen hard aan.

Henk Wielheesen viel om. Ze trok hem op. Alle meppen troffen doel. Ze had het op zijn hoofd gemunt, op zijn ogen die niets uitdrukten.

Met zijn handen schermde hij zo goed mogelijk zijn hoofd af.

De jongen zei in zichzelf: 'Golgotha. Hoofdschedelplaats. Hof van Gethsemane. Eli, Eli, lamach sabachthani.' Allemaal woorden die hij bewonderde en vaak hardop zei. Dan zag hij ook de plaatjes voor zich waarop de tuin met de olijfbomen en de kruisiging was afgebeeld.

Ineengedoken lag hij aan haar voeten, verwachtte een genadeklap.

Die bleef uit.

Zij hurkte bij hem, keek hem lang aan. De jongen had geen idee wat ze aan het bedenken was. Haar blik was anders, zachter.

Ze ging op haar knieën voor hem zitten.

'Bij mijn geboorte is iets in mijn rug verschoven. Daarom loop ik scheef. Denk daar eens aan. Maar waarom vertel ik dit aan jou?'

Ze kwam overeind.

Henk begreep dat ze op dit moment niet meer zou slaan, tenzij ze onverwacht uithaalde.

Hij stond op.

'Je wilt naar je kamer natuurlijk.'

Ze ging snel voor zijn deur staan. Op haar gezicht verscheen een grijns, alsof ze definitief van hem ging winnen.

De regen was opgehouden.

'Waar kan ik het sieradendoosje vinden?'

Hij rende via de kamer naar buiten. Van de schuurdeur likte hij druppels water.

'Mij dorst,' zei hij, maar hij had direct spijt van Jezus' woorden aan het kruis en vroeg om vergeving.

Vanuit de achtertuin keek hij in de richting van de kwekerij. Pal boven de palmenkas stond een kleine, roerloze, blinkendwitte wolk, die zich weerspiegelde in het glas.

Zij stond onder het glazen afdak.

'Waar?' vroeg ze. 'Jij weet het. Zeg het me. Ik heb ook iets over mijzelf verteld.'

'Daar!' zei hij en hij wees in de richting van Sievez' bedrijf. Hij kon evengoed de zuidmuur met de perziken bedoelen, geleid in de vorm van een kandelaar, als de hoge zeshoekige broeikas.

Het voortgezet gewoon lager onderwijs stimuleerde zijn algemene kennis en zijn liefde voor de wilde flora. Een derde herbarium was helemaal gewijd aan de wilde orchidee, waarvan hij onlangs een zeldzame tweebladige met kleine, paarse bloemen had gevonden, en aan de vleesetende plant.

Sieje had hem gevraagd na school direct op de kwekerij te komen. Hotel-restaurant Naeff had palmen en agaves nodig voor een driedaags congres in de zuilenzaal.

Ze schoven de kuipen samen op de steekwagen, bespoten de bladeren in de werkplaats met een fijne broes.

'Wat is er met je gebeurd?' vroeg Sieje, die blauwe plekken op zijn arm zag en een bloeduitstorting in zijn hals.

'Ruzie op school. Iemand schold mij voor achterlijk uit.'

Ze namen de kuipen nat af.

De bestelling zou eind van de middag worden opgehaald.

'Het zaad van de Franse afrikanen is binnen,' vertelde de kweker. 'We gaan het samen uitzaaien in verwarmde grond.'

De boomkweker teelde geen eenjarige planten. Met uitzondering van deze grootbloemige oranje afrikanen. Ze waren geschikt voor randbeplanting en als snijbloem.

Bij het publiek waren ze altijd gewild, en ook van hotel-restaurant Naeff had hij dit jaar al een grote bestelling binnen.

~

Op voorspraak van Hans Sievez werd Henk Wielheesen een jaar eerder toegelaten tot de lagere tuinbouwschool.

Ruben mocht op het gymnasium een klas overslaan.

Het was zomervakantie.

De jongens, vijftien jaar, fietsten naar de rand van het dorp waar grote villa's lagen, gebouwd door planters uit het voormalig Nederlands-Indië. Daarachter begonnen de heuvels. Ze zetten hun fietsen tegen elkaar, beklommen de trappen van de uitkijktoren. Het ging er niet om wie het eerst boven was. Ze bleven, snel klimmend, op gelijke hoogte. Ze stonden stil bij de oriëntatietafel, zagen in de heldere lucht Montferland, het Reichswald. Ze renden de zeventig treden naar beneden. Dit tot driemaal toe.

Ze klommen op de bunker. Ruben haalde uit zijn achterzak het entmes van zijn vader. Hij sneed een tak van de lijsterbes. De trossen kleurden al oranje. Hij rukte de bessen los, gooide ze zo ver mogelijk het terrein op.

Ruben ging naast Henk zitten. Rubens blik was vaag. Henk wist dat Ruben over iets nadacht, terwijl hij met het mes speelde, het van de ene hand in de andere wierp en op een zeker moment die beweging onderbrak en het platte deel van het lemmet tegen het gewapend beton van de bunker drukte. Hij boog het zo ver mogelijk door. Henk Wielheesen dacht dat het lemmet zou breken, schermde zijn ogen af. Het lemmet, dat Ruben nog steeds tot het uiterste gespannen hield, fonkelde.

Ruben was iets van plan. Zijn vriend hief het hoofd, keek omhoog naar de blauwe hemel. Hij was in vervoering.

Henk wachtte af. Naar dit samenzijn had Henk uitgekeken. Ruben liet het mes terugkomen in zijn gewone stand. Hij nam Henks wijsvinger, liet die over het lemmet glijden, dat van de spanning gloeiend heet was.

Ze sprongen van de bunker, gingen op weg naar het sprengenveld, lieten de fietsen achter. De jongens staken het terrein over en stonden algauw voor een muur van groen. Achter elkaar gingen ze een hoog bruggetje over van losse planken. Een smalle beek stroomde in een bed van witte kiezels, tussen hoge, beschotte wallen. Ze deden hun schoenen en sokken uit.

Ruben liep voorop. Ze waadden door het heldere water. Hij bleef staan voor een blootgewoelde boomstronk. De gele wortels hingen als traliewerk voor de diepe grot.

Verderop meer duistere inhammen. Een slang kronkelde naar binnen.

'Ons domein,' zei Ruben fluisterend.

De beek werd smaller, het dal ondieper. Het water was hier bedekt met een veld witte ranonkels. Een libelle flitste voorbij, een blauwe streep raakte het water.

Ruben, wilde hij zeggen. Hij wilde zijn aanhankelijkheid betuigen, maar hield zich in.

De beek vloeide uit in talloze kleine stroompjes.

Henk keek achterom. Op afstand, die vlakte witte bloemen, een bruidssluier.

Ze zakten tot aan hun enkels in de moerassige grond. Kleine watervallen. Overal gekabbel, geklater. Een ijsvogel dook naar beneden. Ze stonden aan de rand van het sprengenveld. Water borrelde uit de grond op, tussen roze-grijze zwerfstenen, begroeid met blauw korstmos. Overal blauwe flitsen, vlekken, schaduwen. Alles bewoog. Het wemelde van engelen die het water met hun tenen aanraakten.

Ze dronken van het water.

Ruben haalde het entmes tevoorschijn. Het lemmet was afgekoeld.

'Blijf naar het mes kijken,' zei Ruben.

Hij plaatste het mes tegen de voet van zijn duim, maakte vanaf het zachte in zijn handpalm een snee tot aan de pink. Hij deed het zorgvuldig, vol toewijding. Een stroompje bloed sijpelde tussen de vingers door. Ruben keek er met welgevallen naar, zei het plezierig te vinden naar zijn eigen bloed te kijken.

Hij pakte daarna de rechterhand van zijn vriend, legde die op zijn knie.

Niets in Henk Wielheesen verzette zich. Hij keek naar zijn open hand, zo gedwee en gewillig op Rubens blote knie. Ruben zette de punt van het mes onder tegen de duim, kerfde in zijn hand. Bloed verscheen.

Ze gaven elkaar een hand, hun bloed mengde zich.

Ruben verklaarde: 'Ik zal er altijd voor je zijn. Hier, op deze heilige plek, beloof ik dat.'

Henk had hem aangekeken. Hij had niets kunnen zeggen, maar die woorden in zijn hart volkomen beaamd.

Hand in hand liepen ze tussen de bronnen bruisend water dat sinds onheuglijke tijden hier uit de grond kwam.

Hun hand brandde. Ze hielden hun bloedende hand in het water dat lichtrood kleurde.

Op de terugweg zei Henk: 'Ruben, het deed helemaal geen pijn.'

Henk beklom de zolder, sloeg het gewelfde deksel van de dekenkist open, nam een jurk van mama in zijn hand, sloeg de bruidssluier om zijn hals, drukte de blauwe jurk met de schuine steekzakken tegen zich aan, paradeerde over de zolder.

Door het smalle zolderraam zag hij, diep onder hem, zijn vriend, leunend tegen het toegangshek. Ruben wachtte op hem.

Ruben moest nog even wachten.

Henk diepte een andere jurk op, een zomerjurk met grote, gestileerde oranje bloemen. Hij hield hem voor zich als wilde hij kijken of die hem stond. Hij rook aan de katoenen stof, streek de jurk langs zijn gezicht, rook een mengsel van vergaan hout, linnen, een muffe zoetheid. Hij ademde die geur diep in en liet hem als sigarettenrook, in golfjes, weer los. Een schandalig verlangen kwam in hem op. Zijn gezicht werd vuurrood, hij begon overal te transpireren.

Henk Wielheesen kleedde zich uit, trok mama's positiejurk aan. Daaroverheen de zomerjurk met oranje bloemen.

Het verlangen nestelde zich dieper in hem.

Hij vergat Ruben.

Henk Wielheesen vond diep in de kist een roze jurk met witte stipjes, en schoenen.

Hij trok deze jurk aan. De tenen wrong hij in de schoenen. Henk liep heen en weer, voelde zich een tenger, jong meisje, zijn handen gaven de omtrekken van borsten aan.

Hij balanceerde op haar schoenen.

De schaamte verbreidde zich met zo'n kracht dat in zijn ogen een adertje sprong. Hij wreef zijn tranen weg, kleedde zich snel om, vluchtte van de plaats waar hij zich zo misdragen had, voelde zich een indringer in zijn eigen lichaam.

Vol begeerte daalde hij de trap af, voegde zich bij zijn vriend.

~

Naar verwachting zou het de heetste dag van het jaar worden. De Berini stond buiten. Toos Radstake was de bromfiets aan het oppoetsen, daarna de beide zwarte helmen. Daar ging de hele ochtend mee heen. Ze bleef wrijven, gaf de wielen, de benzinetank, het stuur een nog grotere glans. Op een van de bijzettafeltjes lagen folders van het beroemde bloemencorso in Zundert.

Ze smeerde boterhammen, deed ze in een trommel.

Henk Wielheesen was de straat af gelopen. Onderaan trof hij Joop Ruysch, de lijstenmaker, op de drempel van de winkel, als altijd in zijn openhangende stofjas. Joop had hem joviaal begroet en hem gevraagd hoe het op school ging.

'Heel goed,' zei Henk.

'Zo jong je moeder verliezen,' meende Joop, 'dat zeul je je hele leven mee.'

Hij keek Henk met grote aandacht en lang aan, merkte op dat hij een mooie jongen was. 'Mag ik een foto van je maken?' Hij was al naar binnen gelopen, kwam terug met een fototoestel.

Het was bekend dat hij altijd aan het fotograferen was, vooral historische plekken in het dorp.

Hij maakte een hele rits foto's van Henk Wielheesen. Joop Ruysch maakte enige keren een opmerking over zijn handen. Ze waren nog donkerder bruin dan zijn onderarmen, nog...

'Blijf zo staan. Ja, heel mooi.' En hij maakte weer een serie.

Veel later in zijn leven heeft Joop Ruysch hem enkele foto's cadeau gedaan.

Henk liep de straat weer op. Zijn vader en Toos Radstake waren zich nog steeds op het uitje aan het voorbereiden. De jongen liep de kwekerij op. Sieje was met een klant bezig. Henk ging op de rand van het waterbassin zitten. Met een rietje uit een rietmat ging hij door het water. Een korte, hete windvlaag deed het water licht golven.

Hij zat met zijn ziel onder de arm. Ruben was met zijn moeder naar de stad.

Henk liep terug naar huis. Zijn vader had zijn helm opgezet, zette de kinband vast. Haar helm hing nog aan het stuur. Hij reed, zij zat altijd achterop, met het lange lijf dat hoog boven hem uitstak.

De jongen slenterde doelloos om het kippenhok. Vanmiddag had hij met Ruben afgesproken. Ze zouden dit keer niet naar de heuvels, maar naar de rivier gaan. Pas tegen drie uur zou zijn vriend uit de stad terug zijn.

Zijn vader zou nu gauw vertrekken. Toos Radstake had haar helm in de hand.

Het was halftwaalf, zag hij op de kerktoren.

Henk liep de fietsenschuur in, reikte naar de bus op het schap om die aan te vullen. De geschonden kop van een plafondengel schitterde zilverig. Hij dacht aan het deksel van paarlemoer. Tegelijk hoorde hij achter zich de deur dichtslaan. Een windvlaag. Dat was het eerste waar hij aan dacht. Snelle voetstappen, stampend, schuivend.

Het slot werd omgedraaid. Daarna stilte. Dan haar stem, zacht, maar snerpend.

'Nou heb ik je. Waar kan ik het vinden? Ik wil het precies weten.'

'Als je me loslaat.'

Hij nam het zichzelf kwalijk dat hij zich zo had laten verrassen. Hij noemde de palmenkas.

'Waar?'

'In de bureaula.'

Het was de angst in het pikkedonker te worden opgesloten.

Aan de andere kant van de deur was het stil. Hij had al spijt. Maar ze kwam nooit op de kwekerij. Ze had er niets te zoeken. De omgang met de buren was bekoeld. De tussendeur zat altijd op slot. Sieje hield de sleutel bij zich.

'Je liegt. Ik geloof je niet.'

Zijn vader startte de brommer.

Hij hoorde hen de Bergweg af rijden.

~

Na de opsluiting in het benauwde fietsenschuurtje hadden de ouders van Ruben het via de huisarts voor elkaar gekregen dat Henk Wielheesen werd geplaatst in het internaat, verbonden aan de tuinbouwschool, dat gehuisvest was in een voormalig klooster van de norbertinessen.

Henk werkte als stagiair op de kwekerij van Sieje. Een docent van de opleiding kwam geregeld langs. De kweker prees de stagiair om zijn inzet, toewijding, intuïtie. Hij beheerste al de moeilijke kunst van het enten en had gevoel voor het waaiervormige snoeien van het leifruit (de palmet candélabre).

'Ik laat je iets bijzonders van zijn hand zien.' Sievez

troonde hem mee naar het veld buxusboompjes. De man stond paf. Geboetseerd in de bolvormige struiken zag de docent van de tuinbouwschool een complete dierentuin: een leeuw en een lam tezamen, een mol, een marmot, een bever. Ronduit verbijsterd was hij toen de kweker hem een recent gereedgekomen kunstwerk toonde. Het was de opdracht van een klant, een groot tennisliefhebber en bewoner van een bungalow met gazon, aan de rand van het dorp, niet ver van de Emmapiramide. De docent zag een partijtje tennis in de levende natuur uitgebeeld: een man in korte broek sloeg een rondgeschoren groen balletje en een vrouw, in korte rok, met gebogen knieën, een racket in haar handen, wachtte de bal af.

'Dan te bedenken,' zei Sievez ten overvloede, 'dat de buksboom een uiterst langzame groeier is. Komende week zal Henk de struiken zorgvuldig uitsteken. Van het wortelgestel mogen zelfs de haarpunten niet beschadigd worden, noch de wortelmutsjes. Voor je het weet heb je wortelrot en zal de struik afsterven.'

~

Sieje en Henk bekeken een willekeurig blad van een citroenboompje. De gesponnen draadjes en daarin de kleine, witte larfjes zeiden genoeg. Het ongewoon zachte weer zou de oorzaak zijn.

'Het wordt nicotine branden,' zei Sieje. 'Jij hebt het

meerdere keren gedaan. Ik durf het aan jou toe te vertrouwen.'

Hijzelf had afgesproken met enige broeders die zich net als Sievez hadden losgeweekt van de officiële kerk. Vanmiddag was een huiskamer-samenkomst waar onafgebroken, urenlang, om de spoedige wederkomst van Christus werd gebeden. Die afspraak kon hij onmogelijk afzeggen. De vrouw van Sievez ging naar een trouwpartij aan de overkant van de rivier.

Henk Wielheesen zou die middag het rijk helemaal alleen hebben.

De bus nicotine stond klaar in de werkplaats.

Henk zwaaide Sieje uit.

Hij liep in gedachten terug, keek verbaasd naar zichzelf. Van jongs af aan had hij hier rondgelopen, gespeeld, kleine werkzaamheden verricht. Daarna als stagiair gewerkt. Nu was hij voor korte tijd baas en verantwoordelijk voor kostbare planten en aanplantingen.

Hij voelde zich vrolijk en heel rustig. Het liefst zou hij gaan rennen, in het voorbijgaan zoveel mogelijk dingen aanraken. Hij bedwong zich. Er moest iets uit zijn handen komen.

In de werkplaats opende hij het blik met de doodskop en gekruiste beenderen. Het maatbekertje zette hij naast het blik. Hij wist precies tot welk streepje het gevuld moest worden.

In de palmenkas trok hij de luchtramen dicht. Hij kwam langs het oude bureau waarvan het blad hier en daar licht opbolde. Aan haken de werkkleding van Sieje en strengen raffia. In die hoek ook de grillige kronkelingen van de verwarmingsbuizen.

Henk Wielheesen, alleen op het bedrijf. Op hem kwam het neer. Hij voelde zich zo heerlijk kalm.

In een opwelling trok hij de onderste la van het bureau open. Achter de bundels belastingpapieren ontwaarde hij het ronde doosje.

Hij zat er op de hurken bij, nam het in zijn hand. Hij zette het terug, schoof de la dicht.

Precies zoals hij geleerd had, strooide hij de hoopjes poeder uit, streek de wanden glad met een plantenetiket. Precies kleine vulkaantjes. Ze moesten nog tot een uitbarsting komen.

Henk ging de hele kas rond, controleerde of alle luchtramen gesloten waren.

Hij stak de nicotine aan, verliet de kas toen hij zag dat overal de rookontwikkeling op gang kwam, sloot de deur, liet de sleutel in het slot zitten. Vanuit de werkplaats keek hij naar het ontvlammen. Algauw waren zelfs de hoogste palmen, die tot de nok reikten, in rook gehuld. Hij hoorde kleine explosies, zacht knetteren, vuurflonkeringen.

De larven zouden het niet overleven.

Henk herinnerde zich een voorval. Hij was vijf jaar, speelde rond de kas. Heet van het rennen had hij zijn hoofd diep in het lauwe, stilstaande water van een regenton gestoken. Schreeuwend was hij naar Sieje gerend. Een massa krioelende wormpjes had in zijn gezicht gestoken. Mama was direct met hem naar de dokter gegaan. Zulke domme dingen deed hij niet meer. Hij had veel geleerd.

Een klant kwam de werkplaats in. Hij kwam een bestelling jonge blauwspar ophalen.

Daar wist Henk van. Hij had ze al klaar gelegd, de kluit in een jute zak om de grond bij elkaar te houden.

Samen liepen ze naar de blauwe uithoek. De klant zei dat hij zijn auto op de Schonenbergsingel had geparkeerd. Dat scheelde in afstand.

Toch ging er veel tijd mee heen. Henk bracht de jonge bomen naar de auto, hielp ze inladen, rekende af.

Hij had alle tijd. De nicotine moest uitgewerkt zijn voor hij de kas weer in kon.

Op de terugweg controleerde hij of de lanen tussen de coniferen nog onkruidvrij waren. Heel kort ging hij op zijn geliefde plekje in het gras liggen, de zon in zijn gezicht. Hij dommelde weg in een gelukzalige slaap, besefte bij het ontwaken niet direct waar hij zich bevond.

Hij liep het brede middenpad op, kreeg de broeikas in het oog. Fijne, witte rook kroop omhoog langs de ruiten, loste op alsof het de witte nevel van de vroege ochtend was.

Het was zo stil. In de hulst- en beukenhagen die het hele gebied afgrensden wemelde het doorgaans van vogels.

Henk Wielheesen probeerde een opkomend onbehaaglijk gevoel weg te drukken.

Hij kwam dichterbij. Vooral langs de sponningen waar de kit en de stopverf gebarsten waren, kringelden rookslierten. Voor het kouder werd, zouden alle kieren gedicht zijn.

Een lichte wind kwam opzetten. Alle rook bewoog over het glas en de gedachte kwam een moment in hem op dat de hele broeikas bezig was in rook op te gaan. De rookslierten stegen rechtstandig op naar de wolkeloze hemel. 'En de Here sloeg acht op Abel en zijn offer, maar op Kaïn en zijn offer sloeg Hij geen acht. Toen werd Kaïn zeer toornig en zijn gelaat betrok.'

Henk Wielheesen kende de tekst nog van de zondagsschool.

Hij ging de werkplaats in.

Vanaf de inpaktafel staarde hij in een vaal, spookachtig daglicht. Op enkele plaatsen sloegen ineens kleine, helgele steekvlammen door de dichte, lichtbruine walm.

De broeikas zag er spannend en eng uit. Zo ging het altijd. Maar de mist die daar hing was erg dicht en te donker. Hij gaf bij zichzelf toe dat hij met de nicotine niet helemaal maat had gehouden.

Hij hoorde Ruben aan komen lopen.

'Ha, broertje van me. Mooi fikje ben je aan het stoken. Van ver is de rook te zien.'

Hij ging op de tussendeur af, die op slot zat.

'De sleutel zit er toch in?' zei Henk. 'Heb ik hem dan toch bij me gestoken?'

Hij voelde in zijn zakken.

Ruben keek door de ruit van de tussendeur, die nevelige wereld in.

'Henk, kijk!'

Hij trok zijn stiefbroer naar zich toe.

Die zag tegelijk de open bureaula, het lichaam van Toos Radstake, voorover in het modderige pad, en naast haar hand het sieradendoosje.

Ruben sloeg met zijn vuist een ruit in. Aan de binnenkant zat de sleutel.

Ze openden de deur, tilden het lichaam op. Er ontsnapte een zucht. Haar wang was geschramd. Op haar gezicht wemelde het van insectenbeten. Van het blad tuimelend hadden ze nog een slachtoffer gevonden. In een wond aan haar hand zat zwarte aarde.

Ruben belde de dokter.

Henk legde Siejes jas onder haar hoofd. Verward hurkte hij bij het lichaam neer en voelde zich alsof hij verdwaald was. Hij meende dat de wereld bezig was gericht te worden, dat in de glazen wanden om hem heen al scheuren trokken, als ooit in de muren van Jericho.

Het zweet dat in zijn mond liep smaakte zuur.

DEEL VIER

Henk Wielheesen, tegen de veertig, ongetrouwd, nam in de palmenkas de telefoon op. De angst om op te nemen als hij niet wist wie belde, was verdwenen.

Hij kreeg een mooie bestelling van hotel-restaurant Naeff.

Ze wilden graag een rijke, oranje beplanting van de perken rond de theekoepel en de borders bij de tuinzaal. Henk zou er algauw een tweehonderd Franse afrikanen kunnen wegzetten.

Hans Sievez had zich wegens ernstige gewrichtsreuma uit het bedrijf teruggetrokken. Henk Wielheesen leidde nu het bedrijf, hoewel hij officieel in loondienst was. Een toezichthouder controleerde inkomsten en uitgaven.

Henk woonde nu in het huis dat bij de kwekerij hoorde, op nummer 17. Het weinige waaraan hij gehecht was, zoals het sieradendoosje, de herbariumschriften, de foto's van zijn moeder en zijn grootvader, de dekenkist, waren meeverhuisd.

Ruben, die Frans doceerde aan een gymnasium in Leiden – de stad waar hij had gestudeerd – bracht de weekends in het ouderlijk huis door. Dan waren de broers samen.

Rubens ouders hadden een kleinere woning betrokken in de Vlashofstraat, net voorbij de lijstenwinkel van Joop Ruysch.

Margje had graag gezien dat beiden een vrouw hadden gevonden. Ruben had geen gebrek aan vriendinnen gehad, maar het was nooit tot vaste verkering gekomen. Nooit had hij een meisje mee naar huis genomen om aan zijn ouders voor te stellen.

Wat betreft haar pleegzoon, hij was bij wijze van spreken dag en nacht op de kwekerij, had contacten met meisjes van de tuinbouwschool, leerde hun het geraffineerde oculeren en het 'lezen' van het wortelgestel, maar verder leek hij ongevoelig.

Ze hoopte het nog mee te maken dat haar beide zoons een aardige vrouw vonden. Alleen was maar alleen.

Het huis op nummer 19 stond leeg.

Kort na de dood van Toos Radstake had Henks vader het huis verlaten. Henk had geen contact meer met hem. Van de lijstenmaker, die van alles in de wereld altijd op de hoogte was, begreep hij dat zijn vader ergens bij de Duitse grens woonde en zijn stukadoorswerk wegens longemfyseem had moeten opgeven.

Al deze dingen overdacht Henk Wielheesen, terwijl hij, bij het prachtigste weer dat zich denken liet, op weg was naar het veld bloeiende afrikanen.

Hij bleef staan voor het veld, luisterde naar het zoemen van de talloze insecten, het gedempte geluid van het verkeer op de Hoofdstraat, snoof de kruidige geur op van de zacht wiegende bloemen.

De laatste tijd dacht hij weer vaker aan zijn vader en

vroeg zich op zo'n moment af waarom het tussen hen al zo vroeg was misgegaan. Dan dacht hij kort aan de lange uren, die zomerse middag, in de donkere schuur, terwijl zijn vader langs de kant van de weg in Zundert had staan applaudisseren voor langstrekkende praalwagens van het bloemencorso. Verbazing en schaamte overvielen hem dan. Hoe graag zou hij zelf niet een kind willen hebben! Hoe zou hij van zijn eigen kind houden!

Het waren vluchtige gedachten. Ze werden alweer verjaagd door andere.

Een glimlach verscheen, kijkend naar de orde op zijn kwekerij. De tuinbouwschool had Henk Wielheesen zonder diploma verlaten. Hij had hoog gescoord voor de praktijkvakken. De theoretische had hij totaal verprutst. De spanning was te groot geweest, ondanks de valeriaandruppels die Margje hem had laten slikken. Bij vakken waar hij doorgaans wel een zesje voor haalde, kreeg hij niets op papier. Ver voor tijd had hij zijn blaadje leeg ingeleverd en het lokaal verlaten. Dromerig en onverschillig had hij door de gangen gelopen.

Het contact met de tuinbouwschool was gebleven. Aan stageplaatsen was altijd gebrek en Henk Wielheesen besteedde veel tijd aan de leerlingen. Gisteren had een docent op zijn land een breed gebaar met zijn arm gemaakt: één groot oefenterrein.

Hij stak de planten uit, zette ze in kisten, schoof de kisten in de bestelwagen.

In de palmenkas schreef hij aan zijn bureau de nota. Hotel-restaurant Naeff betaalde altijd contant. Op de nota tekende hij een afrikaan, met een lachend gezichtje, en daaronder, zwierig, zijn handtekening. Die van Sieje had hij zo vaak geoefend dat hij die volmaakt kon imiteren.

Elke nota die de deur uitging, ondertekende hij, uit piëteit – want hij had alles aan hem te danken – met diens handtekening:

Hij reed het Sievez-paadje af. Onder aan de Bergweg zag hij Joop Ruysch op de drempel van zijn winkel. Henk Wielheesen had niet altijd zin in zijn lange verhalen.

Joop Ruysch ging midden op de weg staan en Henk moest wel stoppen. Joop keek in de auto: 'Mooi spul, Henk.'

'Voor Naeff.'

'Ooit liet je me het boek over de hanengevechten zien. Ik had gisteren een klant die originele Javaanse vechtkrielen heeft teruggefokt. Is dat iets voor jou? Naar zijn zeggen moeten het wonderschone beesten zijn.'

'Ik denk erover na.'

Hij wilde doorrijden.

'Henk...' Joop boog zich door het openstaande raampje.

'Dat moet nog allemaal de grond in.' Met zijn hand wees Henk naar de kisten met planten.

'Wat nog niemand weet, ik heb in de stad een leegstaand kartonfabriekje gekocht. Ik weet nog niet wat ik ermee ga doen.'

'Stop je met de winkel?'

'Nee, nooit. Die is mijn vader begonnen. Trouwens, ik zag net je pleegvader. Ik heb met hem te doen. Sievez heeft bijna geen adem. Nu moet je gaan.'

Henk parkeerde zijn auto voor Naeff, droeg de planten de tuin in.

Hij zette drie kisten bij de perken rond de vermaarde theekoepel die door een vernuftig mechanisme met de zon meedraaide, en drie kisten bij de zuilengalerij. Voor hij aan het werk ging, bekeek hij in een vitrine binnen de granaat en scherven die in de tuin waren gevonden. Hotel-restaurant Naeff was doelwit geweest van geallieerde bombardementen omdat SS-leider Rauter hier zijn hoofdkwartier had. In de koepel dronk hij met zijn staf thee. De meester op school had hierover verteld. De theekoepel was door een bom weggeslagen, maar na de oorlog herbouwd.

Een serveerster bediende gasten op het terras. Hij dacht dat hij haar eerder had gezien, maar wist het niet zeker. Henk Wielheesen liep naar de kisten met planten toe en herinnerde zich dat hij haar hier eerder, met wasgoed, was tegengekomen. Hij nam de planten in zijn handen. Het was pure kwaliteit. Compact, dik in het blad en elke plant had zeker drie bloemhoofden. In alle rust ging hij ze poten. Niemand dwong hem zich te haasten. Vandaag was het dinsdag. De vaste avond dat hij bij zijn pleegfamilie in de Vlashofstraat at.

Henk Wielheesen werd zich een tevreden gevoel gewaar.

Voor hij met planten begon, keek hij om zich heen.

De zon scheen op de lichtgroen geschilderde latten van de theekoepel, in het fijne grind van de parkachtige tuin stonden metalen tafels en stoelen. De stoelen hadden gedraaide poten.

Nog kon hij er niet toe komen met planten te beginnen. Henk Wielheesen stond daar in de zomerzon. Zijn lippen bewogen, de wijsvinger streelde zijn slaap alsof hij iets overwoog. Op zijn gezicht lag een intense aandacht. Je zou zeggen dat hij naar iets luisterde, of iets zag, diep in de tuin of hoog in de lucht. Het licht leek met het moment helderder. Het leek of de zon, die loom makende augustusdag, nooit met stralen zou ophouden. Toen pas drong de vreugde om zijn volmaakte vrijheid tot hem door, die zo verschilde met de lange, neerdrukkende opsluiting in de benauwde warmte en donkerte van de fietsenschuur. Met ongelovige ogen keek hij om zich heen.

Eindelijk ging hij aan het werk.

Hij hoorde voetstappen en keek op. Het was de serveerster met een dienblad.

'Nou, ik dacht al, wanneer begint de bloemist met zijn werk? Als ik de gasten zo lang laat wachten…'

Hij bloosde.

'Ik dacht na… Hoe zal ik ze planten? Er moet lijn in zitten.'

'Je fleurt de tuin mooi op met al dat oranje.'

'Werk je hier al langer?'

'Al jaren. Als linnenmeisje. Bedden opmaken. Sinds kort mag ik bedienen. Van de baas mag ik je iets te drinken aanbieden. Wat wil je?'

'Thee, graag.'

'Ik ben zo terug. Het lijken me bijzondere afrikanen. Of vergis ik me?'

'Franse.'

'Komen ze uit Frankrijk?'

'Oorspronkelijk wel.'

Ze werd geroepen.

Hij ging door met zijn werk.

De zes seconden daarna, die hij nodig had om met zijn hand een kuiltje te graven, overviel hem zo'n geluksgevoel dat hij het gat alweer had dichtgegooid en de hele plant vergeten was. De volgende kwam scheef te staan, de daaropvolgende vergat hij aan te drukken met zijn duim.

Onrust was in zijn handen geslopen. Verlegen met zichzelf hield hij op met planten, kwam uit zijn knielende houding, rechtte zijn rug en keek vanuit zijn ooghoeken in de richting van de zuilen.

Op de gevel daarboven las hij, in vervaagde letters, 'Heerenlogement 1884'. Het geboortejaar van zijn opa uit de Waterstraat, die zich zijn leven lang verhuurd had als grondwerker. Hij dacht aan de foto uit het ouderlijk huis, die nu in zijn kamer stond.

Onmiddellijk ging hij door met zijn werk, overzag het beplante gedeelte. Hij had weer controle over zijn handen.

Henk Wielheesen keek de kant van het restaurant op. Wat hem het meest had getroffen was het kwieke, het kordate. En de lichte huid.

Ze zou hem toch thee brengen? Was ze het vergeten?

Het zo levendige ook. Het rossige haar, de grote sproeten op en rond haar neus.

Daar was ze.

Hij hoorde het aan haar snelle voetstappen, het wegknerpen van het fijne, witte grind.

'Het heeft langer geduurd dan ik wilde. Ik zet de thee op de tafel in de koepel. Daar zit je rustig.'

Ze had een vlugge, gemakkelijke manier van praten. De woorden kwamen zonder moeite.

Ze liep de drie houten treden van de theekoepel op. Hij volgde haar met zijn blik. Ze kwam bij hem terug en stelde zich voor.

'Ik heet Anna.'

'Ik Henk.'

Hij toonde zijn grondhanden. Ze pakte zijn pols.

'Je bent aardig opgeschoten.' Ze vond dat het oranje mooi afstak tegen het grind. 'Het ziet er zo vrolijk uit.'

'De tagetes maakt vrolijk.'

'Tagetes? Wat is dat?'

'Latijn voor afrikaan.'

'Ken je Latijn?'

'Alleen de plantennamen.'

'Daarginds, tegen de muur, staat mijn lievelingsbloem. De hortensia.' Ze keek hem afwachtend aan.

'Hydrangea.'

'Geslaagd, Henk.'

Hij lachte verlegen. Ze merkte op dat hij de afrikanen mooi op tijd in bloei had.

'Het is een gemakkelijke plant en je moet ze warm zaaien.'

‘Warm zaaien? Wat is dat nou?’ Ze maakte lachend een pirouette.

Hij zag dat ze heel slank was, op het magere af.

‘Ik vroeg je wat.’

‘Je zaait in grond die voorverwarmd is.’

Ze maakte nog een draaiende beweging. Henk legde het preciezer uit.

‘Dan komt het zaad sterker voor de dag.’

‘Over zoiets heb ik nooit nagedacht. Henk, voor ik het vergeet: heb je de nota al klaar? De baas zegt altijd ten aanzien van leveranciers: boter bij de vis. Dat levert voor iedereen het meeste op.’

Hij overhandigde haar de nota. Ze zag de tekening. Ze ging vragen of ze de nota mocht houden.

~

Enkele dagen later zag hij haar vanuit de verte de boomkwekerij op fietsen. Hij was in de buurt van de zuidmuur, knielde op een matje bij het ingraven van net bewortelde stekken. Zij zette haar fiets tegen het waterbassin. Hij kwam overeind, was zo blij dat hij de roomkleurige bloem van de zakdoekjesboom in zijn mond nam en van de tak rukte. Hij raakte met zijn lippen nog drie, vier bloemen van deze zeer zeldzame struik aan, rende haar kant op. Hier had hij van gedroomd. Op een dag zou ze het pad op fietsen. Hij naderde haar en wist niet wat hij moest zeggen.

Zij wist dat wel.

'Ik was nieuwsgierig. Waarom ik eigenlijk kom? De baas wil de nota voor de administratie houden.'

Ze volgde hem de palmenkas in, en hij ging aan zijn bureau zitten, tekende afrikaantjes met een lachend gezichtje op een nota en zette er zijn handtekening onder. Intussen snoof zij de zoete lucht op, keek naar de condensdruppels die langs de ruiten liepen en ten slotte naar beneden vielen.

'Dank je. Ik ben er heel blij mee.'

Hij toonde haar de tropische planten. Ze had nog nooit een geelgestreepte agave gezien.

Het was te mooi weer om binnen te blijven. Hij liet haar alle uithoeken van het bedrijf zien. Ze volgden samen het kronkelende, brede middenpad dat twee openbare wegen verbond: Bergweg en Schonenbergsingel.

Bij de zuidmuur plukte hij voor haar een rijpe perzik. Deze Early Beatrice had hij nog samen met Sieje veredeld. Hij nam er zelf ook een.

'Mmm,' zei ze, 'wat een volle smaak.' Het sap liep langs hun mond. Zij veegde met haar vinger het sap bij zijn mond weg. Het was, in de uitholling van de muur, op dit moment meer dan veertig graden.

Ze zochten de schaduw op bij een hoge struik in volle bloei.

'Blijf daar,' zei Henk, want hij kon zelf niet stil blijven staan. Hij moest bewegen.

Henk Wielheesen plukte nog twee rijpe perziken en kwam op haar toe.

Ze aten de vrucht op, smakten met hun lippen.

'Valt je niets op?' vroeg hij.

'Alleen dat je gehaaster praat dan in de tuin van Naeff.'

'Kijk naar de struik,' smeekte hij.

'Ja, ik kijk. Die staat in bloei. Witte bloemen.'

'Wit?'

'Romig wit en wat roze.'

'Valt je dan niets bijzonders op?' Hij wilde dat ze het zag. Het was belangrijk. 'Loop om de struik heen. Kijk goed.'

De struik was dicht bebladerd. Hij zag haar even niet. De angst sloeg hem om het hart. Een ogenblik geleden nog had hij het gevoel dat haar aanwezigheid het meest vanzelfsprekende op de wereld was.

Ze stond weer voor hem.

'Ik weet het. Die bloem is een wit zakdoekje. Ik zeg maar wat.'

'Ja, Anna, het is de zakdoekjesboom. Afkomstig uit China. In ons land zijn maar drie exemplaren bekend. De davidia involucrata. Een zekere David heeft hem ontdekt.'

'Ja, de zakdoekjes-voor-het-bloeden-boom.'

Ze lachte.

Hij begreep het niet.

'Ik probeer hem te vermeerderen. Tot nu toe lukt het niet.'

'Ik zei zomaar wat. Het kwam in mijn hoofd op. Ik bedoel er niets mee. Ik vond het wel grappig.'

Henk Wielheesen rende het lange coniferenpad in.

'Waar ga je heen?' Hij liet niets van zich horen. 'Je verbergt je! Moet ik je zoeken?'

Ze keek om zich heen.

Hij was vlakbij, had met een omtrekkende beweging de Beurré Hardy bereikt, waarachter hij zich verschool.

Met een paar passen was hij bij haar. Hij wees op de perenboom.

'Onze oude verlospaal. Van Ruben en mij.'

'Wie is Ruben?'

'Hij is mijn broer.'

Henk pakte haar hand. Ze liepen naar de verlosboom, die zo oud was dat alleen aan de hoogste takken fruit zat. Hij vertelde haar dat over zes weken de peren, overrijp, uitgevreten, met wesp en al uit de boom zouden vallen en op de grond uiteenspatten.

Henk voelde aan de schors.

'De huid van de boom,' zei hij ernstig. Hij legde haar kleine, bleke hand tegen de ruwe, met blauw korstmos bedekte schors. Hij schuurde hem langs de bast.

'Au, je doet me pijn. Waarom doe je dat?'

~

Henk en Anna fietsten naar de rand van het dorp waar de heuvels begonnen.

Bij de bunker zetten ze de fietsen met stuur en zadel zo tegen elkaar dat ze in evenwicht stonden.

Het weer was broeierig. Ze beklommen de uitkijktoren. Boven Montferland vielen zware buien. Boven het dorp, voor hen, dreven koperkleurige wolken. Bij het afdalen vielen de eerste druppels.

Henk was eerder beneden. In alle lichte vrolijkheid die hem overrompelde, wilde hij weer wegrennen, om dan weer, vanuit een onverwachte hoek, als uit het niets, als een verschijning, voor haar op te doemen.

Hij bedwong zich.

Een plensbui. Hevig, kort, lauwe regen.

Hand in hand renden ze naar de bunker, kropen naar binnen. Ze zagen door de schietgaten de kruinen van de bomen heen en weer zwiepen, alsof er door reuzen aan werd geschud. De regen striemde het beton, hield op.

Ze glimlachte naar hem. Haar ogen waren blauw, niet grijs of groen zoals hij eerst dacht. Blauw was ook niet helemaal juist. Hij zocht in zijn hoofd naar een wilde bloem met die kleur. De ereprijs was te blauw.

Zij wrong een sliert piekerig haar uit. De natte jurk plakte aan haar schouders.

De zon scheen weer.

Hij rende, diep gebukt, de bunker uit, zij achter hem aan. Ze staken het hele terrein over, gingen het schemerige beekdal in. Hij bleef staan, hief zijn arm alsof hij haar wilde slaan. Ze pakte zijn arm, heel losjes. Henk Wielheesen kon als hij wilde zo ontsnappen. Hij wilde zich niet uit haar greep losmaken. Ze pakte zijn andere hand.

Anna kwam met haar gezicht dicht bij hem, keek hem onderzoekend aan.

Hij voelde zich onzeker worden.

'Zal ik je eens wat zeggen, Henk Wielheesen? Iets geheimzinnigs hangt om je heen.'

Anna kon er niet precies woorden voor vinden.

Ze wisselden van hand, bewogen niet meer. Hij had door dat ze eropuit was elkaar vast te houden. Ze hielden elkaar vast en niemand wilde zich van de ander losmaken.

Met zijn hoofd wees hij op een acacia. De onderste tak was aangevreten. Waarschijnlijk door een ree.

'Acacia's die worden aangevreten waarschuwen soortgenoten voor naderend gevaar.'

'Hoe kan dat nou?'

'Ze scheiden een stof af. Bomen beekafwaarts maken tannine aan, die bij een bepaalde hoeveelheid dodelijk is voor dieren.'

'Jij weet bijzondere dingen.'

Ze plukte een acaciablaadje, kauwde erop. 'Wordt er nu alarm geslagen, Henk Wielheesen?'

Ja, hij geloofde dat.

Ze liet het blad uit haar hand vallen. Het dwarrelde in de beek en het water voerde het mee.

Ze stonden tegenover elkaar. Hij verzette een voet. De grond was zacht en verend.

'Mossig,' zei ze, en ze deed ook een stap.

Hij rilde, streek met de hand over zijn hoofd en nek als wilde hij dat rillen wegstrijken.

Hoog boven hen bad een buizerd.

Onverwacht drukte hij haar zo hard tegen zich aan dat ze geen adem meer kreeg, tilde haar als een klein kind hoog boven zich, liet haar iets zakken, hield haar voor zich, op afstand, zette haar op de grond.

Hij draaide haar lichaam om, drukte zijn kin hard in

haar rug, was vertwijfeld. Henk Wielheesen wist niet hoe hij met haar moest omgaan.

'Je drukte me bijna dood. Je deed me pijn. Til me nog een keer zo hoog op. Je bent sterk.'

Maar hij deed niets, bleef haar aanstaren.

'Niet zo naar me kijken. Doe wat met me. Staar me niet zo aan. Ik vind dat eng. Je zegt helemaal niets.'

Zij rende weg, langs de beek, richting het sprengenveld, klauterde over rode en grijze zwerfstenen. Hij volgde haar met zijn blik, die meer dan tien jaar jongere vrouw, zo beweeglijk, lichtvoetig, het haar los op de schouder, in wanorde door de regen, lichtrood. Anna, een vlam, een toorts, die zich verwijderde in het dal, en de rode avondzon, leunend op het onderhout.

Ze rende ergens. Hij was haar kwijt.

'Je kunt me niet zien. Je hebt iets wat me aantrekt. Ik ben ook bang voor je. Iets in je blik doet me iets. Ik weet het niet precies. Ik wil jou.'

Zij was in het bos van de hoge koningsvarens. Hij kon haar niet zien.

'Wat doe je daar? Ik zie je niet.'

'Ik ben druk bezig.'

'Wat doe je dan?'

'Het mos is hier blauw en zo zacht. Ik pluk varenbladen. Ik ga een bed voor ons maken. Ik heb het bed al af. Weet je wat ik nu aan het doen ben? Ik trek mijn jurk op tot boven mijn knieën. Kom je? Ik doe nog meer. Kom je? Ik kan niet meer wachten. Als je over de beek springt en dan omhoogklautert en dan weer omlaag zou je zien dat ik mijn schouders beweeg, met mijn schouders wieg en wat ik vergeten was te zeggen: weet je wat ik in de bloem van de zakdoekjesboom zie? De vier wieken van een kindermolentje. In de tuin van Naeff was gisteren een kinderfeestje. De kinderen holden over het gazon, hielden het molentje omhoog en de wieken draaiden. Weet je, Henk, waar ik toen aan dacht? Aan ons kind dat door de tuin holt...'

Kort voor het huwelijk werd Henks pleegvader opgenomen in het gemeenteziekenhuis. Naast de gewrichtsreumatiek werd longkanker vastgesteld die niet operabel was. Ruben en een tante van Anna zouden getuigen bij het burgerlijk huwelijk zijn. De toekomstige vrouw van Henk Wielheesen was van jongs af aan in een pleeggezin opgegroeid. Haar biologische ouders had ze nooit gekend.

Henk zou het huwelijk ook kerkelijk willen laten inzegenen. De predikant van de Hervormde Gemeente in het dorp heette Israël. Een verbazingwekkende naam voor een man die in het verlossende werk van Christus geloofde, terwijl deze juist door de Israëlieten op Golgotha was gekruisigd. Zij wachtten nog steeds op de Messias.

Zo was hij aan het redeneren in zichzelf, terwijl hij bezig was een Williamspeer op een Conference te enten.

'Golgotha,' sprak hij hardop uit. 'Gethsemane.' Woorden die hem van kinds af aan adembenemende beelden gaven. 'Vader, in Uw handen beveel Ik mijn geest. En toen kwam er duisternis over het gehele land.' Ontzet keek Henk Wielheesen toe. Hij hoorde Jezus' stem.

Henk bracht een feilloze wond in de onderstam aan.

Anna kwam uit een gezin waar niets aan het geloof gedaan werd. Ze had geen bezwaar als haar aanstaande in de kerk wilde trouwen. Maar, bedacht hij toen, Sieje heeft mij behalve Latijnse plantennamen nog twee andere Latijnse woorden geleerd: extra muros. De waarheid bevindt zich buiten de muren van de kerk. Zijn pleegvader had hem ook bijgebracht dat God zichtbaar aanwezig was in de natuur, tot in de fijnste haarvaten van het wortelgestel. Misschien moest hij afzien van de kerkelijke inzegening.

Onder al dat denken zag hij Ruben in zijn auto de kwekerij op rijden.

De twee broers omhelsden elkaar, zochten een plek op het grastalud. Ruben vertelde dat hij zijn lessen had verzet en naar het ziekenhuis was gereden. Hun vader zag er slecht uit, hij hoestte veel.

'Bij de bruiloft kan hij niet aanwezig zijn. Hij heeft vannacht bedacht dat jullie, na de burgerlijke huwelijksvoltrekking, bij hem komen, in het ziekenhuis. Hij wil een paar woorden zeggen en jullie zijn zegen meegeven.'

'Als een aartsvader. En Izaäk zegende Jacob.' Henk Wielheesen pakte Rubens hand en vertelde hem dat hij net besloten had om niet in de kerk te trouwen.

Ze keken naar de gapende wond in de onderstam van de Conference-peer.

'Op de gang kwam ik de hoofdverpleegster tegen. Ze sprak me aan: "Uw vader heeft veel pijn. De pijn zal toenemen. Hij weigert Glifanan en sterkere pijnstillers. Hij heeft mij te kennen gegeven dat hij ze zal blijven weigeren. Ik heb hem gevraagd waarom en hij antwoordde: 'Ik wil lijden als Christus aan het kruis. Mijn lijden is daar zo klein bij. Dit weinige moet ik kunnen verdragen.'"'

Joop Ruysch wist van Anna's zwangerschap, zoals hij van zoveel op hoogte was. Ook had hij gehoord dat Anna kort na haar huwelijk eervol bij het hotel-restaurant ontslagen was. Ze waren gewoon geen gehuwde vrouwen in dienst te hebben, hoewel ze haar graag hadden willen houden.

Joop was op een inboedelveiling in de stad om oud lijstwerk in te kopen. Hij had een tweedehands wieg op de kop getikt voor Henk en Anna en wilde er absoluut geen geld voor hebben.

Henk was het niet eens met dit eigenzinnige optreden van Joop Ruysch. Hij had een nieuwe wieg in de stad willen kopen. Anna zei dat ze zich financieel weinig konden permitteren. Zij had geen inkomen meer. De kwekerij speelde quitte, maar de tijden waren aan het veranderen. Het werd de kleine zelfstandige door de overheid steeds moeilijker gemaakt. Het was ook waar dat zij zich niet echt zorgen hoefden te maken. Ruben sprong waar nodig bij.

'Zo'n wieg had ik nou precies voor ogen, Henk.'

Hij knapte hem op in de werkplaats, schuurde dagenlang tot alle oude, grijze verf eraf was. Vaak was hij, met lamplicht, tot laat bezig. Elke avond zocht Anna hem daar op. Ze dronken samen koffie. Soms schoof Ruben bij.

Op het gymnasium in de stad waar hij les had genoten was een volledige betrekking Franse taal-en letterkunde vrijgekomen. Ruben had gesolliciteerd en de baan gekregen. Hij vond het een rustig idee dicht bij zijn moeder en broer te zijn. Hij woonde in het ouderlijk huis van Henk Wielheesen. Als zich onverhoopt iets vervelends voordeed, kon hij hulp bieden.

Het was tegen tienen 's avonds. Anna kwam de werkplaats binnen. Henk schoof een bankje voor haar bij.

'Hij wordt mooi, Wielheesen.'

Hij gaf geen antwoord. Al eerder, juist op een zacht, teder moment, noemde ze hem bij de achternaam. Hij wilde zijn achternaam niet uit haar mond horen. Toch durfde hij er niets van te zeggen.

Ook niet tegen zijn broer.

Zij legde haar handen over elkaar op haar dikke buik.

'Het wordt een meisje,' zei hij.

'Nee, een jongen. Ik voel het. En bovendien, ik draag het zo mooi dik rondom. Het wordt echt een jongen.'

'Ik hoop dat het een meisje wordt,' zei Henk Wielheesen. In zijn stem klonk lichte dwarsigheid.

Ze hadden afgesproken dat hij een meisjesnaam zou bedenken, zij een jongensnaam.

Vanmiddag had hij een paar goudrenetten gekocht. Ze lagen op een schap tegen het glas. De zon zou ze donkerrood maken.

Anna zei dat ze zin in een zure, half onrijpe appel had. Ze kon de hele dag wel zure appels eten.

Met het entmes schilde hij een appel voor haar, legde dunne plakjes op een schotel. Hij zag de zwangerschapsvlekjes op haar wangen. Ze hadden de kleur van de sproeten rond haar neus.

Over drie weken was ze uitgerekend.

'Hij wordt mooi,' zei ze. Hij zag haar blik niet en dacht dat ze het over hun kind had. 'Ik heb het over de wieg.' En na enkele momenten: 'Het wordt een jongen. Ik voel het.'

Hij zei na een tijdje dat hij een mooie meisjesnaam had bedacht.

'De wieg wordt mooi, Wielheesen. Je bent er zo precies mee bezig.'

'Als nieuw.'

Ze zwegen beiden.

De lamp verlichtte gedeeltelijk de palmenkas. De agapanthus bloeide. De volle, blauwe bloemtrossen wiegden in de warmte.

Zij zag de kalender op de tussendeur. De 24ste september was omkringeld.

'Op de dag van ons huwelijk,' begon ze. 'We kwamen van het gemeentehuis. We waren op weg naar je vader voor de inzegening. We hoorden dat hij net was overleden. Ze hadden ons niet tijdig kunnen bereiken. Je vader is alleen gestorven. Daar moest ik aan denken.'

‘We kregen later nog een cadeau van Joop Ruysch,’ herinnerde Henk zich.

‘Ja, dat was op dat moment ongepast. Die halfnaakte zigeunerin. Ik zal het nooit ophangen. Het staat in de kelder tegen de muur. Hij bedoelt het niet kwaad en er zit een mooie lijst omheen. Jouw moeder is met een wandkleed bezig. Ze naait er sprookjesfiguren op. De meetlat voor de babykamer heeft ze al klaar.’

Henk zei: ‘Ik denk de hele dag aan haar.’

‘Ik aan hem.’

‘Ik wil graag,’ zei Henk, ‘dat het kind gedoopt wordt.’

‘Ik heb er geen bezwaar tegen. Alles wat ons kind kan beschermen...’

Ze stond op van het houten, door Henk getimmerde bankje, liep naar de tussendeur en zag het blauw van de agapanthus beter.

‘In die tint is het kinderdekentje,’ zei ze. ‘We kunnen de wieg ook die kleur geven.’

‘Jij wilde wit.’

‘Dat wit is ook goed. Ik zie nu dat blauw.’

‘Jij bepaalt de tint,’ zei Henk.

Hij was onder de indruk van haar zwangerschap. Het maakte hem aarzelend. Hij kon zich geen voorstelling maken van wat zich precies in haar lichaam afspeelde. In haar lichaam zat het meisje dat hij nu al aanbad.

Anna zelf was anders. Stilletjes, in zichzelf gekeerd.

Hij dacht aan de gewelfde dekenkist met moeders jurken. Die stond nu op hun zolder. Als hij haar jurk in zijn hand nam, kwam hij heel dicht bij een vrouw. Na een jaar huwelijk bleef het vrouwenlichaam een groot raadsel. Naar Anna's intimiteit durfde hij niet te kijken.

'Henk, het kindje schopt. Voel maar.'

Ze pakte zijn hand, legde die tegen haar buik. Hij dacht het voetje te voelen.

Henk Wielheesen was blij dat ze naar de werkplaats gekomen was. Extra blij omdat ze zijn hand gepakt had en naar haar buik met het kind geleid had.

Gisteren, na het avondeten, hadden ze naast elkaar op de tuinbank gezeten. Het was hem opgevallen hoe de laatste dagen vooral de zwangerschapsvlekjes zich hadden uitgebreid en donkerder waren geworden. Op dat moment had hij haar hand willen pakken, haar willen aanraken, liefkozen, nog iets verder willen gaan. Hij had het nagelaten en zich herinnerd hoe ze hem, na de zekerheid van de zwangerschap, had afgeweerd. Hij, die juist meer toenadering wilde, juist nieuwsgieriger naar haar lichaam was geworden. Haar borsten waren gaan zwellen. Hij had ze willen strelen, ze had zijn hand opgevangen. Dat was gisteravond gebeurd. Henk Wielheesen was naar het straathek gelopen, had een tijdlang aan het hek gestaan, de straat afgetuurd, naar beneden en naar boven, waar ze steeds steiler werd en dan ineens in de diepte tuimelde. De diepte, dat was De Del, waar nog steeds de sportterreinen lagen. Hij kwam er nooit. Hij was ten slotte een eindje de straat af gelopen, voorbij het pleintje van de begraafplaats, waaraan de kwekerij grensde, maar bang Joop Ruysch te ontmoeten was hij teruggekeerd.

Te laat.

Joop Ruysch kwam hem achterop. Joop, met zijn paddenkop, plat en rond tegelijk.

'Henk, wacht!'

Hij was blijven staan. In Joop Ruysch zat geen cent kwaad. Joop kon hem morgen een Javaanse vechtkriel brengen. Hij wist dat Henks kippenhok achter het huis leeg was.

'Graag,' zei Henk.

'Ik heb ooit een serie foto's van je gemaakt. Ik kom binnenkort een paar mooie langsbrengen.'

Henk Wielheesen was snel naar huis gegaan, hoopte Anna nog op de tuinbank aan te treffen. Ze was boven bezig geweest. Henk was onder aan de trap gaan staan, in de hoop op een aardig woord, een uitnodiging naar boven te komen. Hij hoorde haar zich uitkleden. Ze had hem niet geroepen en hij had niets durven zeggen. Henk probeerde zijn verwarring de baas te worden en was lange tijd aan het straathek gaan staan.

~

Alles voor het kind, dat geboren ging worden, was in gereedheid gebracht. Boven de wieg tinkelden aan dunne katoenen draden mobiles die vriendelijke heksen op bezemstelen voorstelden. Op de commode stond een grote bus babypoeder en een doosje Purol.

Het meisje kon komen.

Hij zei hardop de naam die hij voor haar bedacht had en die Anna nog niet wist.

'Guusje.'

‘Ga wat fietsen,’ zei Anna, ‘ga aan het werk. Er is genoeg te doen. Je kunt het niet aan een onervaren stagiair overlaten.’ Op de kwekerij had hij de stagiair een wortelhals-oculatie laten zien. Tussendoor was hij thuis gaan kijken. De eerste weeën hadden zich aangediend. De kraamverzorgster was gekomen.

‘Alsjeblieft, ga wat doen, Wielheesen,’ had ze gezegd. ‘Van jou word ik alleen maar zenuwachtig.’

Hij fietste na het eten naar de rivier en keek vanaf een oude, door de storm gevelde wilgenstam naar het snelstromende water. Een paar meeuwen lieten zich door de wind rondslingeren. Op een krib van basaltblokken kwaakte opgewonden een eendenpaar. Een grote vogel die hij niet kon thuisbrengen, mijmerde op een zwarte, aangespoelde balk.

Henk Wielheesen trok zijn schoenen en sokken uit, ging op het zandstrand in de grauwe, smoezelige schuimkoppen staan.

De schemer viel.

In de laaghangende nevel werd de rivier onzichtbaar, prevelde ergens voor of achter hem. Als zijn Guusje wat groter was, zou hij met haar ook naar de rivier gaan. Eerst naar de heuvels, dan de rivier. Wat keek hij uit naar die tijd!

Het dorp waar hij was opgegroeid lag precies op de overgang tussen beide. Het oude tracé van de Hoofdstraat gaf sinds mensenheugenis precies die overgang aan.

Wolken uit het westen dreven over, verguld aan de rand, op drift geraakt. Toen meende hij, vast en zeker, daar hoog, in een fel oplichten, heel duidelijk, een gestalte waar te nemen, die statig neerdaalde. Ging hem nu gebeuren wat aan zijn pleegvader ooit geschied was? De engel, in een lichtflits, die hem aansprak. Vlak voor Guusjes geboorte?

Dat zou een waar wonder zijn en het leven van het meisje zou in dat teken staan. Prachtig licht viel op de nevel boven het water. Een ekster of een meeuw krijste. Hij geloofde. Guusje zou gedoopt worden. De doop was volgens de openbaring een ordening Gods om de kinderen in Zijn verbond te bezegelen. Zijn kind zou deel uitmaken van een wereld die boven alles uitsteeg. Ruben zou het meisje in doopgewaad de kerk binnendragen. 'Guusje Helena, ik doop jou in de naam van de Vader, de Zoon, en de Heilige Geest.' De predikant sprenkelde water over het voorhoofd van het meisje. Met grote ogen zou ze naar de brandende kroonluchter kijken. Druppeltjes water gleden langs haar slapen. De andere dopelingen krijsten, maar Guusje bleef rustig. Ruben zou het kind wegdragen terwijl de predikant haar meegaf: 'Onmetelijk is de Vader, onmetelijk is de Zoon, onmetelijk is de Heilige Geest.'

Nu de opstekende, straffe avondwind. Het steeds snellere, steeds ratelender geluid van de zilverpopulieren. Opgewonden liep hij heen en weer, moest zijn geluk met iets delen, knielde in vervoering op het harde basalt, sloeg met zijn hand op het hardblauwe basalt met zijn gemene, scherpe randen.

Henk Wielheesen werd rustig. Het water kabbelde aan zijn voeten, een rijnaak kwam voorbij, het water klotste hoog tegen de krib op. Hij legde zijn handen in elkaar, vouwde ze, hield zijn hoofd schuin, luisterde naar iets, in de verte, wat boven de golven uit moeilijk te verstaan was.

Hij miste haar geboorte.

~

’s Nachts deed Henk Wielheesen geen oog meer dicht. Het woord ‘wiegendood’ had hij opgevangen. In de stad waren twee gevallen van dit geheimzinnige sterven vastgesteld.

Het was onmogelijk rustig in bed te blijven liggen. Hij verliet zijn bed, zonder Anna wakker te maken, liep naar de babykamer waar het nachtlampje brandde, boog zich over de wieg. Zijn dochter was zoals een kind in diepe slaap behoorde te zijn. Volkomen ontspannen, een beentje gestrekt, het andere hoog opgetrokken.

Zijn hand voelde aan de trappeldeken, vastgezet met koordjes. Hij snoof de zoete, intieme geur op, zo eigen aan de kinderkamer. Het deed Henk Wielheesen denken aan de sfeer in de palmenkas. Hij telde de vingers en de tenen, zette het speelgoedkonijn tegen de wand, trok het deels weggetrapte dekentje weer over haar heen, controleerde alle koordjes, boog zich nog dieper naar het kind, luisterde naar de ademhaling, boog zich zo ver dat zijn gezicht het hare raakte. Hij stond weer rechtop, blies zacht tegen de mobiles die in beweging kwamen en begonnen te tinkelen.

In aanbidding keek hij toe.

Hij kon er niet toe komen naar bed te gaan. Wat moest hij in bed doen? Slapen kon hij niet. Het niet-slapen 's nachts compenseerde hij overdag met korte, intense slaapjes.

Hij streelde de gestoffeerde rand van de wieg. Heel voorzichtig legde Henk zijn hand op haar voorhoofd, dat koel aanvoelde. O, Heere, wat was dat nou? Ontzet ademde hij luid het zoete, lauwe van de schemerige kamer in. Was dat koele het begin van het sterven in de wieg? Hij maande zichzelf. Kleine kinderen slapen heel diep, koelen sterk af. Maar op het voorhoofd en tussen het blonde haar voelde hij kleine zweetdruppeltjes. Hij bette het hoofd met een punt van zijn zakdoek.

'Mijn lief meisje,' mompelde hij en bleef dat herhalen. Het was halfvier.

Bijna tijd voor Anna om te voeden. Het was beter snel terug naar bed te gaan.

Hij bleef nog, kon haar niet loslaten.

'Guusje, ik maak een molentje voor je met wieken van rood sitspapier.'

Henk Wielheesen vouwde zijn handen:

Of het donker is of licht
'k Doe mijn beide oogjes dicht
Dank U Heer, dat U mij kent
En altijd bij mij bent.

Hij hoorde de wekker, hoorde Anna het licht aandoen.

'Henk, waar ben je? Ben je bij haar? Wat doe je? Gisteren...'

Hij bespeurde nauwelijks bedwongen ergernis.

Op de overloop kwamen ze elkaar tegen. Zij, een peignoir om zich heen geslagen, trok haar wenkbrauwen op, zei niets.

Tot kwart voor vijf bleef hij wakker liggen. Zij had naast hem de baby gevoed, hij had toegekeken. Ze had het kind weer in de wieg gelegd en was direct in slaap gevallen.

Hij stond op.

Beneden waste hij zich en kleedde zich aan. Hij zette de keukendeur open.

Een paarse streep aan de hemel. Een paarsige gloed viel over de spitse coniferen. Toen autolampen die over de boomkwekerij schenen, de palmenkas in groot licht zetten.

Het licht doofde.

Ruben kwam thuis. Een verlaat schoolfeestje, een uit de hand gelopen uitje met collega's? Henk Wielheesen had geen idee. De komende avond, wist Henk, zou Ruben naar een concert in de stad gaan. Maar over enkele uren zou hij weer naar les moeten. Ruben had, net als zijn broer, nauwelijks slaap nodig.

~

's Morgens kwam hij, tegen halfacht, gauw naar huis toe om naar het wassen en poedelen van Guusje te kijken, raakte haar buikje, haar beentjes aan en, heel zacht, het vliezige deel van het schedeldak.

'Nee, Henk, alsjeblieft daar niet. De fontanel. Je steekt er zo doorheen.'

Het werd een warme zomerdag. Sinds kort waren, op standaards, waterspuiten gemonteerd, die tot in de verste hoeken, in schokkerige, ronddraaiende bewegingen, het hele gebied van de boomkwekerij bestreken. Dat scheelde in droge tijden veel werk. Deze extra investering had Ruben persoonlijk bekostigd. Hij wilde het zijn broer gemakkelijker maken. Het de hele dag rondsjouwen met twee gieters van elk tien liter was van een andere tijd.

Tegen koffietijd kwam Henk thuis kijken. De kraamverzorgster schonk koffie in.

Anna zoogde de baby, op de bank in de huiskamer. Henk Wielheesen zat naast zijn vrouw.

'U heeft veel melk,' zei de kraamverzorgster. 'U bent kerngezond.'

Het kind dronk gulzig, klauwde haar kleine handjes om de blauwgeaderde borst. Henk zag hoe moeder en kind één waren.

De kraamverzorgster hing buiten was op.

'Henk, ik dacht dat aan de voordeur gebeld werd.' Hij, verzonken in gedachten, had de bel niet gehoord. 'Ik ben er zeker van,' zei Anna. 'Misschien de post met een pakje.'

Hij stond op, opende de voordeur.

Het was Joop Ruysch. Hij had een cadeautje bij zich en om zijn schouder hing een fotoapparaat.

'Jongen, hoe gaat het met de kleine? Gefeliciteerd. Ik had geen gelegenheid eerder te komen!'

Hij zat met Joop in zijn maag. 'Anna is aan het voeden.'

'Laat binnen, Wielheesen!' Hij was licht van slag omdat ze hem bij de achternaam noemde waar iemand bij was. Ze deed net of hij een vreemde was, de timmerman die een klusje opknapte.

'Dan ben ik op het goede moment. Ik heb mijn toestel bij me.' Hij trok de voordeur achter zich dicht. 'En voor jou heb ik nog deze foto's, van verduiveld lang geleden.'

Henk had er geen oog voor.

Joop feliciteerde Anna. Het kind dronk rustig door, de oogjes gesloten.

De kraamverzorgster schonk koffie in. Joops volle gezicht glom.

'Voor alle zekerheid heb ik mijn fototoestel meegenomen. Mag ik een prentje maken van jou als de kleine drinkt? Ik maak er een paar. De mooiste lijst ik in en krijg je cadeau.'

Intussen maakte Henk het pakje open. Het was een blauwe rammelaar.

'Dank je, Joop. Natuurlijk mag je een foto maken. Ik heb daar geen enkele moeite mee,' zei Anna.

Hij maakte foto's vanuit alle hoeken. Henk liep de keuken in, wist niet wat hij met de situatie aan moest, durfde ook zijn stem niet te gebruiken, moest denken aan de totale sprakeloosheid die hem had getroffen na mama's ongeluk. Hij probeerde het ongemakkelijke gevoel terug te dringen, kwam de kamer weer in.

'Ik heb 'm,' zei Joop, 'ik weet het.'

Hij maakte snel nog een serie. Zij legde het kind aan

haar andere borst aan. Nog een serie. Henk zag Joops oog via de camera gluren en zuchtte, hevig transpirerend.

Guusje, verzadigd, was in slaap gevallen tegen de volle borst, met vlak onder de huid de lichtblauwe aderen. 'Dit is mooi. Dit is zo mooi.' Hij drukte maar af, bleef maar foto's maken, de stofjas, wijd open, te lang, bijna op zijn voeten.

Anna vertelde dat ze rijkelijk melk bezat. Te veel. Ze kon wel twee baby's voeden.

'Ga er maar aan staan,' zei Joop Ruysch en het was of zijn woorden hem nieuwe ideeën gaven. Hij haalde zijn toestel weer tevoorschijn, schoot nog een paar filmpjes vol.

Henk Wielheesen liep de boomkwekerij op. Twijfel over zichzelf overviel hem. Zijn aanwezigheid deed er niet toe. Hij was niet in staat een fatsoenlijk woord uit te brengen. Hij had er al die tijd van nietsdoen voor spek en bonen bijgezeten.

~

Die avond zaten ze binnen op de bank.

'Kijk eens hoe fel ze zuigt. Ze zuigt zich vast aan mij. Dat wordt me er eentje.'

Hij gaf geen antwoord. Ze zei dat ze wel wist wat hem dwarszat. Zij had Joop niet voor het hoofd willen stoten. Had ze dan eerst zijn toestemming moeten vragen?

Dat zou toch ook gek geweest zijn? Een kind voeden, was er iets natuurlijker?

Ze gaf hem de baby.

Anna boog zich naar haar man.

'Geef me een kus.' Hij bleef heel kort nog koppig, gaf haar, schoorvoetend, een kus. Hij was haar dankbaar. 'Vanmiddag was ik op het consultatiebureau. Je hebt het, denk ik, nog niet gezien. Op haar ruggetje zitten rode vlekken. Mijn melk is te rijk aan voedingsstoffen. Ik heb ook te veel.'

Ze stond op, kwam terug met een kolfapparaat van het Groene Kruis.

'Er zijn wel moderne borstpompen. Die aloude kolf voldoet nog steeds. Het is niet echt een fijn gevoel. Ik heb al gemerkt dat ik daar ook niet alle overtollige melk mee kwijtraak.'

Ze haalde beide borsten tevoorschijn. Tepels en tepelhof waren donker en gezwollen. Henk dacht aan donkerbruine lakzegels en ook aan Siejes stempelkussen dat hij bij het uitschrijven van nota's gebruikte.

Ze drukte melk uit de tepel. Hij likte het op. Zij vond dat hij, van al het harde werken, aan de magere kant was. Met die woorden hielp ze hem over de schaamte heen. Het was toch als iets 'verbodens', iets onnatuurlijks, hij in zijn werkkleding, op de grove sokken die hij in de zware schoenen droeg.

Zij prikkelde haar borst met de toppen van duim en wijsvinger. De melk smaakte vol, romig, zoet.

Als Henk dronk, trok hij een verlegen gezicht. De melk was voor zijn dochter bestemd. Schuchter keek hij naar het kind, zijn mond vol van haar melk. Hij verslikte zich bijna. Anna joeg met haar vingertoppen meer melk naar voren, duwde en kneep in haar vlees. Hij dacht aan de Early Beatrice, de veredelde perzik. Het jaar voor Guusjes geboorte had de boom onverwacht minder gedragen. De hoofdwortel had hij afgesneden, had ook verwondingen aan de zijwortels toegebracht. Nu zat de boom afgeladen. De natuur wilde geprikkeld worden, wilde pijn lijden. Alleen dan was ze overdadig.

Anna hield haar beide borsten in haar handen. Hij dronk van het vette des overvloeds.

De dochter was al verzadigd. Nu de vader. Dichter bij haar kon hij niet komen.

Anna wreef zachte crème in de huid rond de tepel om kloofjes te voorkomen.

Henk Wielheesen ging terug naar zijn werk. Hij pootte gewortelde stekken van de taxus, likte zijn lippen af, proefde de lauwe, stroperige melk.

Hij had moeite om zijn ogen open te houden. Op het talud ging hij in het gras liggen en viel direct in slaap.

... Hij zat bij zijn moeder op de bank. Hij had zojuist bij haar gedronken en had het als de natuurlijkste zaak van de wereld ervaren. Mama borg haar borsten op. Henk voelde zich zo licht, zo volkomen op zijn gemak. Hij boog zich naar zijn moeder. 'Wat wil je me vertellen, jongen?' Hij citeerde uit het Hooglied van Salomo. 'Een sterke vrouw, wie zal haar vinden? Je beide borsten zijn als twee welpen, de tweeling van de gazelle, weidend tussen de lelies.'

Hij werd wakker, ging door met zijn werk. Door de

droom of door het drinken van de moedermelk had hij minder controle over zijn handen. De regels die hij pootte liepen scheef.

Aan het begin van de middag liep hij het huis in. Moeder en baby zouden nu rusten.

Hij trof ze aan in diepe slaap.

Op de overloop zette hij de trap in het zoldergat. In het laatste oorlogsjaar had het huis van de familie Sievez een voltreffer door het dak gekregen. De zolder was weggeslagen. Na de oorlog was het huis hersteld. De nieuwe zolder was slechts voor een klein gedeelte beplankt. Daar had hij bij de verhuizing de zware dekenkist met mama's kleding laten plaatsen. De verre hoeken van de zolderruimte waren alleen bereikbaar over smalle steunbalken. Deze waren, deels, nauwelijks begaanbaar omdat de leidingen van de elektriciteit daarover liepen. Tussen de balken lag dun spaanplaat.

Henk Wielheesen trok mama's zomerjurk aan, vond diep verstopt haar zonnehoed met linten. Hij zette haar hoed op. De andere kleding stopte hij onder de jurk zodat het leek of hij magistraal grote borsten had. Hij probeerde mama's kleine, witte schoenen met wreefbandje. Ze dreigden uit elkaar te scheuren.

Henk Wielheesen liep op en neer op het veilige, beplankte deel.

Wat hij deed klopte niet. Daar was hij zeker van. Hij was schuldig. Nooit zou iemand te weten komen wat hij aan het doen was. Hij voelde dat vlak onder het schuldige een lichamelijk verlangen zat, een pijnlijke nieuwsgierigheid naar de gewaarwording werkelijk borsten te bezitten.

Als mama me zou zien? dacht hij en hij schrok. Misschien zag ze hem.

Hij wist wat ze zou zeggen: 'Had ik die oude spullen van mezelf maar tijdig weggedaan!' Ze zou zeker niet boos op hem zijn.

Henk paradeerde met kleine pasjes. Een dromerige loomheid overviel de jonge vader.

Een idee kwam in hem op. Hij kon er zich al niet meer los van maken. Hij staarde over de zolder. Hij liep een steunbalk op, die slechts vier centimeter breed was. Na enkele meters dreigde hij zijn evenwicht te verliezen. Zijn benen voelden zwaar. Hij kon op tijd steun vinden, door zijn handen met alle kracht plat tegen de planken van het schuine plafond te drukken.

Hij was roekeloos, stapte van de ene balk op de andere, over het dunne spaanplaat heen, ging zo in labiel evenwicht de hele zolder rond, kwam tot in de verste hoeken.

~

Van rood sitspapier knipte en vouwde hij wieken en maakte een molentje. Hij zwiepte het molentje door de lucht en de wieken draaiden. Ook van andere kleuren sitspapier, in het dorp gekocht bij Haweko, maakte hij molentjes. Hij rende over het pad met een bosje molentjes in elke hand en de wieken klapperden en suisden.

Guusje, één jaar.

De avond ervoor had hij met Anna slingers opgehangen.

Guusje zat in de kinderstoel. Anna zong haar toe, samen met oma Margje en Ruben. Henk zong maar half mee, was in gedachten bij zijn zelfgemaakte cadeau, in de keuken onder het aanrecht verborgen. Niet op de cadeautafel.

Hij had haar vanmorgen in zijn eentje toegezongen.

'Hiep, hiep, hoera,' riepen Anna, oma en Ruben. Het kind sloeg van plezier op het blad van de kinderstoel, greep naar de tros ballonnen en krijste van opwinding.

Ze kreeg kleine cadeautjes.

Anna keek naar haar man. Toen pas ging hij naar de keuken, kwam de kamer in met het feestelijk verpakte cadeau.

Hij zette het voor zijn dochter neer.

Het werd stil. Ook het kleine kind was onder de indruk van de stilte die ineens viel, graaide niet in het cadeaupapier, maar frommelde aan de roze strik.

'Die blik van haar,' zei Margje. 'Vol aandacht. Een heerlijk kind. Dat ik dit mag meemaken.' En in de stilte: 'En nu jij nog, Ruben. Als er één schaap...'

Niemand ging op die woorden in.

Anna hielp haar dochter.

Het kind zwaaide met de molentjes alle kanten op, schaterlachte. 'Henk, jij kon ook zo schaterlachen vroeger,' zei Margje. 'Ik heb het zo vaak van je moeder gehoord.' Allen waren verrukt van het cadeau.

'Hoe kun je zoiets moois maken,' vroeg Anna zich af.

‘Je hebt op de wieken ook kleine tekeningen gemaakt en er staan woorden op.’

Ze las het hardop: ‘Emmapiramide, rivier, sprengendal. Wat bedoel je daarmee?’

‘Dat laat ik haar allemaal zien.’

Ruben zei bewonderend dat zijn broer geen kweker was, maar een romantische dichter.

‘Henk komt aan zijn gewone werk niet meer toe,’ lachte Anna.

Henk tilde Guusje uit de kinderstoel, zwaaide haar boven zijn hoofd heen en weer.

‘Niet doen,’ zei Anna. ‘Zet haar neer.’

Hij hoorde haar niet, gooide haar in de lucht, ving haar op bij haar middel.

‘Ik wil het niet,’ riep Anna. ‘Je lijkt wel gek.’

‘Zet haar neer, Henk,’ gebood Ruben.

Hij luisterde.

Het zweet stond op zijn gezicht.

‘Het grijpt hem aan,’ zei Ruben tegen zijn moeder en Anna.

‘Daarom hoeft hij dat kind nog niet zo hoog in de lucht te gooien. Vannacht trof ik hem weer op haar kamer aan.’

Ruben meende dat hij over zijn dochter wilde waken, een schild of schildwacht wilde zijn, zodat niemand haar ooit pijn kon doen.

‘En het kind bijna tegen het plafond gooien...’ begon Anna.

‘Hij uit zijn liefde...’ geloofde Ruben, ‘en het uitbundige...’

Ze hoorden allen het tuinhek. Het was Joop Ruysch die langs het raam opliep. Hij zei direct bij binnenkomst: 'Ik zag vanaf de straat de slingers.' De jarige was in de box in slaap gevallen.

Hij feliciteerde iedereen. Wat was dat jaar snel voorbijgegaan. 'Wat staan, Anna, die hortensia's onder het raam mooi te bloeien!'

'Mijn liefhebberij,' zei Anna. 'Ik heb er oud ijzer bij gelegd. Daarom is de tint zo diep blauw. Maar Wielheesen gelooft niet dat het ijzer invloed op de bloemen heeft.'

Ruben nam afscheid.

Henk Wielheesen stond aan het tuinhek.

'Voel je je beter? Ik zie dat je rustiger bent.'

Ruben trok zijn hoofd naar zich toe, kuste hem.

DEEL VIJF

Guusje lag rustig te slapen.

Onafgebroken keek hij naar zijn dochter. Ze droomde. Kleine geluiden gleden tussen haar lippen door. Hij veegde een beetje speeksel met zijn vinger weg. Licht van het nachtlampje en het eerste licht van buiten vielen over het rossig blonde haar. Haar borst ging op en neer. De vader zou haar droom willen weten. Kwam hij erin voor? Het liefst zou hij haar wakker willen maken.

Zijn hart bonkte van dit bezit.

Hij mompelde een kindergebed.

'Als je groter bent, gaan we naar de uitkijktoren. De toren is gebouwd op de berg van mijn opa. Vlak voor de winter inviel, schreef hij zich in voor de werkverschaffing. Dienst Uitvoering Werken. Mijn opa een DUW-arbeider. Minder bestond niet. Op het terrein van de bunker stonden onverwarmde barakken. Ze hakten de hard bevroren grond open met een pikhouweel.'

Hij pakte haar handje. Het kon Henk niets schelen of Anna hem hier aantrof. Gisteren was ze boos geworden.

'Laat het kind 's nachts met rust.'

Henk zoog op haar vingers, stak het hele handje in

zijn mond. De vingers prikten in de ribbels van zijn verhemelte, de rug van haar hand lag op zijn tong.

Henk Wielheesen boog zich dieper, pakte ook het andere handje, stak beide tegelijk in zijn mond.

Voorzichtig legde hij de handjes terug. Zij bewoog haar hoofd heen en weer.

Hij overlaadde haar met kussen.

'Tata, tata,' deed hij Margje na.

Zijn opa hakte in de diepbevroren grond een sleuf uit. In mandjes bracht hij de grond naar boven. Overal stonden opzichters, die commandeerden. Vanaf de berg zag je Montferland en Kleef.

~

Die ochtend mengde hij in de werkplaats hars met gele boenwas en varkensspek. Hij stak het gaskomfoor aan en zette een oude, roestige pan op het vuur, roerde tot alles gesmolten was. En liet het zover afkoelen dat hij er zijn vingers in kon steken en het gesmoltene toch nog goed doorgeroerd kon worden. Hij goot er spiritus bij, roerde alles opnieuw goed door elkaar. Daarna liet hij de brij afkoelen.

Henk Wielheesen was koude entwas aan het maken.

Hij ging rechtop staan, keek de palmenkas in, groette met een handgebaar het kostelijke bezit, in het bijzonder de gestreepte agave die opnieuw bloeide. De lange crème-gele tong, oprijzend uit het hart van de plant, wiegde licht.

Henk liep de werkplaats in om te zien of Ruben er al aankwam.

Zijn auto stond geparkeerd voor zijn huis aan de Bergweg. Om halfacht precies vertrok hij naar zijn gymnasium in de stad.

Ruben reed over de kwekerij naar de uitgang aan de Schonenbergsingel, hij sloeg dan linksaf, kwam na driehonderd meter op de Hoofdstraat. Met een klein halfuur was hij op school.

Elke morgen dronken ze samen koffie in de werkplaats. Zodra Henk Rubens auto hoorde, schonk hij in. Ze hadden slechts vijf minuten samen.

~

Aan die momenten dacht hij misschien het allervaakst, op zijn kamer in Insula Dei.

~

Een enkele keer kwam het voor dat hij vergeefs wachtte. De hele dag kon Rubens onverwachte afwezigheid bij Henk Wielheesen doorwerken. Dan wilde het werk niet vlotten. Op zo'n dag kwamen er ook weinig klanten. Bij miezerig weer zat hij wat te suffen in de palmenkas, deed een hazenslaapje, rook aan de agapanthusbloem. Hij kwam dan tot weinig.

Henk goot de was in een blikken bus. Voor de komende tijd had hij weer voorraad. Je moest als kweker altijd vooruitkijken. Hij sloot de bus zorgvuldig, zodat de entwas soepel en lenig zou blijven.

Daar was zijn broer.

Ze omhelsden elkaar, kusten elkaar op de mond. Als dat laatste, door omstandigheden, werd vergeten of erbij inschoot door een onwillekeurig gebaar, of door de telefoon die ging, dan kwam er toch altijd een moment dat een van de twee zijn hoofd dicht bij de ander bracht en hem zoende. Dat kon van beiden uitgaan.

De werkplaats rook naar verse koffie en verse entwas. De lange agapanthusstelen met de zware bloemtrossen bogen licht door en wiegden in een niet waarneembare luchtstroom. Je zou zeggen dat ze zichzelf op gang gebracht hadden en niet meer konden ophouden.

Ze zaten dicht tegenover elkaar. Ruben vertelde dat hij vandaag met een klas naar een Frans toneelstuk ging. Het stuk heette *Huis clos*, dat 'Met gesloten deuren' betekende. Het stelde de hel voor. Met de klas had hij het stuk grondig voorbereid. Terwijl hij sprak, rustte zijn hand op Henks knie.

Henk dacht aan een zondagsschoolplaatje, maar begon over zijn dochtertje.

'Ze kroop over me heen, onder me door. Ruben, ik nam haar gezicht in mijn handen, kneep in haar wangen, in haar benen, draaide haar om. Ik kon niet van haar afblijven. We waren gisteren, achter bij de coniferen, op het grastalud. Ze vond een jong, kaal vogeltje. Het was uit het nest gevallen. Het ademde nog. Het blies in haar handje zijn laatste adem uit. We hebben het in een doosje gedaan en in de groene uithoek begraven. Daarna wilde ze weer over mij heen kruipen, ze trok aan mij, ik draaide haar om en om, ze schaterde, raakte buiten adem. Ik heb haar op mijn rug getild en we zijn gaan rennen, over de smalle, rechte paden eerst, later over het middenpad tot hier toe, bij het waterbassin. Ik boog mij voorover, tot vlak boven het water. Ze gilde het uit. "Nog een keer, papa." Ik boog me weer, raakte met mijn voorhoofd het water aan. We zagen ons weerspiegeld. Ze had haar handjes om mijn hoofd geklemd. We zijn weer gaan rennen, de andere kant op. Ze spoorde me aan. "Harder. Nog harder." Ik mocht niet stilstaan. Ten slotte had ik geen adem meer. Ik ben in het gras gaan liggen, ik heb haar in mijn armen genomen, en haar gekust. Ik kon niet ophouden. "Papa, lief," zei ze steeds. "Mama ook. Papa, liever." Ze is heel vroeg met praten.'

'Ik moet gaan,' zei Ruben.

Ze liepen naar de auto. Ruben schudde zijn hoofd. Voor hij instapte: 'Je moet je inhouden. Dat gaat niet goed zo. Het is geen speeldier. Jij net zo min.'

Ruben trok zijn broer naar zich toe, zei nog dat hij hem wel begreep. 'Het is een prachtig meisje. Probeer maat te houden.' Hij moest gaan. Zijn klas wachtte.

Ruben zwaaide uit het raam, claxonneerde nog op de Schonenbergsingel.

Henk Wielheesen was aan het werk bij de jonge aanplant van de blauwe douglasspar. Deze werd steeds gewilder bij het publiek als kerstboom.

Hij schoffelde en harkte, stelde er een eer in om het hele terrein onkruidvrij te houden.

Twee stagiairs van de lagere tuinbouwschool waren aan het stekken in de palmenkas.

Henk keek op van zijn werk, leunde tegen de steel van de schoffel, had vanuit dit hoge punt zicht over het dorp. Hij zag de kerktoren en het rode pannendak van de kleuterschool. Het zou nu speelkwartier zijn. Als hij zich niet vergiste kon hij de kinderen op het schoolplein horen, kon hij zijn eigen dochter horen.

Op dit moment, tussen de kaarsrechte rijen blauwe douglas waar zo lekker de groei in zat, overviel hem weer het verbijsterende geluk van dit bezit, dacht aan vanochtend voor schooltijd: hoe hij op handen en voeten door de kamer gekropen was, zij op zijn rug. Ze had op een wild paard gezeten, ze was bijna van zijn rug gevallen, had zich aan zijn haar vastgehouden. Nu overviel hem ook vaag het besef dat hij al deze ervaringen ergens moest opslaan, zodat ze altijd terug te halen waren, om er in andere tijden houvast aan te hebben.

Henk Wielheesen was in het koele gras op het talud gaan zitten, om er dieper over na te denken, zijn blik gericht op de fraaie glooiingen van het terrein. Hij verzonk in gepeins, het hoofd naar beneden, luisterde naar het bruisen en suizen van de gewassen. Het zondagsschoolplaatje van Johannes op Patmos kwam in hem op: de apostel keek op naar de hemel en zag dat de zon zwart werd als een haren zak en de maan werd geheel van bloed en een stem klonk. 'Hem, die op de troon gezeten is, en het Lam zij de lof en de eer en de heerlijkheid en de kracht tot in alle eeuwigheden.' Van alle bijbelse figuren zou Henk Wielheesen het liefst Johannes op Patmos willen zijn.

Hij dommelde weg.

Hij had geen idee hoe lang hij geslapen had toen Anna hem wakker maakte.

Ze zat op haar hurken bij hem. Ze had tranen in haar ogen. 'Ik zocht je, Wielheesen. Ik kon je niet vinden. De stagiairs zeiden dat je hier aan het werk was. Je ligt te slapen, terwijl ik denk dat je aan het werk bent. Zó kan het niet goed gaan. Je moet leiding geven. De stagiairs zaten op de rand van het waterbassin met elkaar te kletsen. Het oog van de meester maakt het paard vet.'

Henk Wielheesen zat naast haar en zag dat ze overstuur was en zacht sprak. Hij was allang blij dat ze niet geprikkeld of boos reageerde.

Henk wees op het deels geschoffelde pad.

'Ik weet dat je al vroeg op bent. Ik zocht je. Vanmorgen kreeg ik bezoek van Joop Ruysch. Een auto stopte die ik niet kende. Joop stapte uit. Een grijze Mercedes. Wel tweedehands. Maar het gaat hem goed. Ik wil jouw mening weten. Joop deed mij een voorstel. Laat ik eerst dit zeggen: we zijn toe aan een nieuwe wasmachine. Ik probeer zelf jurkjes voor Guusje te maken van zo goedkoop mogelijke stof, om geld uit te sparen. Wielheesen, herinner jij je nog het huwelijksgeschenk van Joop Ruysch?'

'De zigeunerin.'

'De wulpse zigeunerin. Hij staat nog steeds in de kelder. Ik wil hem niet aan de muur hebben.'

Hij had geen idee waar ze heen wilde.

'Joop is vanmorgen lang gebleven. Je weet dat hij in het verleden een failliet kartonfabriekje in de stad heeft opgekocht. Hij produceert weer karton en reproduceert het plaatje van de zigeunerin, in slechts één maat. Tien bij vijf centimeter.'

Ze wachtte. Had hij het al door?

'Een mooi aanbod. Joop zoekt thuiswerkers om lijstjes in elkaar te tikken. Joop denkt dat ik handig en snel genoeg ben om er zo'n zestig per uur te tikken. Hij betaalt een dubbeltje per getikt lijstje. Dat tikt lekker aan. Joop betaalt zwart. In zijn woorden: van facturen houdt hij niet. Als gehuwde kan ik niet zomaar een betaalde baan aannemen. Ik wil wat te doen hebben. Dat fabriekje van hem heet "Record". Dat zegt al genoeg.'

'Als jij dat graag wilt, Anna...'

'Het is gewoon een extraatje. De inkomsten uit de kwekerij gaan achteruit. Ik heb er zin in.'

'Het is goed, Anna.'

'Jij hebt je haan. Joop levert vanzelfsprekend gereedschap en het materiaal. Aan het eind van de week komt hij de getikte lijstjes ophalen.'

'Je moet het doen.'

'Het bedrag dat ik per week verdien zal hij altijd naar boven afronden, heeft hij beloofd.'

'Ik ben blij voor je!'

'Joop is wel een man die alles aanpakt. Ook misschien omdat hij ongetrouwd gebleven is.'

'Ruben is ook ongetrouwd gebleven.'

'Je hebt gelijk. Ik verkoop onzin. Geen onzin is dat wat hij aanpakt in goud verandert. Hij kan aan de vraag niet voldoen.'

'Hoeveel per dag ga je tikken?'

'Ik heb er nog niet over nagedacht. Dagelijks een uurtje of anderhalf?'

~

Het was simpel werk. Vijf of zes korte gebaren. Een lang en een kort latje, nog een lang en een kort latje. Vier koperen spijkertjes. Een glaasje, plaatje, kartonnetje. Vergrendelen met vier kopspijkers, die je met je duim in de vier hoeken van het zachte hout drukt.

Ze was er handig in.

Joop Ruysch bracht op zaterdagmiddag nieuwe dozen materiaal en nam de gereedgekomen lijstjes mee.

Hij prees Anna. De lijstjes zagen er pico bello uit. Ze had voor vijfenzeventig gulden getikt. Hij maakte er tachtig gulden van.

Ze tikte een paar lijstjes waar hij bij was.

'Van alle thuiswerkers ben jij de snelste, Anna.'

Henk Wielheesen was juist in het hok de jonge Javaanse vechtkriel aan het voeren en hoorde Joop en Anna, aan de tuintafel.

Hij bleef in het hok. Via Joop had hij hem gekregen uit een broederij in de grensstreek achter Lintelo. Toen hij alleen met het beest was, had Henk Wielheesen zijn snavel geopend. Op het hardroze, geribbelde verhemelte van de haan zaten, tot Henks diepe vreugde, drie kleine, zwarte stippen. Ze zouden met het volwassen worden uitgroeien tot drie zwarte vlekjes. Ze kwamen zelden voor en wezen op grote vechtlust. Dat wist Henk nog uit het Atjeh-boek. De haan keek alert uit zijn ogen en had een opvliegend karakter. Anna en zijn dochter waren bang voor hem. Als ze al in de buurt van het hok kwamen, vloog het dier tegen de houten wand van het nachthok op, of tegen het gaas van de uitloopren.

Henk was de enige die macht over de haan had.

Toen hij Joop in zijn auto hoorde wegrijden, kwam hij met de haan op de schouder het hok uit.

'Wielheesen, je mag ook wel een handje komen helpen.' Hij ging met de haan bij haar aan tafel zitten. Overal op het plaatsje stonden geopende dozen.

'Doe eerst dat beest weg.'

Hij deed of hij haar niet had gehoord, keek hoe zij een lijstje in elkaar tikte, het plaatje met de wellustige zigeunerin tussen glaasje en kartonnetje schoof.

'Wie hangt er zulke rommel aan de muur?'

'Met scheepsladingen gaat het naar Amerika. Mij kan het niet schelen of het rotzooi is. Het extra geld kunnen we goed gebruiken.'

Hij bracht de haan terug.

Hij ging weer tegenover haar zitten, keek hoe zij het deed. Zij legde stapeltjes glaasjes, plaatjes en kartonnetjes voor hem neer.

Henk Wielheesen begon te tikken. Na tien minuten

begonnen zijn handen te beven. Hij sloeg mis, liet een glaasje vallen, dat wonder boven wonder heel bleef.

Zij griste hem het lijstje uit zijn handen. Hij stond op.

De haan liep parmantig heen en weer in de ren.

De avondzon lichtte het rode waas over het zwart van de staartveren op.

'Kijk toch, wat mooi!'

'Het is een eng beest.'

Henk Wielheesen slenterde langs de border met de drie blauwe hortensia's – Anna's trots – en ging aan het straathek staan, roerloos, met de armen over elkaar. Henk stak een hand op naar een bekende.

Als vanzelf, door zijn natuurlijk ingekeerd zijn, overzag hij zijn leven en voelde dat het goed met hem ging, na alles wat in zijn jonge jaren met hem gebeurd was. Gedempt drong het getik tot hem door, hoewel hij toch zeker op een twintig meter afstand van haar was. Het klonk als het tikken van de regen op een zinken platje. Het ergerde hem zeker niet. Voor Anna was hij blij. Ze had een helder doel voor ogen. Van het eerste verdiende geld had ze nieuwe schoenen voor hun dochter gekocht.

Daar kwam Guusje aan. Ze had bij een vriendinnetje gespeeld, onder aan de straat.

Hij deed het hek alvast open, ging haar tegemoet.

'Papa,' riep ze van afstand, 'ik ben ook bij oma geweest. Oma is zielig. Ze kan niet goed ademen.'

'De dokter is bij haar geweest. Oma krijgt medicijnen.'

'Ga je me voorlezen?'

Ze liepen richting de tuintafel. Het meisje ging even bij haar moeder staan.

Haar vader was al in de kamer op de bank gaan zitten. Het was hem onmogelijk voor te lezen als Anna luisterde.

Guusje kwam met het verhalenboek binnen.

'Papa, het verhaal van het zieke meisje.' Ze sloeg het boek open, bladerde.

'Hier beginnen.'

'Midden in het verhaal?'

Ze wees heel beslist naar de regel waar hij moest beginnen. Ze kroop bij hem op schoot.

Hij schraapte zijn keel, las de zin eerst stil voor zichzelf, hoewel hij hem uit het hoofd kende.

Henk Wielheesen begon zijn dochter voor te lezen. Hij sprak de woorden voorzichtig uit, articuleerde goed.

'Het meisje had hoge koorts. Achter het mica ruitje van de kachel gloeide het vuur. Het meisje dacht dat die gloed de koorts was.'

Hij las met zachte stem. Buiten klonk het getik.

Guusje kauwde op een blond haarsliertje, had haar arm om zijn hals geslagen. Hij voelde haar mond tegen zijn hals.

Hij stokte.

'Doorlezen!'

'Ja, lieve dwingeland van mij.'

Hij hield weer op, kon zich niet concentreren. De keukendeur was dicht, de kamerdeur stond open.

Het meisje begreep het, kwam van zijn schoot en sloot de kamerdeur.

Het getik stoorde niet meer. Henk Wielheesen dacht: ik had liever gezien dat Anna niet op het aanbod van Joop Ruysch was ingegaan.

Hij vervolgde het voorlezen: 'Aan de horizon reed een trein. Het meisje hoopte dat haar vader in de trein zou zitten.'

'Papa, was de vader van het meisje naar een ver land?'

'Ja, en bij elke trein in de verte hoopt ze dat haar vader eindelijk thuiskomt.'

'Komt hij nooit meer thuis?'

'In het verhaal niet.'

'Doorlezen!'

Gedwee las hij door. Hij begon fouten te maken, ademde diep in, zag dat zijn handen beefden, wilde dat verbergen.

'Papa, je zegt niets meer.'

Hij nam een hap adem. Ze stak haar hele hand in zijn mond.

Hij liet haar begaan, en dacht, terwijl hij het boek dichtsloeg: ik wou dat Guusje ziek werd en hoge koorts kreeg, dat ze overdag beneden op de bank lag en ik haar kon verzorgen. Ze was flink ziek, maar het was zeker dat ze beter zou worden. Hij zou een sinaasappel voor haar uitpersen, aan haar bed zitten en steeds voor haar klaarstaan. Anna mocht niet in de ziekenkamer komen. Zij had haar werk buiten. Zij, Guusje, in haar ziekte, gaf zich over aan hem. Hij stond voor haar klaar. Steeds vaker, de laatste tijd, had hij zulke gedachten. Guusje was weleens een dag wat hangerig, ze was nooit echt ziek.

Eén keer, in een vertrouwelijk moment, heeft hij tegenover Anna die droom geprobeerd te verwoorden, zo zorgvuldig mogelijk.

Haar reactie: 'Kraam niet van die onzin uit. Je meent het ook nog.'

~

Het was in die week, de tweede week dat zij met tikken begonnen was, dat Anna op het idee kwam aan het einde van een zaterdagmiddag een tafel in de tuin van hotel-restaurant Naeff te reserveren. Het idee werd haar ingegeven door de toestand van haar schoonmoeder. Bij haar was angina pectoris geconstateerd. Ze had te weinig adem om de Bergweg op te lopen en kwam nauwelijks nog het huis uit.

'En, Wielheesen, zijn wij elkaar daar, in de theetuin, niet voor het eerst tegengekomen?'

Hij was er direct voor, sloot die zaterdag eerder de beide tuinpoorten.

Henk haalde zijn moeder met de bestelwagen op, Anna, Guusje en Ruben liepen.

Guusje speelde met haar poppenservies in het witte grind. Met een notablokje van de kwekerij kwam ze langs om bestellingen op te nemen.

'Oma, wat wilt u drinken? Ik heb koffie, thee en vanwege het warme weer vers vlierbessensap. Het laatste is erg duur.'

'Wat een bijdehand ding,' zei oma Margje verrukt. 'Ze is nu al zo leuk om naar te kijken.'

'Zeg dat niet te vaak, oma, waar ze bij staat,' zei Anna.

'Ik,' zei Margje, 'kies ondanks de duurte voor het sap.' Het meisje noteerde dat.

'Wat wilt u, meneer?' vroeg ze haar vader.

'Een kopje thee met appelgebak.'

Anna groette een bekende. De eigenaar van het restaurant kwam langs en maakte een praatje. Henk wist niet zo gauw wat hij zou kunnen zeggen. Anna was in druk gesprek. Ze stond daar, in het grind bij de theekoepel, vrolijk en opgewekt te praten, ging op in de ander.

Henk was maar gaan zitten. Hij bewonderde Anna om het lichte, het levendige dat ze hier toonde. Zij genoot op een vanzelfsprekende manier.

Hij was daartoe op dit moment niet in staat. Hij voelde dat zijn lichaam zich spande, dat zijn vingers verkrampten.

Hij sprak zich moed in. Het leven kon niet mooier zijn. Er was niets wat nog te wensen overbleef.

Ruben, in een smetteloos wit kostuum met rode pochet, was op zijn hurken bij Guusje gaan zitten, babbelde gezellig met haar, hielp met het klaarmaken van de bestellingen. Henk had juist het plan opgevat om bij haar te gaan zitten, had zich ingehouden. Nu was Ruben hem voor geweest.

Anna was weer aangeschoven. Margje zei tegen haar, kijkend naar Ruben: 'Nou hoop ik toch zo dat Ruben een aardige vrouw vindt.'

'Vast wel,' meende Anna. 'Hij heeft nog te veel aanbidsters. De leerlingen op school zijn stapel op hem.'

'Ik weet niet of ik dat nog meemaak,' vroeg Margje zich af.

Anna werd aangesproken door een ober die ze nog kende uit de tijd dat ze hier werkte.

Ruben was nog steeds bij Guusje. Margje zocht in

haar tas een zakdoek. Henk keek naar de gave stam van de bruine beuk verderop. Hij werd geschat op meer dan drie eeuwen oud. In het perk rond de stam had hij rode begonia's geplant. Ze hadden weinig zon nodig.

Anna was gaan staan. Ze stond algauw in een kleine kring. Tussen hem en Margje was een stoel leeg. Margje keek hem aan.

'Wat passen...'

'Wacht, mam.' Hij kwam naast haar zitten.

'Wat passen die rode begonia's mooi bij het roodbruine van de beuk.'

Ze pakte zijn hand, wreef over de rug van zijn hand. Henk Wielheesen dacht: Margje zag het gespannene aan mij. Zij heeft er ook niet precies woorden voor.

Ze zaten stil naast elkaar. Margje zei zomaar: 'Ja, het is toch wat!' En even later: 'Ach ja. Ach ja.'

Hij begreep dat het de slotsom van een innerlijke redenering was. Henk Wielheesen herkende dat. Margjes redenering wilde hij niet weten. Die zou met het verleden te maken hebben, vermoedde hij.

In dit gemijmer was hij bij zijn droom van vannacht uitgekomen. De avond was al gevallen. Met Guusje stond hij op het hoogste punt van de uitkijktoren. Hij wees haar op alle richtingen. Montferland lag al in de duisternis. Mistslieren hingen tussen de bomen, de flakkerende lichten onder hen waren vuurvliegjes. Hij zette het meisje op haar verzoek boven op de oriëntatietafel. Ze kon dan verder zien. Guusje boog zich ver voorover en verloor het evenwicht. Ze viel omlaag in een gapende diepte. Alles was verloren. Hij gilde. Maar in zijn droom zweefde zij, in een warrelend licht-korrelig waas, kwam precies in zijn armen terecht.

Hij wilde Margje een deel van die droom vertellen, wendde zich tot zijn pleegmoeder. Zij stond nu verderop met een oud-collega van haar man te praten.

Henk Wielheesen zat helemaal alleen aan tafel.

Wat hadden de mensen voor gedachten over hem?

Hij ging snel staan en liep de kant op van de zuilengalerij. Aan het plafond van de gaanderij hingen lampions die straks zouden worden aangestoken. Ze schommelden zacht.

Vanaf de plaats waar hij stond overzag hij de hele tuin. De zon scheen door de bruine beuk. Het licht verkruimelde op het grind in rode vlekjes.

Ruben had Guusje op zijn schouders getild en danste met haar.

Joop Ruysch begroette Henk Wielheesen.

'Een prachtige middag. Veel volk.' En zachter, dichter bij zijn oor: 'Die Anna van jou, de snelheid waarmee zij tikt. Die gaat geld verdienen. Binnenkort kom ik langs. Ik heb nog een mooi plannetje.'

Ruben kwam met Guusje naar hen toe. Joop kneep het meisje in haar wang. 'Neem me niet kwalijk, ik zie nog meer bekenden.' Hij ging ervandoor.

Guusje was over naar de derde klas.

Die dag in de zomervakantie fietsten vader en dochter naar de rand van het dorp, waar de huizen in Indische stijl en de heuvels begonnen. Van ver zag je de uitkijktoren.

Op de bagagedrager van haar rode fietsje zat de knuffelhaas met extra lange oren, haar lievelingspop zat geklemd tussen stuur en koplamp. Hij had in zijn fietstas een bal en een plantenvork met drie tanden.

Bij een heel steile helling duwde hij haar.

Ze kwamen bij het kruispunt Emmapiramideweg-Kluizenaarsweg. Van de voormalige uitspanning was nog een stapel rottend hout over.

Ze stapten af, liepen achter elkaar over het omhoogvoerende, kronkelige bospad.

Henk Wielheesen keek steeds achterom. Ze volgde in zijn spoor.

'Heb je de haas nog?'

'Ja, hoor.'

Hij wist nog van zijn verwachtingen in de tijd van voor haar geboorte. Ze waren heel precies én heel vaag geweest. Dat herinnerde hij zich nog. Je wist niet wat voor kind je kreeg. Alle verwachtingen, voor zover ze helder waren, waren uitgekomen.

'Je bent mijn allerliefste,' riep hij. Zijn woorden galmden door het bos. 'Ik hou van jou.'

'Ik van jou.'

Ze bereikten het zanderige terrein, zetten hun fietsen tegen de bunker, keken omhoog langs de kale wand van de heuvel met de uitkijktoren.

Hij vertelde dat zijn opa in rieten mandjes de grond naar boven had gedragen. Op een dag was de berg klaar. Honderdtwintig arbeiders hadden er drie jaar aan gewerkt. Omdat ze toen zonder werk zaten, moesten ze de berg weer afgraven. Daarna is hij opnieuw opgebouwd.

Hij zag dat zijn verhaal langs haar heen ging.

Ze pakte haar pop en knuffelhaas. Hand in hand klommen ze naar boven.

Ze kwamen op het hoogste punt. Ze legde de pop en de haas op de oriëntatietafel. Een roofvogel zweefde boven hen. Er woei een lauw bol zuidenwindje, dat de kronen waarop ze neer keken openblies. Takken wreven klagelijk tegen elkaar aan.

'Ze hebben verdriet,' zei Guusje. Ze keek in de verte.

'Was jouw opa ook zo hoog?'

'Ja, precies zo hoog als wij.'

Hij kuste haar boven op het hoofd en herhaalde dat hij zo van haar hield. Ze moest altijd bij hem blijven.

'Ik ga met jou later trouwen.'

'Omdat we honderd meter boven de aarde zijn, mag jij een wens doen.'

'Met jou naar de grote markt in de stad. Ik ben met mama al twee keer geweest.'

'Afgesproken. Dat doen we.'

Weer beneden volgden ze het beekdal. Hij hield haar bij de hand. Ze klommen over zwerfstenen. Hij wees haar op een roodkleurige vlek tussen het opwellende water. Hij ging op zijn knieën zitten, zij ook, naast hem. Zij trok haar jurkje op om het niet nat te laten worden.

‘Druppels water,’ zei ze en ze wees op het plantje. ‘Er zit een vlieg op die spartelt…’

‘Hij zit gevangen.’

Hij stak zijn vork in de natte grond, bakende een cirkel rond de plant af, die rode tentakels had. Aan het einde zaten fonkelende druppels die op dauw leken.

Hij kuste haar voorhoofd, wrikte met zijn vork aan alle kanten. De kluit liet met een natte zucht los. Het ging erom niets van de wortelstok te verwonden. Hij legde uit dat daar de hersenen van de plant zaten, dat ondergronds alles bedacht werd.

Ze bekeken samen de losgewrongen kluit. De vlieg probeerde los te komen.

‘Als ze dreigt te ontsnappen, komt er een extra tentakel bij. De vlieg maakt geen kans. De zonnedauw leeft van vlees.’ Henk wees op de zwarte vliegenlijkjes, bezig te verteren op een plant verderop.

‘Die twee planten voeren onderling strijd. Elk wil de dikste, vetste vlieg.’

Het meisje keek om zich heen. ‘Ik wil hier weg.’

‘We gaan. Hier is het altijd donker.’ Hij zette de plant terug in het natte mos.

Ze holden terug naar het open terrein bij de bunker. Hij tilde haar boven op de bunker. Ze keek door de schietgaten.

‘Papa, ik laat me vallen. Jij vangt me op.’ Ze liet zich vallen. Hij ving haar, vertroetelde haar even. Hij moest haar weer op de bunker zetten. Ze liet zich weer vallen. Hij deed of hij misgreep, ving haar toch op. Beiden kregen van dit spel niet genoeg.

Ze zaten naast elkaar bovenop. Zij sloeg haar vader speels met de extra lange oren van de haas in zijn gezicht. Ze kietelde in zijn nek met het beest. Hij was haar speeldier.

Hij stelde verstoppertje voor.

Henk Wielheesen telde af, staande tegen een berkenstam, zijn ogen gesloten. Van tussen zijn oogleden zag hij dat ze zich in de bunker verstopte.

Hij verwijderde zich van de berk, verwijderde zich juist van haar, sprak hardop: 'Waar zou ze toch zijn?'

Hij had nu zoveel afstand van de verlospaal genomen dat zij alle tijd had om uit de bunker te komen en de verlospaal te bereiken.

Ze liet zich zien noch horen.

Het was zeker dat hij haar naar binnen had zien gaan. In de verste hoek was ze op haar hurken gaan zitten, in dor, opgewaaid blad. Ongerust liep hij naar de ingang, bukte zich, maar belemmerde zo alle licht. Hij ging op de tast dieper de bunker in. Er viel alleen schaars licht door de schietgaten en kijkspleten. Hij stak zijn hand uit naar de hoek waar ze moest zitten.

Ze begon te gillen.

Zijn handen vonden haar. Hij trok haar achterwaarts naar buiten, tilde haar op.

'Wat was het dan? Een beest?'

Zij probeerde zich los te rukken, trapte tegen zijn bovenbenen.

'Laat me los!' Ze krijste.

Hij zette haar buiten de bunker op de grond neer. Ze trapte nog een keer naar hem.

Was het iets glibberigs dan? Een naaktslak? Een hazelworm?

Of gilde ze om niets? Ze had meerdere keren naar hem getrapt. Wat had haar grote angst en woede opgewekt?

Ze huilde, zocht haar pop met het beschilderde gezicht en haar haas. Ze vond ze en drukte ze stijf tegen zich aan. Die deden haar geen kwaad.

Henk Wielheesen durfde niet bij haar te gaan staan, durfde haar helemaal niet aan te raken. Ze zou weer in woede kunnen uitbarsten.

Henk stond te trillen op zijn benen. Wat was er misgegaan? Niets was er meer over van alle liefde en tederheid. Haar boze uitval, het trappen naar hem, hadden de betovering verbroken. Die hadden alles als een zware storm weggevaagd.

Later, als hij op zijn kamer in Insula Dei daarop terugkeek, zag hij dat als het moment waarop zijn omgang met haar een heel andere kant was opgegaan.

Niets was er meer over. Niets meer. Alles was kapot. Haar plotse hevige oprisping van angst en boosheid kon hij alleen maar zien als losmaking, verwerping.

Het was niet te bevatten. Zijn lieveling stond daar, nasnikkend, op meters afstand. Het was onmogelijk haar te naderen. Ze zou wegrennen.

'Doe een beetje volwassen,' sprak hij tegen zichzelf, om zichzelf te kalmeren, om de ergste pijn te verzachten. Die woorden galmden als zinloze klanken.

Ze wilde naar huis. Maar zo konden ze niet thuiskomen.

'Het meisje is even in paniek geraakt door wat dan ook.' Die woorden hielpen een beetje.

Maar eerst moest het goed komen tussen hen.

Hij haalde de bal uit de fietstas. 'Kijk, Guusje.'

Henk Wielheesen gooide de bal tegen de schuine, kale wand van de piramide. Hij stuiterde terug.

Hij dacht dat zij de andere kant had opgekeken en dat zijn poging zou stranden.

'Ik wil ook,' zei ze, legde de pop en de haas op de grond. Hij rolde de bal zacht haar kant op, bang iets te breken wat heel broos was.

Ze gooide de bal tegen de wand. Een mooie, strakke worp. Ze ving hem.

'Nou jij. Om de beurt.'

Ze gooiden steeds hoger. Bij het terugstuiteren reikten beiden naar de bal. Hun handen raakten elkaar. Hun vingers raakten in elkaar. Ze was weer helemaal de oude. Ze was helemaal van hem.

Nog lang had hij zich geschaamd voor zijn buitensporige reactie, de onpeilbare teleurstelling. Guusje, tot zijn opluchting, leek bij thuiskomst de enge bunker te zijn vergeten.

Het was een stille novemberdag, tegen elf uur 's ochtends.

Henk Wielheesen staarde de palmenkas in. Vandaag was nog weinig uit zijn handen gekomen. Een stagiair had zich ziek gemeld. Het zou hem extra moeten aanzetten.

Het was waar dat hij het tegen de winter beduidend minder druk had. Het land lag er stil en berijpt bij. De aarde had rust nodig om in het voorjaar weer flink uit te pakken.

De telefoon ging. Hij nam op.

Het was de eigenaar van hotel-restaurant Naeff. De bestelde citroen- en sinaasappelboompjes waren nog niet afgeleverd. Waar bleef het bestelde? Het was niet de eerste keer de afgelopen tijd dat hij had moeten reclameren. De zuilenzaal werd voor een congres in gereedheid gebracht.

Henk Wielheesen excuseerde zich, maakte de bestelling klaar en bezorgde deze nog voor twaalf uur.

Anna wachtte hem in de werkplaats op.

'Zou je het wel doen, vanmiddag, met Guusje naar de markt? Stel het uit tot volgende week. Er komen nog zoveel zaterdagen. In de namiddag, hoor ik net, worden zware buien met windstoten en kans op onweer verwacht.'

Hij dacht dat het wel zou meevallen.

'We gaan met de bus. We kunnen overal schuilen.'

Hij had zich op dit uitstapje verheugd. Dat liet hij zich niet afpakken.

'Ik zit nu al in angst.'

'Zij wil het ook graag.'

'Daar gaat het niet om. Ik wil niet dat je risico's neemt. En, als je toch gaat, laat haar alsjeblieft geen moment los. Beloof je me dat, Wielheesen?'

Ze liet hem alleen.

Henk Wielheesen overwoog een moment om aan Anna's wens gehoor te geven. Het was verstandiger geweest thuis te blijven. Hij had stekken van de moerplanten kunnen halen, een teil grond koken om die bacterievrij te maken, Guusje had aan het bureau kunnen tekenen.

Jaren later nog, als hij aan het rampzalige uitstapje dacht, dat ondanks zorgvuldige verdringing altijd onverwacht opdook, voelde hij zijn verbrijzelde teennagels, de opengescheurde handpalmen.

~

Ze stonden nog niet bij de halte of de bus richting stad kwam eraan. Zij wilde op de lege achterbank zitten. Op haar knieën, omgekeerd, zag ze door de achterruit haar dorp zich verwijderen en plaatsmaken voor dat onbestemde gebied tussen dorp en stad, met hooggelegen villa's, en oplopende gazons, ver van de grote weg.

De busconducteur kondigde de haltes aan: 'Insula Dei.' Daarna: 'Tivoli.' Ze naderden de stad.

Ze stapten uit. De markt liep van de Grote Kerk tot aan de Rijnkade.

Guusje droeg een rood lakjasje met capuchon en rode laarsjes.

Het had hier al geregend. Er lagen plassen. Zij wilde over alle plassen water heen springen. Hij vond het goed, maar hield haar stevig vast.

Hij trakteerde haar op een stroopwafel. Ze aten samen een haring.

De sirene van een cruiseboot weerklonk tegen de muren van de kerk.

Die kant wilde zij op.

Boven de hoge Rijnbrug was de lucht donker.

Hij gaf toe.

Ze kwamen bij de kade. Er was geen kademuur. Je kon zo het woelige water in lopen, waar lege blauwe olietonnen dreven en ander afval. Ze bleven op veilige afstand staan. Hij hield haar stevig vast. De boot was zich van de kade aan het losmaken. Ze keken naar het brede, vuilgele kielzog dat de boot trok.

'Deze vaart op Duitsland,' vertelde hij.

'Duitsland kun je vanaf de uitkijktoren zien.'

'Goed zo, mooi, lief meisje van mij.'

De boot kwam dwars op de stroom te liggen. De sirene klonk, zwakker dan de eerste keer.

Hij wilde terug naar de markt.

'Het gaat zo regenen.' De donkere lucht kwam deze kant op.

Een sleep kwam voorbij.

'Die wil ik nog zien.'

De sleepboot trok diepliggende rijnaken gevuld met zand en grind.

Ze gingen terug naar de markt.

Henk Wielheesen zag hoe vertederd mensen naar zijn dochter keken. Guusje had haar capuchon opgezet.

'Roodkapje,' hoorde hij. De mensen benijdden hem om zijn schattige dochter. Dat zou in zijn leven alleen maar toenemen. Hij maakte zich vaak voorstellingen van haar, als ze zestien zou zijn of zesentwintig. Waar hij zich met haar vertoonde zou hij nog meer benijd worden.

Onverwacht, zoals voorspeld, joegen korte, harde windstoten over het marktplein. In een leeg kopje, op de plank van een verlaten kraam, rammelde het lepeltje. Verderop sloeg een kraam tegen de grond. Alle kooplui waren aan het opbreken. Met de eerste lichtflits, die in het gotische raam van de kerk weerkaatste, begon het te regenen. De regen verhevigde, kletterde op flarden losgeschoten zeildoek, op het ongelijke plaveisel dat blauwig glansde.

Hij kneep in de hand van zijn dochter, wilde bescherming zoeken in de luwte van de kerk. Daar stonden nog kramen overeind. Dat was ook de hoek van de speelgoedkramen. Daar had hij direct naartoe gewild. Ze had iets mogen uitzoeken. Dat kon altijd nog.

Henk Wielheesen ontweek een gladde, gele zwerfhond die onder de wratten zat, met een bloederig bot in zijn bek. De hond kwam recht op het meisje af. Hij trok haar weg, de hond bleef aan haar snuffelen. Achter hem begon een zeil te klapperen. De hond bleef bij het meisje. Weer een kraam die omviel. Dat dreunde, dat rammelde, dat echode. Een tamelijk jonge boom brak af. De stam vanbinnen, zag Henk Wielheesen in een flits, was zwart, als vermolmd.

Ergens een hamerslag. Een stapel stenen die omwoei. Donderslagen rolden over het marktplein. Op dat moment dacht Henk Wielheesen dat iemand tegen hem sprak. Tegelijk voelde hij dat zijn dochter zich van hem losmaakte. Ze wilde met beide handen de capuchon weer over haar hoofd trekken. Een kraam stortte in. Hij keek opzij om te kijken wie zijn naam had genoemd. Hij zag niemand.

Waar was Guusje?

Hij struikelde over een krat vleesafval, viel ongelukkig, met een arm onder zijn lichaam. Onmiddellijk was hij overeind. Er gebeurde zoveel tegelijk. Hij wist niet hoe hij het aan moest leggen, waar te beginnen. De hond bleef maar in de buurt. Hij voelde haar hand niet meer, dacht dat hij haar weg zag hollen. Bang voor de gele zwerfhond.

Hij maakte zich nog niet echt zorgen, keek om zich heen. Natuurlijk zou hij haar zien. Ze zou wachten. Onder het zeil van een kraam bescherming hebben gevonden. Hij rende de kant van de kerk op. Hij zou haar ook zelf hebben losgelaten omdat ze anders in die bak met smerig vleesafval zou zijn terechtgekomen. Iedereen herkende dat meisje in de rode jas.

Na enkele meters keerde hij snel om, ging de tegengestelde kant op. Waar was ze? Waarom zag hij haar niet? Hij sprak een marktkoopman aan die net weg wilde rijden.

'Een meisje in een rood jasje, met rode laarzen.'

De man keek om zich heen.

'Geen idee, meneer. Een meisje is niet zomaar weg.'

De wind rukte aan de laatste geraamten van kramen die nog overeind stonden. Henk Wielheesen viel over een rol touw, liep om een kist rotte sinaasappels heen. Nog steeds de regen. Het onweer knetterde.

De markt die middag heeft hem de angst gebracht. Die angst is daarna nooit meer weggegaan.

Hij rende weer terug, bleef een lang moment stilstaan, in een ontzagwekkende stilte. Verstomd. Verslagen.

De kade, zonder kademuur. Daar lag het grootste gevaar.

Hij bleef rennen, weer naar de markt, en terug.

Je zou zeggen dat het afgesproken was. Hij moest haar kwijtraken. De elementen hadden het zo gewild. Ergens was het beslist. Ergens waar alles beslist wordt. Hij wierp een vijandige blik op de hemel.

Opnieuw zwierf hij ontzet langs de kade. De regen was opgehouden. In zijn hoofd dook het plaatje van de zondvloed op: een laatste drenkeling op aarde klemde zich aan de laatste rotspunt vast die nog boven de aarde uitstak.

Henk Wielheesen holde door de smalle, natte straten en stegen van het binnenste in de stad. Aan een ruwe muur schuurde hij zijn handen open, daarna zijn gezicht. Thuis zouden ze al weet hebben van het dode kind. Henk Wielheesen liet zich op de grond vallen, scheurde zijn jukbeenderen open aan de scherpe trottoirband, schopte zijn tenen beurs tegen de straatstenen.

Zichzelf straffen. Boete doen tot in alle eeuwigheid. Hij keek om zich heen, zocht naar een manier om zichzelf nog meer pijn te doen.

Dit schrijnen van zijn opengehaalde gezicht, van zijn handen was een schijntje bij dat andere lijden.

Niets op het grote marktplein bewoog.

Weer bij de kade, met het grauwe, klotsende water, botste hij in zijn haast tegen mensen op. De kade was leeg, de boot uit het zicht verdwenen. Aan de hemel boven hem hingen wolken als donkere rotsblokken. Ze konden elk moment op de aarde neerstorten. Wee in zijn maag, versteend bleef hij staan. Guusje op zoek naar haar vader, buiten zinnen, in paniek, was zomaar het water in gelopen. Levenloos dreef ze de rivier af. Hij kromp ineen van eigen stommiteit. Dit kind loslaten, zij die zo stralend hoog in zijn geest stond. Hij zou nooit met die boodschap kunnen thuiskomen. Hoe kon hij die boodschap meedelen?

Moordenaar van zijn eigen kind. Een aanhoudend lichten aan de hemel, waar inktzwarte rivieren langsstroomden. Gelaten was hij de afdaling in de hel begonnen, de bleke duisternis om hem heen wemelde van demonen.

'Een meisje met rode laarsjes,' zei hij zacht.

Niemand antwoordde. Hij wist ook niet eens of hij iets gezegd had. Hij kreunde. Hij wist niet of dat kreunen wel over zijn eigen lippen kwam. Het was het kreunen van de boze geesten. Een bijbels plaatje van de zondagsschool ranselde zijn verbeelding: boze geesten smeekten Hem om hen uit te drijven en in een kudde zwijnen te laten varen. Jezus voerde hen uit en ze gingen de zwijnen binnen. De hele kudde stormde langs de helling de zee in en kwam om in het water.

De regen viel met verhevigde snelheid. De zwarte rivieren boven hem zakten naar beneden, zouden de stad opslokken.

Ze zou bij de kerk schuilen, in een van de nissen. Hij rende die kant op. In zijn benen had hij geen gevoel meer, maar zijn gezicht gloeide van de hitte. Dat was de hete adem van het onheil. Ze zou bij de kerk schuilen. Hij schepte moed, liep om de kerk heen. Ze zou ergens op hem wachten.

Hij zag haar niet, kwam weer op het plein. Vanuit een kalfskop in de kist met afval keek een rat hem met glanzende ogen aan. De aanblik vervulde hem met zo'n angstige walging dat hij begon te schreeuwen. Een plank werd opgenomen, sloeg tegen de kerkmuur. Hij schopte tegen het plaveisel om zichzelf pijn te doen. Er was veel lawaai. Toch heerste er een merkwaardige stilte. Het bijbelse plaatje met de gekruisigde Christus drong zijn hoofd binnen. Wees mijn kind nabij, dacht hij.

Weer naar de kade, terug op het plein. Met ogen brandend van angst holde hij de binnenstad in, alsof hij achterna werd gezeten, bleef op een kruispunt van smalle, natte, lege stegen staan, verloor zich in onheldere gedachten, zag toen Jezus met de doornenkroon en het kruis op zijn magere schouders de Bergweg op lopen.

'Christus, en Dien gekruisigd,' dacht hij te mompelen, hopend op een teken.

Rende weer, steeds met het gevoel de verkeerde kant op te gaan.

Die verdoemde.

Met een zeker ongeloof keek hij naar zichzelf. Hij kon van de kade springen. Het snelstromende water zou hem snel bij de brug gebracht hebben, en dan algauw zeven kilometer noordelijker bij zijn eigen dorp. Daar zou hij aanspoelen. Zijn lijden was dan al opgehouden. Maar daar ging het niet om. Zijn lijden moest alleen maar toenemen. Daar had hij al iets van voorvoeld sinds het tochtje met haar naar het zanderige terrein in de heuvels.

Iets stond hem nog te wachten. Iets ging nog vervuld worden.

De kreet van een man.

Een man die zich vastklemde aan een stompje boom op het stille, verlaten marktplein.

Een auto met groot licht doemde vanuit een zijstraat op. Ja, God zelf kwam richten. Hij wachtte af. Het was Ruben die hem bij zijn vuile, verwonde handen greep.

DEEL ZES

Elke morgen vertrok Henk Wielheesen om kwart voor zeven van huis, onder zijn snelbinders een inklapbaar trommeltje met boterhammen, die Anna voor hem had klaargemaakt.

Hij fietste de Bergweg af, keek recht voor zich uit, zodat hij noch het gesloten hek voor de ingang van de boomkwekerij zag, noch de hoge, leeggehaalde palmenkas die als een glazen graansilo ver boven de omgeving uitstak. Zo ving hij ook niet de geringste glimp op van de woest uitgegroeide coniferen, taxussen en douglasspar. De vruchtbomen waren al jaren niet meer gesnoeid. De zo geordende kwekerij was een ondoordringbare wildernis geworden. Wanneer op dat donkere bos de ondergaande zon leunde, leek daar vuur te smeulen.

Onder aan de straat, vlak voor de lijstenwinkel van Joop Ruysch, sloeg hij rechtsaf. Na honderd meter weer rechtsaf. Hij was op de Hoofdstraat.

Om halfacht meldde hij zich aan de poort van houtzagerij Klugkist, op een uitgestrekt bedrijventerrein aan de Rijnkade.

Hij was altijd een halfuur te vroeg. Het zou Henk Wielheesen zijn eer te na zijn om te laat op zijn werk te komen.

Officieel was hij in dienst genomen als stapelaar, maar hij deed alle voorkomende werkzaamheden, als zaagsel bijeenvegen, zaagtanden invetten (dan dacht hij aan de agave), of met de steekwagen ruw, afgehard hout ophalen.

Hij werkte langzaam, maar onafgebroken, vroeg weinig of niets, pakte alles aan.

Nog dagelijks oefende Ruben met hem. Nadat zijn broer door een volledige sprakeloosheid was getroffen, had hij eerst de losse klanken weer met hem moeten oefenen.

'Henk, zoem de m op één toon, hou hem enkele seconden aan. Doe het heel licht. Denk aan neuriën. De kaken licht heen en weer schudden. Laat de tong met de punt rustig tegen de ondertanden liggen.'

Hij leerde snel.

'Leg je hand op je voorhoofd. En zoem de m. Wat voel je?'

Hij voelde een lichte trilling van de gezoemde m.

Daarna woordreeksen: oom moet; lijm mengen; neem mee.

Met de tijd was, heel geleidelijk, zijn spraak teruggekomen. Henk was zwijgzaam. Als hij sprak deed hij dat doorgaans in kleine, losse woorden.

Op het werk was hij even bereidwillig en vol toewijding als bij het opnieuw leren spreken.

Soms moest onverwacht worden overgewerkt. Hij klaagde nooit. Henk Wielheesen taalde er ook niet naar om hogerop te komen, om aan de draaibank te mogen staan.

Soms was een medewerknemer verongelijkt. Dat gevoel kende hij niet. Toch zou hij wel recht op dat gevoel kunnen hebben.

Tijdens het schaftuur wilde hij alleen zijn. Hij at de boterhammen die Anna voor hem gemaakt had. Vaak had hij nog een kwartier over voor de sirene ging, die het middagdeel aankondigde. Dan trachtte hij aan niets te denken, trachtte vooral niet te denken aan de kliniek in de bossen ten noorden van de stad, waar hij behandeld was.

Soms jeukte het litteken onder zijn oog, zijn teenkussens, na al die tijd, bleven overgevoelig. Om halfzes, als hij niet hoefde over te werken, vertrok hij. Onder zijn snelbinders, met de broodtrommel, afvalhout, als latten, een plankje triplex, dat hij gratis mocht meenemen. Henk gebruikte het om het hok met de haan wat op te knappen.

Kwart over zes was hij thuis.

Hij at met Anna.

Guusje at vaak bij vriendinnen of bij een vriendje. Ze zat in de vierde van het Thorbecke-lyceum in de stad. Het kwam steeds meer voor dat ze ook bij een vriendin bleef slapen. Henk had Anna een keer horen vragen: 'Breng een vriendin mee. Ze zijn van harte welkom. We hebben ook een logeerkamer.'

Daar ging hun dochter niet op in.

Na het eten ging Anna lijstjes tikken. Hij gaf de haan voer en kroelde met zijn hand in de groene borstveren. Bij mooi weer zette hij de haan op zijn schouder, liep langs de tuintafel waar Anna aan het tikken was, richting het hek aan de straat. Onder het raam bloeiden de hortensia's met grote, donkerblauwe trossen. Op de aarde, aan de voet van de planten, blonk ijzer.

Met de haan op de schouder stond hij aan het hek, groette voorbijgangers. Kinderen mochten de haan aaien.

'Je bent onrustig, Wielheesen,' riep ze. 'Binnen ligt de krant. Kijk daar eens in.'

Ze waren geabonneerd op het provinciale dagblad. In andere tijden had hij aandacht voor het nieuws gehad. Hij adverteerde toen met de boomkwekerij in het blad. De advertentie was groot en werd opgesierd door een foto van de palmenkas.

Dit baantje, dat hijzelf zag als krullenjongen of los werkman, had hij te danken aan Joop Ruysch. De eigenaar van de zagerij was een zakenrelatie van Joop. Joop had Anna algauw kunnen vertellen dat de directie heel blij was met deze nieuwe kracht.

Ruben Sievez was poolshoogte gaan nemen, wilde er zeker van zijn dat Henk in een goede werkomgeving terechtkwam. Uit de mond van zijn broer kwam geen onvertogen woord. Gevloek of ruwe bejegening zou hij niet kunnen verdragen. Ruben vertrouwde de eigenaar van de houtzagerij enige details uit het leven van zijn broer toe: het vroege verlies van zijn moeder, een stiefmoeder die op een vreselijke manier aan haar eind was gekomen, het plotse overlijden van zijn pleegmoeder, dat hem diep had geraakt. 'Voor een ernstige zenuwzwakte is hij behandeld in de kliniek 's Heeren Loo, hoewel de behandelend artsen daar spraken van een milde vorm. Mijn broer is een open man. Zo zie ik hem. Maar hij heeft moeite om gevoelens te delen en als hij ze deelt, kan hij geen maat houden. Het is geen volledig beeld...'

De eigenaar bleek, via Joop Ruysch, al van veel op de hoogte. Hij was in de stad kerkvoogd van de Nederlands Hervormde Gemeente en zag Henks komst als een opdracht van de hemel. Henk Wielheesen was bij hem in goede handen. Hij zou persoonlijk op hem letten. In zijn bedrijf werd niet gevloekt of grove taal uitgeslagen. Het personeel werd zoveel mogelijk gerekruteerd uit gezinnen waar het oude geloof nog werd gepraktiseerd. Eeuwen calvinisme hadden voor een vanzelfsprekende beschaving gezorgd. De enkele Italiaanse gastarbeiders waren met zorg uitgezocht. De eigenaar van het bedrijf zou er ook rekening mee houden dat Henk Wielheesen onverwacht enkele dagen niet op zijn werk zou kunnen verschijnen.

Al na een week liet de eigenaar weten zeer tevreden over de nieuwe werknemer te zijn. Hij was stipt en accuraat. Hij had er tegenover Ruben aan toegevoegd: om hem heen hangt iets wat respect afdwingt. Hij kon dat niet zo gauw nader in woorden vatten. Het zat 'm misschien in de ingetogen, in zichzelf verzonken blik.

Het inkomen dat Henk Wielheesen werd geboden

was laag. Te laag zelfs voor het eenvoudige werk van krullenjongen. Ruben zei daar niets van.

Hij zou altijd bijpassen als het gezin in iets tekortkwam.

Bovendien had hij een tweede baantje voor hem gevonden. Ruben dacht dat het geknipt voor zijn broer was. De al lang bestaande 'Vereniging van Geërfden' zocht een nieuwe inschaarder. De laatste was op 94-jarige leeftijd overleden en had zijn werk volgehouden tot een week voor zijn dood. Een gezond beroep.

De vereniging had een vroegmiddeleeuwse traditie nieuw leven ingeblazen. Omdat in deze streek alleen langs de rivier weidegrond lag, was die grond 'gemeen' bezit van alle boeren in het dorp. Hoeveel vee elke boer daar mocht laten weiden, hing af van zijn eigen persoonlijke grondbezit: het erf.

Er waren vaste uren waarop gegraasd mocht worden. De inschaarder bracht het vee in een lange stoet naar de uiterwaarden en haalde het aan het eind van de week voor donker weer op. Een dier dat afgedwaald was, haalde hij terug.

Henk bleek geknipt voor dit werk. Maandagochtend om halfvijf verzamelde hij koeien en jong vee, liep aan het hoofd van de lange rij door het dorp. De dieren verspreidden zich over de weiden tussen de kribben, genoten van het weelderige gras. Hij bleef er wat rondhangen, sprak een dier toe, volgde de passage van een boot tot aan de bocht, glimlachte als ze 'Anna' heette. Hij gleed met zijn hand over de bast van een oude wilg, bewonderde de bloedrode takken, het murmelen van het roestbruine riet. In de verte lagen de altijd wazig blauwe heuvels. Daar kwam hij nooit meer.

Nog een laatste blik op de dieren voor hij opstapte om naar de stad te gaan. Nog een blik op de schare waarvoor hij zich verantwoordelijk voelde.

Hij stak een hand op. Een pink kwam naar hem toe. Hij streelde het beest, klopte het op zijn kop, zijn schoft.

Een week later. Een zaterdag. Hij kwam terug van het inscharen, aan het eind van de middag.

Anna tikte lijstjes. Hun dochter was bij anderen. Ze hield op met tikken.

'Kom erbij zitten, Wielheesen.'

Ze schonk koffie in. Daarna ging ze door met lijstjes tikken.

Het was bladstil, maar in de altijd kille hoek bij de keuken tolde wat dor blad als een razende in een kringetje rond. Daar was een miniwindhoos bezig.

Henk Wielheesen keek er aandachtig naar.

Zij plaatste het kartonnetje, drukte vier kopspijkers aan. Straks zou Joop Ruysch de volle dozen met lijstjes ophalen.

'Je zegt niets, Wielheesen.'

'De pink kwam naar me toe.'

'Wat wil je daarmee zeggen?'

'Niets. Het was een mooi kalf. Roodbont. Het had alle melktanden nog.'

Ze zwegen beiden lange tijd.

'Die middag,' begon zij, 'met het noodweer...' Onverwacht, op de gekste tijden van de dag, kon ze daarover beginnen. Hij had dat liever niet. 'Ik heb het gevoeld, Wielheesen. Hier viel een plensbui uit de lucht, maar je zag de vuilgele onweersIucht richting de stad afdrijven. We zagen het lichten. Ik keek op de klok. Iets voor vieren. Wielheesen, ik zal dat moment nooit vergeten. Jij liet toen ons kind los. Ik zag het gebeuren. Een moeder voelt dat. Ik wist me geen raad. Ruben was niet bereikbaar.'

Hij keek richting het hok. De haan liep in de ren. 'Ik heb toen wel gedacht: heb ik daarom een schat van een dochter? Om die op zo'n manier kwijt te raken? Ik vraag me elke keer weer af: waarom rakel je dat weer op? Het is zo lang geleden.'

Over Henks armen trokken rillingen. Zijn wangen begonnen te gloeien, zijn handen waren ijskoud. 'Het is als de dag van gisteren,' ging ze verder. 'Zoals jij thuiskwam. Bloed liep uit je mond. Waar je keek, was bloed.' Hij knikte zonder het te willen, proefde nog het bloed in zijn mond. Hij zei heel zacht: 'Ze kwam vanmorgen beneden. Een goedemorgen kon er niet eens af. Ze krijgt hier geen opvoeding.'

'En jij verwijt me dat?'

'Je schreeuwt.'

'Ik schreeuw niet.' Ze liet een glaasje uit haar hand glijden. Hij bukte zich om de scherven op te rapen. 'Sindsdien, Wielheesen, ben je heel anders tegen haar gaan doen. Je schaamde je. Je werd onzeker. Ruben heeft er zo vaak met je over gepraat. Guusje heeft je die middag niet kwalijk genomen. Jij denkt nog steeds van wel.'

Van ver hoorden ze de auto van Joop Ruysch.

Ze zagen hem uit de donkergrijze, zwaarbemodderde Mercedes stappen. Joop stelde er een eer in om zijn auto niet te wassen. Juist in de oude poldergebieden als de Koppenwaard en de Havikenwaard had hij zijn eerste lijstjes met de zigeunerin gesleten.

Met nieuwe dozen vol materiaal kwam hij langs het huis op. Zijn te lange stofjas hing wijd open. Zijn buik bolde onder de rode trui. Hij had een andere auto, en aan zijn onderlip had hij een vlokje baard laten staan. Henk Wielheesen kon niet goed naar hem kijken.

'Anna, jouw hortensia's zien er dit jaar zo mooi uit. Die blauwe topzware trossen.'

'Dank je, Joop. Die diepe tint komt van het ijzer bij de voet. Maar Wielheesen gelooft daar nog steeds niet in. Die vindt dat bakerpraatjes.'

Hij sloeg Henk joviaal op de schouder.

Joop Ruysch ging aan de tuintafel zitten. Hij vroeg of ze een moment tijd voor hem hadden.

'Ik heb nieuws.' Hij vroeg of Anna de tafel leeg wilde maken. Joop spreidde het gemeentelijke bestemmingsplan uit, vol arceringen van kadastrale aard. Het stak aan alle kanten over de tafel heen. Henk en Anna Wielheesen moesten hun stoel naar achteren schuiven. Joop legde een dikke wijsvinger tegen zijn lippen. 'Mondje dicht hierover. Het is allemaal nog geheim. In deze deftige forensenplaats heeft men massatoerisme weten tegen te houden. Het lijkt dat men overstag gaat. Op het kruispunt Emmapiramideweg-Kluizenaarsweg, waar ooit, voor de oorlog, een pleisterplaats was voor de eenzame fietser of wandelaar, wil de gemeente een moderne snackbar exploiteren. Anna, ik hoorde dat en dacht direct aan jou.'

Hij haalde diep adem, keek van Anna naar Henk Wielheesen, onderbrak zijn betoog: 'Jongen, ik zie het litteken onder je oog en op je kin. Je hebt daar een veldslag geleverd.' Hij gebaarde met zijn hoofd naar de voormalige kwekerij. 'Wat jij allemaal voor je kiezen gekregen hebt. Een ander zou de moed opgeven.'

'Joop,' vroeg Anna, 'dat nu niet ophalen. Je was aan het uitleggen...'

'Je hebt gelijk, meid, wat gebeurd is, is gebeurd. Anna, ik dacht aan jou. Jij bent snel en handig.'

Henk Wielheesen stond op en liep naar het kippenhok toe.

'Blijf erbij,' riep Anna.

'Ik ben zo terug.'

Hij deed het hok open. Achter het lage deurtje hing aan een spijker een paar oude handschoenen van zwart gebarsten leer. Het beest kon fel uithalen als hij hem uit het nachthok haalde. Hij trok de beide handschoenen aan. De haan was rustig, vloog op Henks schouder. Henk Wielheesen klakte met zijn tong. De poten van de haan waren scherpe klauwen, maar Henk voelde zich veilig met het beest. Met hem op zijn schouder kwam Henk Wielheesen weer aan tafel zitten. De handschoenen had hij aangehouden.

'Moet dat nou zo nodig, dat beest erbij? Je kunt toch

belangstelling tonen voor Joops uitleg. Het gaat ons allemaal toch aan.'

'Van mij mag hij erbij,' zei de lijstenhandelaar.

Op de kaart wees hij de plek aan waar de snackbar moest komen.

'Het is daar zomers heel druk. Die drukte zal alleen maar toenemen. Dagjesmensen gaan picknicken aan de voet van de uitkijktoren, hebben behoefte aan een warm snackje. Ik zie de snackbar voor me als een kubus van modern materiaal, het liefst in een zacht wit. Maar goed, waar gaat het nu om? De gemeente zoekt een exploitant. Ik kan ervoor zorgen dat jij het wordt. Er zijn kapers op de kust. Ik wil niet op mijn geweten hebben dat jij achter het net vist. Je zult snel moeten beslissen.'

De haan pikte beheerst in Henks oorlel.

'Een fraai beest,' vond Joop. 'Daar zul je nog veel plezier aan beleven.'

Daarna beschreef hij de unieke ligging van de locatie: in het oude heuvelmassief van prehistorische eindmorenes. 'Juist op zo'n plek een hypermoderne uitspanning in de vorm van, wat ik net al zei, een kubus, van glad wit beton, met buiten tafels en stoelen van lichtgewicht materiaal. Onderzoek heeft uitgewezen dat in het hoogseizoen dagelijks een duizendtal auto's passeren. Buiten het seizoen zijn er de talloze wandelaars die het sprengendal willen zien.'

Anna, een blos op haar wangen, bleker dan ooit, het haar dun en piekerig, draaide zich naar haar man.

'Wielheesen, wat vind jij ervan?'

Hij streelde de haan over het fonkelend verendek, schudde licht zijn hoofd, dacht aan het Atjeh-boek waarvoor hij een apart plankje had getimmerd in het kippenhok. Hij beduidde met een klein handgebaar dat hij Joops plan niet kon overzien.

'Anna,' zei Joop, 'jij hebt er zin in. Ik zie het.'

'Ik wil iets nastreven. Als je dat bedoelt. Wielheesen heeft interesse in andere dingen, in hanengevechten. Een meisje van zestien kan niet tegen zo'n man opzien. Bedenk, Joop, dat ik met een halfzieke man zit.'

'Anna, ik zal duidelijk zijn. Je hebt recht om te weten hoe het precies zit. Als jij de exploitatie krijgt, leen ik jou de garantiesom van tienduizend gulden, tegen de laagst mogelijke rente. Desnoods renteloos.'

'Dit wist ik niet. Dan gaat het niet door. Ik wil geen schulden.'

'Dan is er maar één oplossing. Je tikt dat bedrag met lijstjes bij elkaar. Ik help je zoveel mogelijk. Op elk duizendtal geef ik een flinke premie. Als ik het in de gauwigheid bereken, en heel grof, zul je een kleine honderdduizend lijstjes moeten tikken. Dat heb jij binnen niet al te lange tijd voor elkaar.'

Henk Wielheesen zette de haan op zijn andere schouder, liet hem kruimels van een sneetje koek uit zijn hand pikken, dacht aan de ruime, cilindervormige kooien van rotan waarin de hanen vlak voor het gevecht zaten opgesloten. Drommen volks verzamelden zich onder de waringin, citeerde hij in gedachten.

'Wat vind jij van het plan, Henk?' vroeg Joop Ruysch.

Als antwoord drukte hij de haan tegen zijn wang,

voelde het zachte van de veren, de warmte van het lichaam. Henk Wielheesen was er niet zo zeker van dat er op die plek zo'n grote behoefte aan een snackbar was.

'Anna,' zei de lijstenmaker, 'ik zie het helemaal voor me. Zacht neonlicht van het uithangbord beschijnt het intieme terras, onder het loofhout, waar het altijd schemert, en spiegelt zich in de lak van de vele auto's op de parkeerplaats, aangelegd op het grote, zanderige terrein met de bunker.'

Hij had al een naam bedacht: 'Het Haantje'.

Anna stond op, liep de keuken in, kwam terug met twee likeurglaasjes en een zeiltje. Haar nu felblauwe ogen stonden extra levendig.

Joop vouwde het grote bestemmingsplan in, zij vouwde het zeiltje over de tafel uit. Daarna ging ze weer naar de keuken, kwam terug met een karaf brandewijn met kersen, die ze zelf had ingelegd, en twee onderzettertjes. Ze vulde de twee likeurglaasjes. In elk gingen twee kersen. Voor Joop zette ze er nog een derde bovenop die boven de gekartelde randen van het glas uitstak.

Ze klonken.

Henk Wielheesen, de haan vastgekleefd op zijn schouder, liep naar het straathek, groette een voorbijganger, kwam weer terug.

'We hebben het over je dochter,' zei Joop. 'Ik vroeg ernaar.'

'Joop heb ik zojuist verteld dat het tussen jullie helemaal mis is, dat jullie niet met elkaar praten, elkaar nauwelijks groeten.'

Ze wendde zich weer tot Joop. 'Dit hier is voor haar

een soort aanloophuis. Ze vliegt naar binnen, groet niemand, belt uren met vriendinnen, eet hier soms, slaapt hier soms. Ik weet het niet meer. Aan Wielheesen heb ik niets. Ik heb ook te doen met hem. Vorige week gebeurde iets heel verdrietigs. Onze dochter rende de trap af, had voor niemand aandacht. Wielheesen was in de keuken thee aan het zetten. Hij kwam met het dienblad naar buiten. Ik zag zijn bevende handen. Hij trilde over zijn hele lichaam. Ik kwam snel naar hem toe. Het dienblad met alles glipte uit zijn handen. We weten ons geen raad met haar. Ruben is eigenlijk de enige met wie ze wil praten. Maar of hij vat op haar heeft? Later in de week was er onverwacht ook iets moois. Wielheesen was naar zijn werk bij Klugkist. Ik was aan het tikken. Guusje kwam ineens bij me zitten. Ik maakte het lijstje af waarmee ik bezig was, legde dat op de stapel van gereedgekomen lijstjes.

"Mama," vroeg ze, "hoe weet je dat je van een jongen houdt?" Ik was een moment overrompeld, wist niet zo gauw wat ik zeggen moest. Maar ik hoefde ook niet na te denken. Ik zei tegen haar: "In de tuin van hotel-restaurant Naeff zag ik hem en toen wist ik het al. Die wil ik. Dat heb ik toen gedacht. Ik was heel zeker van mezelf."'

~

Een enkele keer kon Henk Wielheesen zich niet inhouden. Dan keek hij stiekem de kant van de oude boomkwekerij op, zag het woeste, dicht ineengegroeide bos. De warme stralen van de zon zouden niet meer tot de aarde kunnen doordringen. De grond was onvruchtbaar geworden. Het zou er kil aanvoelen. In het verwilderde gebied zou niets meer van de oude tracés over zijn en als er nog resten van paden waren, zouden ze doodlopen. De vruchtbomen bleven ongesnoeid en zouden nauwelijks nog vrucht dragen. Dan dacht hij aan de tijd dat hij van Rubens vader het oculeren leerde. Hij had het later voor elkaar gekregen een boom te veredelen die aan de onderste tak stoofperen droeg en aan de hoogste takken een Conference.

Soms keek hij vanuit zijn ooghoeken, als hij in de achtertuin stond, de kant van de oude boomkwekerij op.

Te midden van de chaos stond de palmenkas. In de ruiten volgde hij de schaduwen van de wolken.

Van eigen baas naar knechtswerk. Hij had zich daarbij neergelegd. Hij klaagde nooit. Henk Wielheesen had dromen gekoesterd. Zijn dromen waren uitgekomen, maar ze waren hem op de een of andere wijze afgepakt.

~

Op zijn kamer, in Insula Dei, met zicht op de straatweg die het forensendorp met de stad verbond en op de parkeerplaats waar Ruben zijn auto neerzette als hij zijn broer opzocht, overdacht hij die dingen op zijn manier. Hij besefte in het bezit te zijn van een heleboel herinneringen, maar een aantal was sinds lang onbruikbaar geworden. De stem van zijn dochter kende hij niet meer, noch de kleur van haar ogen. Sinds de tijd dat zij het huis definitief verliet, heeft hij haar niet meer gezien, noch gesproken.

Met de herinneringen aan zijn dochter kan hij niets beginnen. Behalve met één. Het kind, enkele maanden oud. Verbaasd keek ze naar de brandende kroonluchter, terwijl de predikant van de Nederlands Hervormde Gemeente water over haar voorhoofd sprenkelde, en druppels water langs haar slapen gleden. De predikant heette Israël, wist hij nog, en het water zou uit de Jordaan komen, was hem verzekerd. De zegen die over haar werd uitgesproken zou hij nooit vergeten.

Die kwam uit een zeer oude geloofsbelijdenis: onmetelijk is de Vader, onmetelijk is de Zoon, onmetelijk is de Heilige Geest.

~

Anna had zijn lievelingseten gemaakt. Kapucijners met hachee.

Hun dochter at bij een vriendin in de stad.

Ze waren klaar met het eten. Henk Wielheesen zei dat hij genoten had.

Hij veegde zijn mond af.

Het was een zachte dag. Ze hadden buiten gegeten.

Henk Wielheesen keek naar de gespannen huid van

haar kleine handen. Daaronder klopten lichtblauwe aderen. Haar handen trilden soms. Ze had de hele middag lijstjes getikt.

'Wielheesen,' begon ze, 'zo schuw, zo toegetakeld als jij die middag van het noodweer Rubens auto uit kwam. Ik ben toen niet boos op je geweest. Het kostte me helemaal geen moeite niet boos te zijn. Ik heb warme kruiken gemaakt. Eerst hebben we de kleine in bed gelegd. Met haar was niets aan de hand. Een oude dame had zich in de buurt van de kerk over haar ontfermd. Onze dochter, geen schrammetje. Maar jij? Ruben en ik hebben je voorzichtig gewassen, je wonden schoongemaakt. We wikkelden gaasjes over je ontvelde handen en voeten. Je had een diepe snee onder je oog. Je zag eruit, Wielheesen... Je kunt wel vallen en opstaan, van moeheid raar terechtkomen, maar de verwondingen die jij had, overal bloeduitstortingen. Ik heb geen idee wat zich allemaal heeft afgespeeld. Van Ruben word ik in dat opzicht ook niets wijzer.'

Hij tuurde naar de straat, deed of het hele verhaal langs hem heen ging.

Ze ruimden samen af.

Anna legde de spullen klaar voor het tikwerk. Hij was naar het hok gelopen, had een blik geworpen en daarna was hij weer bij haar aan tafel gaan zitten.

Zij drukte met de gehandschoende duim vier kopspijkers in het hout.

'De maandag daarop, ik zal het nooit vergeten, stond je gewoontegetrouw om vijf uur op. Ik was wakker en hoorde je de trap af gaan. Je wilde aan het werk. Je hebt nog boterhammen voor jezelf gemaakt en je hebt je nog willen scheren. Het scheerspiegeltje, met het weer erin, hing niet meer aan de spijker bij de achterdeur, maar lag op tafel. Je hebt de dikke korsten op je gezicht gezien en van het scheren afgezien. De boterhammen heb je niet aangeraakt.

Ik ben weer in slaap gevallen.

Twee uur later kwam ik beneden. Je stond roerloos op de deurmat. Je had je haar netjes gekamd.

"Wat is er?" vroeg ik. "Waarom sta je daar zo? Ga je niet naar je werk?"

Ik keek je op je rug. Ik zag dat er iets mis was. Ik greep je hand. Die was ijskoud, alsof je aan het doodgaan was. Je armen hingen vreemd verstijfd langs je lichaam. "Zeg dan wat, lieverd!" smeekte ik. Er kwam geen woord uit je mond. Ik zag dat je kaken zich samentrokken. Ik hoorde dat je speeksel doorslikte.'

Ze hoorden de Mercedes van Joop Ruysch.

Met nieuwe dozen plaatjes, glaasjes en kartonnetjes kwam hij het pad langs het huis op.

De dozen met gereedgekomen lijstjes stonden opeengestapeld bij de tuintafel.

'Meid, wat heb jij hard gewerkt!' Hij groette hen beiden, bleef staan. 'Ik heb nieuws.'

'Ik schenk eerst koffie in.'

Joop roerde in zijn koffie, deed er een extra klontje suiker bij en herhaalde quasi achteloos: 'Goed nieuws.' Meer wilde hij voorlopig niet kwijt. Hij voegde er wel aan toe dat de zaken goed gingen, dat de vraag naar het lijstje met dit specifieke plaatje alleen maar toenam.

Anna knikte.

Henk zag hoe hijzelf ook steeds meer uitdijde.

'Je Atjeh-boek?' vroeg hij onverwacht. 'Lees je er nog in?'

Anna gaf antwoord voor hem, omdat Wielheesen duidelijk naar woorden zocht.

'Het boek ligt in het hok. Hij heeft er een speciaal kastje voor getimmerd. Ja, toch, Wielheesen?'

Hij knikte.

De vechthaan liet zich in de uitloopren zien.

'Een prachtbeest,' stelde Joop vast. 'Zie dat groene geflonker.'

'Als je voor mij nog een haan op de kop kunt tikken?' zei Henk Wielheesen.

'Geen sprake van,' zei Anna.

Joop Ruysch lachte.

'Ik begrijp je, Henk. Je wilt ze met elkaar laten vechten. Zoals beschreven in je boek. Een terrein dat jou vertrouwd moet voorkomen.'

De lijstenhandelaar nam nog een slok, keek om zich heen. Zijn blik viel op het glas van de oude palmenkas. Dat bracht hem op een ander onderwerp.

'Wat ik me net afvroeg: wie is momenteel eigenaar van de kwekerij? Het is een groot gebied, sluit aan op twee openbare wegen...'

'Heb jij soms belangstelling, Joop?' vroeg Anna.

'Nee, ik was gewoon nieuwsgierig. Ik heb Hans en Margje Sievez goed gekend. Eenvoudige, sympathieke mensen die voor iedereen klaarstonden. Ik zie ze nog voor me... Het was tegen kerst. Een jongen wil voor zijn moeder een bakje met rode tulpen kopen. Hans Sievez pakt het netjes voor hem in, in dubbel papier, want het vroor licht. Het kostte vijf gulden. De jongen had maar vijftig cent bij zich. Sievez nam daar genoegen mee. Een doodgoeie man. Het verdriet mij dat het uiteindelijk met het bedrijf misgegaan is.'

'Dat verdriet ons ook,' zei Anna.

'Ik heb gehoord dat het in de verre toekomst, vanwege de zeldzame bomen en oude rassen vruchtbomen, aan Natuurmonumenten zal toevallen.'

'Ja, daar is sprake van. Maar hoe weet jij dat in vredesnaam? Ruben is daarover aan het onderhandelen, ook namens zijn broer. Hij wil dat het terrein wanneer wij er allemaal niet meer zijn voor het publiek wordt opengesteld. Ruben en Wielheesen willen niet dat deze enclave, net buiten het dorp, in kavels wordt verkocht. Dit gebied met zijn terrasvormige opbouw mag niet uit elkaar worden getrokken.'

'Je raakt geëmotioneerd, Anna. Mij doet dit verhaal ook goed. Het is bijna heilige grond. Hier mag nooit op gebouwd worden. Ik zie ook voor me dat biologen later hier wetenschappelijk werk verrichten.'

Anna schonk nog eens in.

'Nu het nieuws, Joop.'

'Er is een plan van de gemeente uitgelekt. In de nabije toekomst zal vanaf de uitkijktoren een kabelbaan worden aangelegd, over de heuvels, over de deftige Indische villa's aan de rand van het dorp, tot aan, je hoort me goed, de overkant van de rivier. Een kabelbaan van een zes kilometer lang, schat ik uit mijn hoofd, en aan de overzijde zal een groot Riverparc verschijnen, aan een kunstmatig meer, een oud zandgat, met honderden vakantiehuisjes. Het dijkdorp Bahr, met zijn oude kasteelruïne, al in de negende eeuw in documenten genoemd, zal geheel verdwijnen. Astronomische aantallen bezoekers worden verwacht. Dat zal wel flink wat heisa aan protesten geven, maar zoiets gaat uiteindelijk toch door. En jij, Anna, zit daar in je hypermoderne snackbar een piepkuiken te garen, en Henk regelt het verkeer op het parkeerterrein bij de bunker. Wat zeg ik, Anna, één piepkuiken. Honderden piepkuikens. Je koopt ze goedkoop zogezegd "en masse" in... Je zult gauw moeten uitbreiden. Die kabelbaan, mensen, met stoeltjes, vanaf het hoogste punt van de uitkijktoren tot aan de bandijk, gaat ruim honderddertig meter hoogte overbruggen. Een toeristische attractie van de eerste orde. Stel je voor, vanuit je stoeltje, duikt je blik omlaag. Een adembenemend landschap. In het Riss- en het Würmglaciaal heeft het opstuwende ijs het massief aan de randen opgedrukt. On-Nederlands. Ooit moet het landschap diep onder je het beeld hebben vertoond van het huidige Siberië. Een zeer koud klimaat met zware sneeuwstormen die de hoge toppen van het reliëf afbraken. Je glijdt, je zweeft het rivierdal in en voor de toerist instapt: een snackje, gauw een warm snackje. Zo werkt dat. Jij gaat gouden tijden tegemoet.'

Joop Ruysch snakte naar adem.

'Joop, je wordt opgewonden van je eigen woorden.'

De lijstenmaker zocht in zijn binnenzak, vond een envelop.

'Voor jou, Anna. De verdiensten van deze week. Tel na.'

'Ik geloof je.'

'Toch natellen. Een mens kan zich vergissen.'

Ze begon de briefjes te tellen. Ze wist wat ze ongeveer verwachten kon.

Henk Wielheesen keek de kant van de straat op. De afgelopen nacht schoot hem te binnen. Hij had niet kunnen slapen en was beneden gaan zitten.

Het was tegen vieren geweest. Het eerste licht verscheen aan de hemel. De daken van de huizen tekenden zich extra scherp af. Een auto met groot licht reed de Bergweg op, zette de straat en omgeving een moment in lichterlaaie. Op dat moment barstte het eerste hanengekraai los. Het geluid rolde de straat af, stuitte op de auto. Het leek wel of de haan zich verslapen had en de verloren tijd wilde inhalen, zo luid en krachtig klonk het. Andere hanen, vooral van onder aan de straat, gaven antwoord. De hele Bergweg was ineens vol lawaai.

De auto hield stil, de lichten doofden. Hij hoorde zijn broer het huis binnengaan.

Anna had zich vergist bij het tellen. Van de zenuwen door al die briefjes was ze de draad kwijtgeraakt.

Ze telde hardop en tegen het einde steeds zachter, omdat ze van aandoening geen stem meer had.

Anna was klaar met tellen. Ze zat een moment doodstil, haalde haar zakdoek tevoorschijn, depte haar ogen. Ze pakte eerst de hand van Joop Ruysch. Toen ging ze staan en zoende hem.

'Het is te gek, Ruysch. Zoveel extra's.'

‘Het komt je toe.’

Henk Wielheesen had zijn gedachten nog steeds bij zijn broer. Een partijtje met collega’s zou weer zijn uitgelopen. Maar om halfacht vanmorgen had hij Ruben in zijn auto zien stappen om naar school te gaan. Ruben zou nooit verzuimen. Zijn broer kon nog steeds met weinig slaap toe.

In Anna’s ogen bleven tranen komen. Hij hoorde Joop zeggen: ‘Anna, je werkt er hard voor.’

Hij draaide zijn hoofd iets naar Joops stem, daarna naar het gezicht van Anna, zonder beiden aan te kijken. Anna had hij verdrietig horen zeggen dat ze heel eerlijk wilde zijn, dat het stroef ging tussen Wielheesen en zijn dochter, dat hij altijd maar zweeg en zij onhebbelijk deed, maar ze wilde eigenlijk iets anders zeggen: ‘Zonet, Joop Ruysch, toen ik het geld natelde, begon ik te dromen. Zoals jij het voorspiegelt is de kans groot dat de snackbar goed gaat lopen. Ik maak winst. Ik voel nu al dat ik niet huurder wil blijven. Ik koop de snackbar van de gemeente. Onder het tellen van de briefjes droomde ik van de opening van een snackbar in de stad, van een derde in...’

‘Een keten door het hele land heen, Anna, en jij aan het hoofd. Niets is ondenkbaar. Ik wil je daarin steunen. Maar denk ook aan jezelf. Je bent me te mager.’

Anna bood een likeurtje aan.

Hij bedankte voor het aanbod, moest nodig naar huis.

Anna en Henk Wielheesen vergezelden hem naar het straathek.

‘Het beste met de dochter, Anna.’

'Ruben heeft met haar gepraat. Ik heb de indruk dat hij wel echt vat op haar heeft.'

'Dat is goed om te horen.'

In de auto stappend kwam hij nog terug op haar magerte.

'Je bent me veel te scharminkelig. Er moet meer vet op de botten komen.'

~

Henk Wielheesen kwam terug van zijn werk bij Klugkist in de stad. De opzichter had hem geprezen, omdat hij nooit een opdracht afwachtte, maar uit eigen initiatief zag waar werk te doen was.

Anna had het eten al klaar.

Guusje was op haar kamer. Anna had al drie keer onder aan de trap geroepen dat het eten op tafel stond.

Nog kwam ze niet naar beneden.

'Laten we maar beginnen,' zei Anna. 'Anders wordt het helemaal koud.'

Ze hoorden haar de trap af komen.

Guusje ging zonder iets te zeggen aan de keukentafel zitten. Henk Wielheesen was in een goede bui, dacht aan de lofprijzingen van de opzichter. Een man die niet gauw complimenten maakte en altijd kort van stof was.

Op een gewone, neutrale toon zei Henk Wielheesen: 'Jammer van mama's lekkere eten. Het is al koud.' Terwijl hij dat zei, bleef hij naar zijn bord kijken, en zag dus niet dat zijn dochter haar linkerhand met gespreide vingers zijn richting uitstak en tegelijk het hoofd zo ver mogelijk van hem afwendde.

'Talk to the hand.'

Het was een moment doodstil.

'Wat zeg je tegen je vader?' vroeg Anna die haar vork liet vallen. Ze bukte zich om hem op te rapen.

'Jullie begrijpen niet eens wat ik zeg. Ik heb het trouwens niet tegen jou, mam. Ik heb het tegen hem. Moet ik het vertalen? Praat tegen mijn hand!'

'Laat dat!' riep haar moeder. 'Je gaat te ver. Wat is dat voor uitdrukking? Je grieft niet alleen papa. Ook mij.'

Het meisje kwam overeind.

'Ik ga weg. Ik wil niet langer met hem aan tafel. Hij is niet goed snik. Altijd zit hij naar me te loeren. Hij is helemaal geen vader. Hij is een sul. Een grote sul ben je. Ik kom hier nooit meer terug.'

Op het gezicht van Henk Wielheesen verscheen een gekke grimas. Hij boog zijn hoofd diep naar zijn bord. Hij wilde niet de kans lopen haar gezicht te zien. In dat diep gebogen hoofd trok een dronken stoet van wankelende beelden voorbij: voorop kransjes, gevlochten van madeliefjes, boterbloemen en lichtpaarse bijna doorzichtige pinksterbloemen, fietstochtjes naar de rivier, de heuvels, molentjes met draaiende wieken.

Hij wreef met zijn knokkels in zijn ogen. Ze prikten. Zo verstrakt stond zijn gezicht dat de adertjes in zijn ogen gesprongen waren.

Zijn ogen waren bloeddoorlopen.

Henks kaken leken in een klem te zitten. Zou hij ooit nog kunnen eten? Zouden zijn tanden ooit nog het eten kunnen vermalen?

Wat hij daarna deed, ging buiten hem om.

Henk Wielheesen ging staan, legde zijn handen op de leuning van de stoel die hij onder de tafel schoof. Hij zag dat Anna zijn bewegingen volgde. Zij verwachtte iets van hem.

Henk Wielheesen moest nu ingrijpen en zeggen: hoe haal je het in je hoofd, zo tekeer te gaan. Neem die woorden terug. Vanaf nu gaat het anders. Wij moeten met elkaar praten. Die opmerking over het loeren neem je terug. Ja, ik kijk je soms na. Ik probeer te begrijpen wat er is misgegaan, wanneer er voor het eerst iets is misgegaan. Daar moeten toch antwoorden op te vinden zijn?

Maar uit een besef van aangeboren nietigheid, uit diepe angst voor haar, had hij geen woord over zijn lippen kunnen krijgen. Zelfs al die mooie, bedachte zinnen had hij niet bedacht.

Zijn handen omklemden de stoelleuning.

Al eerder was hij in zijn leven op een punt gekomen waarvan hij niet het flauwste vermoeden had dat het bestond. Bij eerdere verschrikkingen – de vreemde geur in huis – was er bij alle onbevattelijkheid nog een element van toeval of lotsbeschikking. Hier was kwaadwilligheid aan de orde.

'Ik was zo gek met je.' Het kwam er huilerig uit. Hij jammerde. Henk Wielheesen had de stem van een mokkend klein kind.

Zijn dochter had die woorden niet gehoord. Ze was boven bezig, liep gehaast heen en weer over de overloop, kwam de trap af.

Anna was blijven zitten, met een vol bord voor zich. Hij stond, zijn knokkels wit van het knijpen in de stoelleuning. In zijn hoofd steeds het voorbijtrekken van die opzichtige, verwarrende stoet. Eerst de kransjes van de madeliefjes, vroeg in het voorjaar, later de andere bloemen. Hij had haar hoofd daarmee getooid.

'Stilzitten, Guusje, ik moet de einden van de krans nog aan elkaar knopen.'

Vanuit de gang riep ze: 'En in de bunker heb je aan me gezeten.'

Ze sloeg de voordeur achter zich dicht.

Het straathek.

~

'We moeten Ruben waarschuwen,' bracht Anna uit.

Hij dacht om te vallen. Hij werd licht in zijn hoofd, kon niet meer op zijn benen staan, Anna kwam snel overeind, zette hem op de stoel. Hij kwam haar verpletterde blik tegen.

Anna begon af te ruimen.

Ze liep naar de straat, zag Rubens auto niet. Ze kwam terug.

'Ruben zal zo wel thuiskomen. Ruben moet het weten en maatregelen nemen. Wij weten niet hoe we hiermee om moeten gaan. Ze heeft ons dit aangedaan. Ik heb dit niet zien aankomen. Vergeet wat ze van de bunker zei. Zij is ook over haar toeren.'

Anna sprak meer tegen zichzelf, binnensmonds. Hij kon haar amper verstaan.

Wat was ze nu aan het mompelen?

'Dat van de bunker moet ze terugnemen. Ze weet dat ze onwaarheid spreekt. Die dingen komen voor. Je leest er in de krant over. Maar Wielheesen is daar te onnozel voor. Dat zit niet in zijn gedachten.'

Ze hoorden Rubens auto de straat in rijden. Anna sprak tegen zichzelf: 'Ik heb al haar kinderkleren nog, haar speelgoed, het molentje met de rode wieken dat ze op haar eerste verjaardag van Wielheesen kreeg.'

Niet over straat, bang iemand tegen te komen, maar achterom, ging ze naar Rubens huis.

Henk Wielheesen wachtte als een angstig rillend beest in de keuken. Op hem werd gejaagd. Hij was al aangeschoten, had zich in het dichte, doornige struikgewas vastgelopen. Elk moment kon het verlossende schot komen.

Zijn handen lagen op de keukentafel losjes over elkaar. In zijn hoofd zat een kindergebed, maar de woorden kwamen niet tevoorschijn.

Zijn lippen gleden over elkaar, zijn kaken bewogen. Henk Wielheesen leek op iets te kauwen. Hij had iets in zijn mond gestoken waarvan hij dacht dat het zacht als gom was. Het was ooit zacht geweest. Het was een kiezelsteen, een glas- of potscherf geworden en maakte gemene verwondingen.

Het duurde lang voor Anna, in gezelschap van Ruben, terugkwam.

Hij was buiten gaan staan. Het warme avondlicht stond ijzig koud tegen zijn voorhoofd.

Op zondagmorgen trokken drommen sportliefhebbers de straat op richting De Del.

Henk Wielheesen stond aan het hek met de haan, afwisselend op zijn hand of schouder. Op dit moment schoof het dier heen en weer over zijn arm en zijn hand. Het pikte met snelle bewegingen onder zijn vleugels.

Het was een extra zachte voorjaarsdag. De struiken in de voortuinen bloeiden roze.

Beide handen van Henk Wielheesen lagen op het hek aan de straat.

Veel sportliefhebbers droegen trainingspakken met Engelse opschriften.

Ze riepen tegen hem: 'We maken ze in.'

Wielheesen had geen idee welke twee clubs vandaag tegen elkaar speelden. Het dorp telde drie clubs: een algemene, een protestantse die op zaterdag speelde en een katholieke die 'Virtus' heette. Henk Wielheesen wist niet wat dat betekende. Het leek op een plantennaam.

Sommigen, van een zekere leeftijd, in trainingspak, riepen kort een onhelder beeld van zijn vader op. Het zakte vanzelf terug. Hij hoefde er niet zijn best voor te doen. Een scherp beeld kwam er voor in de plaats. Guusje schopte hem. Ze bleef maar schoppen. Het deed gemeen zeer.

Zijn dochter verbleef drie maanden in een gezin, in een dorp, aan de andere kant van de stad. Haar woorden over de bunker had ze niet teruggenomen. Tegen Ruben had ze volgehouden dat ze die niet uitgesproken had. Ze kon zich daar tenminste niets van herinneren.

Een sportliefhebber, en een kenner van pluimvee, kwam op Henk Wielheesen toe.

'Prachtig haantje.'

Hij kietelde het dier zacht, zodat het zijn vleugels spreidde. De kenner prees de zuiverheid van het ras, de roze tint van de schacht waarin de veren staken.

Wielheesen was vereerd.

Henk toonde de kenner de zwarte vlekjes op het donkerroze, geribbelde verhemelte.

De kenner reageerde enthousiast.

'Doe je aan hanengevechten?'

'Jazeker. Wil je inzetten?' reageerde Henk Wielheesen onmiddellijk, en hij corrigeerde zichzelf: 'Ik hou niet van wedden.'

De kenner wilde nog een keer de zwarte vlekjes zien.

Wielheesen opende de snavel van de haan. Een zonnestraal viel erop.

Net een wasbord met twee vuiltjes.

Twee fietsers, die van bovenaf de straat kwamen, waren op weg naar het romaanse kerkje aan de Kerkstraat.

Ze staken hun hand op. Henk Wielheesen groette terug.

Goede aandacht, wilde hij hen naroepen, maar liet het na. Hij zag met grote helderheid het zondagsschoolplaatje met 'De kruisiging op Golgotha' voor zich. De Verlosser stierf nadat Hij met luider stemme 'Eli, Eli, lamach sabachthani' had geroepen. Er kwam duisternis over het gehele land en het voorhangsel in de tempel scheurde in tweeën, van boven naar beneden.

Dat scheuren van het enorme gordijn hoorde hij voor de eerste keer in zijn leven toen mama de dag voor zijn elfde verjaardag door de trolleybus was aangereden. Dat scheuren had hij ook gehoord toen zijn dochter de voordeur achter zich had dichtgesmeten.

Henk Wielheesen kende volledige duisternis uit eigen ervaring. De Romeinse soldaten kwamen op Golgotha en zagen dat de gekruisigde gestorven was. 'Een van de soldaten stak met een speer in Zijn zijde en terstond kwam er bloed en water uit.'

'Ga niet steeds met het beest aan de straat staan. Kom bij me zitten,' hoorde hij Anna zeggen.

Uit De Del klonk gejuich. De straat was leeg. Anna tikte lijstjes.

Hij liep terug, langs de rijk bloeiende hortensia's, die het in het warme, vochtige weer extra naar hun zin hadden. Oud ijzer glinsterde onder tegen de stelen.

Hij naderde de tuintafel vol stapels getikte lijstjes, doosjes spijkers.

'Waar denk je aan, Wielheesen? Je denkt ergens aan. Ik zie het. Je bent iets van plan.'

Met één stap was hij bij haar, drukte haar hoofd tegen zich aan.

'Nee, ik wil het niet. Dagenlang gesloten zijn. Dagenlang komt geen woord uit je mond. Dan ineens dat aanhalige.'

Hij liet haar los, stond er wat onhandig bij, stootte tegen de tafel. Een te hoge, wiebelige stapel viel om. Hij stapelde ze opnieuw. 'Ga iets doen. Lees wat in je Atjehboek.'

Wielheesen ging het hok binnen. Hij timmerde niet, omdat het zondag was, maar dacht een plan uit voor een kleine uitbouw, waarin hij zich zou kunnen verschuilen als iemand het hoofdhok binnendrong. Die uitbouw zou hij met klimop laten overgroeien, zodat niemand weet van die schuilplaats zou hebben. Met deze uitbouw ging hij de komende tijd aan de slag.

Tegen vieren nam hij de fiets, reed de straat af, het centrum door en kwam in de wijk achter de Hoofdstraat waar de romaanse kerk stond. In vroegere tijden lag daar het centrum van het dorp, dat aan een doorwaadbare plaats in de rivier ontstaan was. De rivier had in het voorbijgaan van de eeuwen een andere loop genomen.

Het was een donkere dag, maar ongewoon zacht. Henk Wielheesen hield van dit weer, genoot van het lage wolkendek.

Om halfvijf begon een korte gebedsdienst, onlangs ingesteld om extra aandacht te vragen voor de behoeftigen van deze wereld.

De kerk was met kaarsen verlicht. Van afstand glansde het onzichtbare hem tegemoet. In de kleine, hoge hal met het dikke touw van de klokkentoren en de uitgesleten tegels werd hij verwelkomd door een lid van de kerkenraad. Een tiental bezoekers was in gebed verzonken.

Hij voelde zich met hen verwant, nam achterin plaats op een lege kerkbank.

Een voorganger sprak het introïtus uit en ging voor in gebed. De woorden bereikten hem niet. Henk Wielheesen onderging de sfeer van de flakkerende kaarsen, de muren met het oude voegsel, die het gebed uitzweetten van de geslachten die hem waren voorgegaan. Een kindergebed kwam in hem naar boven.

Met mijn handen samen
En mijn ogen dicht
Kom ik met U praten
Vader van het licht.

Hij voelde zich gesterkt, geloofde hier onkwetsbaar te zijn, dacht aan Hem, die het al regeert. Deze gedachten versmolten in zijn geest met het godshuis waarin hij zich bevond. Hij zat daar wel in de donkerbruine kerkbank, maar was ook onzichtbaar. Wielheesen werd opgenomen en meegevoerd naar een warm, diepzinnig slaapvertrek, naar een gebied dat hem vertrouwd voorkwam. Zijn handen beefden niet, lagen over elkaar. Hij was heel kalm, want niets kon hem deren.

De gebedsdienst was voorbij. De bezoekers verlieten de kerk. Henk Wielheesen bleef nog na.

Hij stapte uit de kerkbank en zijn oog viel op een glazen luik in het gangpad. Hij zag het verlichte fundament van de oorspronkelijke kapel uit de achtste eeuw en hij voelde zich nietig, maar het was een nietigheid die hem juist verhief.

Al een tijdje gebruikte Henk de schafttijd bij zagerij Klugkist om na de boterham snel naar de binnenstad te fietsen.

Hij keek in de etalage van een damesmodezaak, vergaapte zich aan de tentoongestelde jurken. Henk Wielheesen durfde niet naar binnen te gaan. Bij goedkope modewinkels stonden bij de ingang rekken met afgeprijsde jurken, rokken en deux-pièces.

Hij raakte de jurken in het voorbijgaan aan. Het was alweer gauw tijd om naar zijn werk terug te keren.

Op een dag werden in de uitverkoop jurken aangeboden tot zeventig procent korting. Er was ook nog een extra aanbieding. Bij de koop van een jurk werd een tweede cadeau gedaan.

Dat kon Wielheesen niet weerstaan.

'Voor mijn vrouw,' zei hij tegen de verkoopster. 'Dit is haar maat.'

Bij thuiskomst wist hij ze ongezien het kippenhok in te smokkelen. Later bracht hij ze op zolder in veiligheid.

Het denkbeeldige genot. Het zachte katoen dat de huid streelde.

De jurken over elkaar heen aantrekken, volstoppen met bloezen, kousen, oude lappen.

Eindelijk, het echte genot. Hij praalde en pronkte, bleef zorgvuldig op het beplankte gedeelte. Als hij in deze uitdossing door de zolder heen zakte, zou de wereld te klein zijn. Hij keek door het éénsteens raampje en zag neer op Anna, aan het werk. Door het dunne haar zag hij haar schedel.

Henk Wielheesen werd overmoedig, durfde het gerust aan om zó de zoldertrap af te dalen en wat te paraderen op de overloop. Vanaf hier kon hij het tikken horen. Zij versnelde duidelijk de laatste tijd. Er waren momenten dat het aanhoudend trillen van de handen haar dwong te stoppen. Dan kon het beven daarna nog uren doorgaan. Zodra dat ophield ging ze door. Anna had laatst uitgerekend dat als ze alle getikte en nog te tikken lijstjes aan elkaar legde, tachtig kilometer lijstjes had getikt.

Anna hield op met tikken. Was ze stapels aan het maken of had ze hem voor iets nodig? In een paar tellen kon ze in de gang onder aan de trap staan.

Hij haastte zich naar boven, trok snel zijn eigen kleren aan.

Onder aan de trap riep ze: 'Waar ben je?'

'Op zolder.'

'Wat doe je daar?'

'Ik kijk of ik het herbarium kan terugvinden.'

'Ligt dat op zolder?'

'Dat dacht ik.'

Ze liep terug de kamer in.

Hij keek door het raampje en zag haar weer aan het werk.

Maar hij was te angstig om het oude genot weer op te kunnen roepen. Vlug stopte hij alles weg in de dekenkist en ging naar beneden.

'Zal ik water voor thee opzetten?'

'O, goed.'

Het was net of ze hem iets kwalijk nam. Henk Wielheesen had het gevoel dat ze hem in zijn jurk gezien had.

Hij bracht haar thee, vroeg of ze er iets bij wilde.

'Wielheesen,' zei ze, zonder hem aan te kijken, 'wat schiet je op met die dingen van vroeger?' Ze corrigeerde zichzelf: 'Och, ik weet het ook niet. Waarom zou je niet naar je herbarium van vroeger kijken. Over een week zal onze dochter weer thuis zijn. Ik hoop dat het tussen jullie beter zal gaan. Ikzelf zal ook mijn aandacht beter moeten verdelen. Ruben heeft met jou en met mij gesproken. Het hangt ook van ons af. Zonder jouw broer… Ze krijgt op haar nieuwe school meer persoonlijke aandacht. Het lijkt beter met haar te gaan. Ze heeft in de afgelopen weken twee keer gebeld. Dan vraagt ze ook naar jou. Ik ben heel blij als ze weer thuis zal zijn. Ze hoort hier. Ik zie er ook heel erg tegen op.'

Haar woorden riepen een herinnering bij hem op die niet viel terug te dringen.

Hij lag in het gras achter het huis. Zij kroop boven op hem, riep 'hop-paardje-hop'. Met Guusje op zijn rug reed hij het hele grasveldje rond. Ze liet zich schaterlachend van zijn rug vallen, kroop weer op zijn rug. 'Hop-paardje-hop.' Hij, op handen en voeten. Steeds harder.

Ze bleven hijgend naast elkaar in het gras liggen. Hij wees op een boze wolf in de wolken.

'Ik ben bang,' zei Anna.

'Hop-paardje-hop.' Hij sprak en keek als een slaapwandelaar.

'Ik wou dat je als een gewoon mens op me reageerde.'

Zij ging de hortensia's besproeien, knipte hier en daar een dode bloem weg. Een geknakte legde ze op een diep bord dat dienst deed als drijfschaal. Ze zette het bord op de tuintafel.

Ineens stond hij achter haar, trok haar hoofd naar zich toe, begon haar te zoenen door het dunne, slordig zittende haar heen.

'Blijf van me af!' schreeuwde ze. 'Ik wil dat vrijerige niet.'

'Je hebt geen hart,' zei hij zacht.

Besluiteloos bleef hij bij haar staan.

Anna liep snel naar de keuken, kwam met een glas water op hem toe.

'Je hebt je pil niet gehad. Ik had er beter op moeten toezien. Je bent in de war.' Na een moment: 'Dat laatste neem ik terug. Zou je de tafel voor mij in de schaduw willen zetten? De zon doet pijn aan mijn ogen. Wat gaan de vogels in de klimop toch tekeer!'

Henk Wielheesen tilde de tafel op, met alles wat er aan affe en onaffe lijstjes en gereedschap op lag. Hij had nog steeds veel kracht in zijn armen.

Ze wees waar ze hem wilde hebben. Hij verplaatste de tafel voorzichtig, zodat er niets zou afglijden. Daarna trok hij de openstaande dozen op de grond naar de tafel toe.

Anna ging door met haar werk. Hij bleef bij de tafel staan.

'Och, Wielheesen, je doet toch niets, haal uit de keuken de ongeopende doos.'

Hij ging naar de keuken en kwam terug met de platte, volle doos, versnelde zijn pas toen hij vlak bij haar was, leek tegen haar op te botsen, maar hield op tijd in. Hij leek haar uit te dagen. In zijn blik lag iets onbeschroomds. Henk zette de doos bij haar neer. Zij had niet in de gaten gehad dat hij bijna opzettelijk tegen haar had willen aanlopen.

Hij keek haar strak aan.

'Heb ik iets van je aan, Wielheesen?'

'Wat heb je tegen mij?'

'Niets. Ik zou willen dat er iets uit je handen kwam.'

'Je maakt altijd ruzie. In de straat zijn gezinnen waar nooit ruzie is. Jij wilt door al dat getik Joop Ruysch ter wille zijn.'

'Je flapt er maar wat uit. Ik kan me nauwelijks herinneren dat je ooit normaal tegen me gepraat hebt.'

'Die dochter van jou heeft onware dingen gezegd.'

'Dat heeft ze teruggenomen. Ze heeft het teruggenomen en excuses aangeboden. We moeten proberen allemaal opnieuw te beginnen. Ruben heeft er goede hoop op. We moeten op hem vertrouwen. We hebben niemand anders.'

Ze had haar werk neergelegd, haar blik gericht op het landje naast het huis. Het lag er al lang verwaarloosd bij. Er stonden nog bonenstaken, omslingerd met dor, geel blad. Ze mompelde dat hij daar vroeger sperzieboontjes en verse sla kweekte. Waarom deed hij dat niet meer?

'Je had ook een bed met wortels en tuinbonen.'

Hij pakte Anna bij haar schouders, verborg zijn gezicht in het weinige, rossige haar, trok haar naar zich toe. Ze wrong kort met haar bovenlichaam, liet hem begaan. Hij hield haar stevig tegen zich aangedrukt.

Het was helemaal stil. Zelfs de mussen hielden zich koest. Geen mens op straat. Ze gaf zich over. Hij kuste de kale plekken op haar hoofd. Aan de trekkingen in haar schouders merkte hij dat ze onhoorbaar huilde. Hij liet haar hoofd los, staarde vol medelijden naar de bottige achterkant.

~

Hij voerde de haan een vette pier die hij met een greep had opgehaald uit het altijd goedbemeste, maar verwaarloosde landje.

Kinderen kwamen uit school en vroegen of ze de haan mochten aaien.

'Natuurlijk, maar niet tegen de veren in.'

'Pikt hij niet?'

'Als je maar gelijkmatig beweegt.'

'U bent een lieve meneer.'

De kinderen liepen de Bergweg op, naar de wijk tegen De Del aan.

Anna riep: 'Heeft mijn lieve meneer zijn medicijnen ingenomen?'

Hij draaide zich naar haar toe. Ze zag dat zijn ogen rustig stonden.

Henk Wielheesen bleef nog in de buurt van het straathekje rondscharrelen.

De haan pikte hem beheerst in de hals.

'Ja, jongen,' zei hij zacht, 'het zal een zware wedstrijd worden. Maar je bent goed voorbereid, hebt stevig eten gehad, een verfrissend bad.' Onder de rechtervleugel zat de amulet, een smal reepje karton, met een zelfbedacht toverwoord, zó vastgeplakt dat hij er geen last van had. *bcdfg*. De eerste vijf medeklinkers van het alfabet. Onuitspreekbaar. Des te beter zou de toverformule helpen.

'Ik ga een eindje fietsen,' kondigde hij Anna aan.

'Met de haan?'

'Die gaat mee. Hij is ook aan een uitje toe.'

'Zou je dat wel doen? Dan zit ik steeds over je in.'

Ze zag dat hij zich goed voelde, minder angstig, minder gespannen. Hij had ook iets koppigs in zijn blik.

'Je bent iets van plan.'

Hij zou zich door niets laten tegenhouden.

Henk Wielheesen reed naar de rand van het dorp. Het platform met de oriëntatietafel fonkelde boven het geboomte. De haan klauwde zich in zijn schouder. In de tuinen van de villa's hoorde hij het schokken van de sproeiers.

Ze passeerden het kruispunt Emmapiramideweg-Kluizenaarsweg. De laatste resten van de oude uitspanning waren weggehaald. De gemeente had om dat hoekje lint gespannen. Daar moest de nieuwe snackbar komen.

Henk zette de fiets tegen de bunker, de haan zette hij op de grond. Die begon gelijk driftig het zand om te woelen.

Met een stok tekende hij een rechthoekig strijdperk van ongeveer twaalf bij zes meter. Hij overzag het kampterrein en zag dat het goed was.

Henk verbeeldde zich zijn haan en de tegenstander, een egaal zwart dier, elk in een ruime, cilindervormige kooi van rotan.

De beide partijen mochten elkaars haan controleren. Het publiek kwam in drommen op het gevecht af. Ze verdrongen zich voor de kooien met de prachtbeesten. De dieren beseften dat alle aandacht op hen gericht was. Ze krabden driftig tegen de bodem en zochten met nijdige pikken langs de tralies naar een opening om de ander te lijf te vliegen.

De vechthanen werden uit de kooi gehaald en aan het publiek getoond, dat keurig achter de lijnen bleef.

Daarna mochten ze elkaar op de kop pikken, waarmee ze tot elkaars vijand werden verklaard.

Henk Wielheesen prevelde de toverformule. In dit alles volgde hij zoveel mogelijk de toebereidselen tot het gevecht als in het boek van de Atjehse opstand beschreven.

De dieren kraaiden strijdlustig naar elkaar, daagden elkaar uit, en probeerden de ander angst aan te jagen.

De eigenaars hitsten de hanen op.

Tegelijk werden ze het strijdperk in geslingerd. Henk gooide zijn dier tegen de zij van het andere beest aan, dat even beduusd leek.

Het publiek was luidruchtig. Veel geduw om een betere plaats en beter zicht op de strijd die nu losbrandde. De hanen hadden hun nekveren opgezet en hun halzen gestrekt. De haan van Henk Wielheesen dreef direct zijn sporen in de borst van de tegenstander, die bloedend achteruitweek. De eigenaar van het dier kreeg toestemming om het tijdelijk uit de strijd te halen. De hevig bloedende wond moest eerst verzorgd worden.

Op dat moment hoorde hij zijn naam noemen. Zijn eerste gedachte was dat het de opgestane Heer was die tegen hem zei: 'Mij is gegeven alle macht in de hemel en op de aarde. Zie, Henk Wielheesen, Ik ben met u al de dagen, tot aan de voleinding der wereld.'

'Kom, broertje, we gaan naar huis. Anna maakt zich ongerust.'

De komende week ging Henk Wielheesen niet naar zijn werk. De dokter had zwaardere medicijnen voorgeschreven. Ze zouden het manische in hem dempen.

Ruben had de houtzagerij verwittigd en zou het bedrijf op de hoogte houden.

Ruben kwam elke dag langs. Soms at hij mee.

Wielheesen liep met de greep op het landje naast het huis, op zoek naar pieren.

'Kom erbij,' zei Anna tegen haar man.

Ruben had een fles rode wijn meegebracht. Hij schonk

voor Anna en hemzelf in. Voor Henk had hij bitter lemon meegenomen.

Henk Wielheesen ging tussen hen in zitten.

Ze klonken.

'Op Henks gezondheid,' zei Ruben, 'en die van jou. En op de terugkeer van jullie dochter.'

Anna raakte even de knie van haar man aan.

'Weet je nog, Wielheesen, wat je ooit onze dochter vertelde?'

Henk Wielheesen had geen idee waar ze op doelde. 'Dat jouw grootvader die altijd in het grondverzet heeft gezeten en in bittere armoede leefde, gewoon een kluit aarde in zijn mond stak, waar de pieren uit kropen. Het krioelde in zijn...'

'Ophouden, Anna!' riep Ruben en hij drukte zijn hand tegen haar mond. 'Geen wonder dat van je dochter niets dreigt terecht te komen.'

'Ik beklom met haar de Emmapiramide,' gaf Henk toe. 'Ik heb over de DUW verteld en over de pieren. Het is echt gebeurd.'

Anna verontschuldigde zich. Ze had er niet over moeten beginnen. Toen op een lichtere, bijna spottende toon tegen Ruben: 'Dat jij nog zo fit bent! Ik zag het licht van de autolampen over de straat. Het was vier uur. Ik had nog geen oog dichtgedaan.'

'Ik zag de lichten ook,' zei Henk.

'Wielheesen, ik dacht juist: mijn man ligt zo lekker te slapen.'

'Het afscheidsfeestje van een collega,' vertelde Ruben. 'Hij had een bijzondere gelegenheid afgehuurd, net over de grens, voorbij Lintelo. Ik had daar kunnen overnachten. Ik slaap liever in mijn eigen bed. Het is ook geen straf om 's nachts over een stille snelweg te rijden, de radio aan, de stem van Sarah Vaughan, je gedachten gaan alle kanten op...'

'Wat ik me vannacht afvroeg,' onderbrak ze hem, 'ik zag je autolampen, je komt in een huis waar niemand op je wacht... Jij met een mooie baan, je bent een aantrekkelijke man, hoe kan het dat je niet de juiste vrouw gevonden hebt?'

'Maar wie zegt dat?'

'Je begrijpt wat ik bedoel. Ik had het niet moeten vragen.'

'Een wonderlijke sensatie, toen ik vanmorgen de Bergweg op reed. Het was volle maan. Ik had gelezen dat ze de afgelopen nacht dichter bij de aarde zou staan. De boven alles uitstekende palmenkas weerspiegelde de maan. De broeikas leek oneindig groter, gaf de indruk een enorme graftombe te zijn.'

'Je wilt niet op mijn woorden ingaan.'

'Toos Rad...'

Het woord bleef in Henks mond bestorven.

Een auto stopte voor hun huis. Een witte bestelwagen. Twee mannen stapten uit, schoven aan beide zijden de deuren open.

Vanaf de straat riep de ene: 'Familie Wielheesen, toch?'

'Dat klopt,' riep Anna terug. 'Maar we hebben niets besteld.'

Op de bestelauto stond 'Dierenwinkel Het Guppie'. Het was een bekende zaak in de stad. Henk Wielheesen kocht er voer voor de haan.

'Jazeker!'

Anna keek Ruben aan.

Ruben wist van niets.

De andere man haalde een ronde kooi uit de auto met een blauwe ara die riep: 'Goedemiddag. Lekker weertje.'

Anna en Ruben keken naar Wielheesen.

'Heb jij...'

De ander droeg een volière met een tiental parkieten en een kartonnen doos waarin gaten waren geprikt.

Ruben ging de mannen op het pad tegemoet, sprak met ze. Anna kwam erbij staan.

Henk Wielheesen hoorde zijn vrouw nog zeggen: 'Mijn man...'

Hij vluchtte het hok in, trok het deurtje achter zich dicht en deed het vanbinnen op slot.

Henk Wielheesen zag hen door het begaasde, smerige ruitje.

Alles werd weer ingeladen, behalve de kartonnen doos. Ruben hielp de mannen daarbij. Anna zag het aan.

'Laten we hem dat gunnen, Anna.'

Ze maakte bezwaar.

'Er zit een Sebright-haantje in, teruggefokt uit een verre tijd. Het komt voor op de dierenschilderijen van d'Hondecoeter. Ik vind het een prachtig beest. Donkergeel met fijne, zwarte streepjes. Geen vechthaan. Dus Henk moet een ander verblijf voor hem timmeren. Dan heeft hij een taak.'

Anna liet zich vermurwen.

'Ik hou nou eenmaal van die onmogelijke man.'

Henk Wielheesen stond veel aan het hek, op elke schouder een haan. De twee beesten, hoewel elk met een andere levensbestemming, konden van meet af aan goed met elkaar overweg.

Hij had een apart hok in het hok getimmerd, maar de kleine, zeldzame kriel maakte er geen gebruik van. 's Nachts zaten ze dicht naast elkaar, samen op stok. 's Morgens heel vroeg kraaiden ze dat het een lieve lust was. Hun roep werd beantwoord. Vooral van boven aan de Bergweg: richting De Del bleken veel bewoners pluimvee te houden.

Henk maakte kleine fietstochten naar de heuvels of naar de rivier.

Het liefst stond hij aan het hek, groette een voorbijganger. De dieren wisselden op gezette momenten van plaats, wipten via zijn hoofd op de andere schouder.

Anna tikte lijstjes. Soms riep ze: 'Wat je daar toch te zoeken hebt!'

'Je ziet de hele wereld langskomen.'

Dat was ook zo. Ruben zag hij van zijn werk thuiskomen. Joop Ruysch reed de straat op om ergens een bestelling af te leveren. Alle omwonenden kende hij.

Guusje kwam thuis van school. Hij zag haar al aan komen fietsen en opende het hek.

Ze groetten elkaar. Zij gaf hem een vluchtige kus. Hij vroeg naar school.

'Goed, hoor.'

Ze wensten elkaar ook welterusten en op een dag was ze naar haar vader toegekomen.

Hij was in het hok bezig.

'Ik wil toch zeggen... Wat ik toen zei, is pure onzin. Ik heb je toen geschopt en gekrabd. Ik was voor iets bang op dat moment. Ik heb je iets toegevoegd wat niet waar is.'

Anna tikte de lijstjes. Vaak meer dan twaalf uur per etmaal.

Het hinderde hem in het geheel niet. Hij hoorde het niet eens. De nieuwe excuses van zijn dochter had hij aangehoord. Henk Wielheesen besefte wel dat hij er blij mee moest zijn, dat heel veel hiermee was opgelost. Wat was dan precies opgelost? Voor zover zij in zijn gedachten was, zweefde zij vlak onder zijn bewustzijn, stagnerend als stilstaand water.

Anna tikte en het was hem om het even. Hij voelde zich zo zacht vanbinnen. Hij herinnerde zich niet zoveel. Hij was bang voor herinneringen.

Henk Wielheesen leek te drijven, de dingen rondom doemden op.

Daar zat Anna, in de schaduw.

Ze tikte.

Henk ging bij haar zitten, keek glimlachend naar haar. Hij vroeg hoe het met haar duim ging.

Ze droeg wel steeds de glacé handschoen, maar de duim was eruit gesneden. Onder de duimnagel had zich fijt ontwikkeld. De ontsteking was hardnekkig, want ze bleef de duim gebruiken om de kopspijkers in het hout te duwen.

'Een pijnlijke duim, Anna,' merkte hij op.

Ze was dankbaar voor zijn aandacht.

'Jij lijdt,' fluisterde ze, 'maar het lijkt of je niet lijdt.' Ze drukte vier kopspijkers in het hout.

'Pas op met je duim, Anna. Hij is bijna dood.'

Daar had je Joop Ruysch. Hij opende de achterklep van zijn auto.

'Wielheesen, ik kan niet zo goed meer naar hem kijken. Hij is zo vol, zo vlezig. Joop dijt almaar uit.' Ze sprak vlug. 'Jij bent mooi slank. Jij ziet er nog steeds knap uit. Ik wist wel dat ik een mooie man aan de haak geslagen had. Ik moet er niet aan denken dat ik als vrouw met die man in één huis zou moeten leven. Ik kan me ook niet meer voorstellen dat ik hem toen met de baby die foto's heb laten maken.'

Joop kwam met dozen het pad op. Hij ging bij Anna zitten. Wielheesen ging in zijn hok wat werken.

De lijstenmaker bewonderde de blauwe tros in de drijfschaal.

'Ze bloeien zo rijk. Soms knakt er een. Ik heb er zo van dichtbij plezier van,' zei Anna.

'Henk is daarginds bezig?'

'Hij vermaakt zich. Het gaat goed.'

Henk Wielheesen had het deurtje open laten staan.

'Je hebt hard gewerkt.' Joop keek in de doos met afgewerkte lijstjes. 'Je werkt te hard.'

Uit de binnenzak van zijn stofjas haalde hij een klusje bankpapier, telde geld uit. 'Ga samen eten.'

'Daarvoor krijg ik hem de deur niet uit.'

'Koop er iets leuks voor in de stad. Voor jezelf.'

‘Ik kan het niet accepteren.’

‘Natuurlijk wel. Je krijgt het als je belooft dat je vandaag niet meer werkt.’

Ze stak het geld bij zich en ging naar de keuken. Ze kwam terug met de kersen op brandewijn en twee glaasjes, op fijne, gekartelde pootjes. Ze lepelde de kersen erin. Ze waren doordrenkt van de alcohol.

Hij zoog verlekkerd op de vruchten. Hij zoog de kersen hoorbaar in zijn mond leeg, likte zijn lippen af. De onderlip stak vooruit. Het leek een vochtige, grijsrode slak. Je trof ze in het najaar op wortelloof aan.

Ze bood hem een tweede rondje aan.

Henk Wielheesen keek vanuit de verte toe. De lijstenmaker probeerde zijn te zware benen over elkaar te slaan. Een halfslachtige poging die niet lukte.

Met een latje timmerde Henk Wielheesen een kier dicht. Hij keek om zich heen. In en buiten het hok had hij heel wat afvalhout opgespaard. Van een smalle, korte en een lange, dunne lat timmerde hij min of meer gedachteloos een kruis.

Henk Wielheesen schrok. Het was maar de vraag of je zomaar van ordinair hout een kruis mocht timmeren. Hij zette het tegen de wand. ‘Onmetelijk is de Vader, de Zoon, en de Heilige Geest.’

Het was op dit moment dat de gedachte in hem ontstond om zich op een dag definitief op te sluiten en in een andere wereld een nieuw leven te beginnen. Hij voelde ook intuïtief dat zijn hersenen voor deze opdracht nog niet klaar waren.

Dit bijna-denken maakte hem zenuwachtig. Zijn mond vertrok iets.

Hij zag door het bestofte ruitje dat Joop Ruysch een kers leegzoog.

'Ik zie dat je iets kwijt wilt, Ruysch,' merkte Anna op. 'Ik zie het aan de manier waarop je kijkt.'

Hij had altijd nieuws, sprak met zoveel mensen. Ze wilden hun verhalen graag aan hem kwijt. Hij was een vat dat nooit vol raakte.

Henk Wielheesen, op een afstandje, zag ook dat Joop een aanleiding zocht. Henk, nieuwsgierig, nestelde zich in de warme kom van de bodem.

'Gaat het nog steeds goed met de zaak?' vroeg Anna.

Joop wachtte met antwoord geven, likte zijn dikke lippen af: 'Ik had een lekkage in de kartonfabriek.'

'Een lekkage, Ruysch, zei je?'

'Een lekkage van heb-ik-jou-daar. Stapels kartonplaat, doorweekt. Maar het gat is gedicht.'

De tong kwam tevoorschijn, gleed traag over de dikke bovenlip.

Dan, gespeeld onverschillig: 'Ik heb er een klant bij.'

Hij wachtte weer, slikte een menging van speeksel en drank door, staarde een moment verheerlijkt naar de hemel. 'Een flinke bestelling. Ik aarzel. Zal ik het jullie vertellen? Het is ook te verrassend om het voor me te houden. Het moet wel bij jullie blijven. Nee, Henk hoeft het niet te weten.'

'Nu maak je me echt nieuwsgierig, Joop Ruysch!'

'Dat begrijp ik.'

Op het moment dat niets nog helder was, was alles nog mogelijk. Voorlopig was je dankbaar voor de spanning, je had geen idee wat het nieuws behelsde.

Henk Wielheesen zette het deurtje iets verder open. Anna schoof haar stoel dichterbij.

'Ik aarzel,' zei Joop.

'Het blijft bij mij. Of ik het doorvertel, beslis ik later.'

'Jij maakt je al zorgen, Anna, over wat je te horen krijgt. Je bent bang dat mijn verhaal een fiasco kan inluiden, van wat dan ook, dat er niets goeds uit kan voortkomen. Zit ik er ver naast?'

Anna stond op om een derde glaasje in te schenken. Joop keek haar vragend aan. Nee, zij deed niet mee, bij dit rondje.

De hanen scharrelden om Henk Wielheesen heen. Hij hoorde Anna en Joop duidelijk praten, maar zag hun gestalten wazig. Het hok stond hooguit op zo'n vier meter van de tuintafel.

Joop Ruysch slurpte een kers naar binnen. Zijn lippen waren vochtig. Van spons.

'De wulpse zigeunerin, Anna,' begon hij, 'die jij voor mij inlijst, verkoop ik ook als duur ingelijste reproductie van 1,30 meter bij 90 cm.' Zijn stem kreeg een lijzige bijklank. 'Met veel bladgoud op de brede lijst, voor de inrichting van een verbouwde boerderij, net over de grens. In blauw neonlicht boven de ingang "Escape".'

'Wat betekent dat?'

'Iets als ontsnapping, vlucht uit het dagelijks bestaan.'

'Zoiets dacht ik al.'

'Ik werd door de eigenaar rondgeleid. Alles is warm rood, Anna: de vloerbedekking, de wanden, de canapés rond een draaiend plateau waarop de dames hun vertoning kunnen geven. Die canapés, zo diep, zo rood en de verlichting is verzonken en afgewogen. De portretten van de zigeunerin waren voor de duurste privésalons en voor het restaurant. Ik zeg het eerlijk. Ik heb er goed aan verdiend, Anna, kamers met ligbaden en koperen kranen. Ik heb de portretten zelf opgehangen.'

Joop Ruysch zweeg. Het zweet stond op zijn rood aangelopen gezicht. Aan de binnenkant van zijn zware dij zag ze zijn opbollende lid.

Anna keek gauw in de richting van het hok. Ze hoorde de beesten venijnig in het hout van de wand pikken.

'Nou?' vroeg Joop. Hij wilde een reactie.

'Wat moet ik ervan zeggen? Dat soort gelegenheden bestaat. Je leest er soms over. Voor jou is het een goede handel.'

De jongste haan kraaide.

In dat lawaai: 'Het verhaal is nog niet af. Anna, ik gaf de baas de nota. Die ging geld halen. Het was tegen vijven, schat ik. Wil je het echt horen?'

'Je kunt niet meer terug.'

De andere haan antwoordde. Ze kraaiden om het hardst. Henk Wielheesen had het gesprek toch al niet goed kunnen volgen.

Door het vuile ruitje was Anna ver weg en heel dichtbij.

In Insula Dei dacht hij altijd aan Anna. Ze sprak met Joop Ruysch, maar hij herinnerde zich alleen haar contouren. Soms zei hij tegen Ruben aan zijn bed: 'Wat is Anna toch al lang weg! En wat is het vlug gegaan. Ruben, we kwamen de huiskamer binnen. Ze zat in haar gemakkelijke stoel. Haar gezicht was naar buiten gericht, op de hortensia's, in de omlijsting van het raam. Ruben, ze was dood.'

~

'Anna, ik wachtte op het geld, keek bij toeval naar buiten, zie een auto de grote parkeerplaats op rijden. Ik herkende Rubens auto. Het was Ruben. Hij treuzelde met naar buiten komen. Ik kreeg mijn geld. Ik had de auto aan de achterzijde geparkeerd, bij "afgifte goederen".'

Joop zweeg. Anna reageerde niet. Joop voegde eraan toe: 'Ik moest het kwijt.'

'Wat wil je met het hele verhaal zeggen? Wat is er verkeerd aan? Het gaat mij en Wielheesen niet aan. Voor ons staat hij altijd klaar. Hoeveel tijd besteedt hij niet aan onze dochter, aan zijn broer? Mag hij een beetje vertier? Hij zoekt een uitlaatklep. Bedenk, hij is ongetrouwd gebleven. Wie weet ging hij in het restaurant eten.'

Wielheesen kwam met de beide hanen naar buiten.

'Anna,' zei Joop Ruysch, 'ik ben ook ongetrouwd gebleven. Zie je mij daar… buiten mijn werk?'

'Dat is waar. Dat had ik er niet bij moeten halen.'

Anna was in de keuken bezig. De keukendeur stond wijd open. Henk Wielheesen had zich achter de deur verschanst. Zij liep met het fijne hamertje en andere tikspullen naar buiten. Ze schrok toen ze hem vlak achter zich hoorde. Hij bleef vlak achter haar lopen, in haar pas.

'Ik vind dat vervelend,' zei ze zonder hem aan te kijken. Ze bleef besluiteloos bij de volle tafel staan. Ten slotte ging ze zitten, maar begon niet te tikken. Hij ging naast haar staan. Hij streelde haar hoofd, voelde nadrukkelijk de randen van haar schedel, ging langs haar hals.

Ze zat stokstijf.

'Hoorde je, Wielheesen, wat Joop vertelde?'

'Ik kon het niet volgen, Anna.'

'Het is waar, hij praat steeds meer binnensmonds. Die zigeunerin heeft hij, in een grote afmeting, aan een klant vlak over de grens verkocht.'

Hij trok haar naar zich toe. Ze schudde haar hoofd.

'Niet dat vrijerige. Niet nu.'

Hij ademde zwaar. Ze vroeg vriendelijk of hij haar los wilde laten.

'Toe, Wielheesen. Dat aanhankelijke, nee, niet nu. Wie vrijt die slijt. Kom, ik ga aan het werk. Help me.'

Hij liet haar los.

Ze pakte vier latjes, twee korte, twee lange. Ze trok het doorzichtige doosje met spijkertjes naar zich toe. Ze vroeg of hij een ruitje wilde aangeven.

Hij deed gedwee wat ze vroeg.

Henk Wielheesen stond op en liep naar de keuken. Hij kwam terug met een pakje shag en vloei. Hij begon een shagje te draaien.

'Dat heb ik je lang niet zien doen. Dat is een goed teken.'

Hij stak de te dun gedraaide sigaret aan die voor de helft wegschroeide.

Ze legde een hand op zijn hoofd. 'Ik zie dat je je beter voelt.'

Ze streek over zijn hoofd, hield een plukje haar in haar hand. Op meer plekken op zijn hoofd liet het haar los. Ze vond het ook op zijn hoofdkussen. Ze zei dat het gemeen spul was, dat lithium dat hij slikte.

De sigaret smaakte hem niet. Hij doofde hem onder zijn voet, gooide de peuk op het land.

'Ook dat kan van de medicijnen komen.'

Binnen ging de telefoon.

Het was alweer lang geleden dat Wielheesen zelf voor het laatst had durven opnemen.

Zij legde snel haar spullen neer. Het kon hun dochter zijn.

Anna kwam terug en zei niets. Ze ging aan tafel zitten, maar liet het tikken achterwege. Hij had wel naar zijn hok willen gaan, maar bleef bij haar.

Ze zaten langer dan een uur naast elkaar. Zij, altijd zo beweeglijk, levendig, bewoog niet. Hij liep naar de peuk op het landje, drukte hem met de zool in de grond en kwam terug.

'Het was Ruben,' zei ze. 'De laatste weken is Guusje

niet op school geweest. Ze ging hier op tijd van huis. Waar ze overdag uithing, weet ook Ruben niet. Ze heeft zich al die tijd ziek gemeld. De school geeft haar na aandringen van Ruben nog één kans.'

'Het leek goed te gaan.'

'Op de een of andere manier, Wielheesen, heeft ze zich voorgoed van ons afgewend. Wat bezielt haar? Van wie heeft ze dat? Ik herinner me nog een kindertekening. Hij heeft lang in de kamer gehangen. Ze had een grote, gele zon in de uiterste bovenhoek getekend en, onderaan, tussen groene streepjes voor het gras, twee kleine poppetjes. Dat waren papa en mama.'

'De vechthaan is niet in orde,' zei Henk Wielheesen. 'Ik maak me zorgen. Hij eet niet.'

'Er is iets mis als een dier niet eet.'

'Zijn veren zijn dof.'

'Ruben zei dat ze vannacht in de stad bleef slapen. Het was een vertrouwd adres.'

Henk stond op. Hij zei dat hij wat ging timmeren. Zij ging ook aan het werk.

Het kleine raam van het hok, aan de achterkant, keek uit op een afscheiding van rietmatten. Daarachter begon de voormalige boomkwekerij. Dat raam ging hij dichttimmeren, met smalle latjes, dakpansgewijs. Het was al vertroebeld door stof en aanslag, maar hij wilde het helemaal dicht hebben.

Het kostte weinig moeite. Binnen een halfuur had hij het weggetimmerd.

Hij bekeek de zieke haan, ging met hem in de kom op de bodem zitten, de andere haan kwam erbij. Het was benauwd. Hij dommelde weg met de beesten. In zijn halfbewustzijn dacht hij aan Anna's magerte, aan haar angst het geld niet tijdig bij elkaar te hebben. Zijn vrouw werd alsmaar bleker. Ook de sproeten rond haar neus verloren hun kleur. Net als hij kon ze 's nachts niet meer in slaap komen, ondanks tabletten die de huisarts had voorgeschreven. Zodra ze in bed kroop gingen haar handen gloeien en werden haar voeten ijskoud.

Daar dacht Wielheesen in zijn halfslaap over na. Hij kwam tot de slotsom dat aan zijn vrouw alle heerlijkheid verdwenen was en dat hij daarom extra veel van haar hield. Hij viel in een diepe slaap.

Hij werd wakker van haar. Hij hoorde haar stem, de paniek in haar stem.

'Wat doe je? Geef antwoord. Je kunt jezelf wel wat aandoen!'

Ze rukte de deur open, zag hem met de dieren in de uitholling liggen.

'Meneer rust uit van zijn vermoeienissen.'

~

Joop Ruysch sprong uit zijn Mercedes, sjouwde nieuw materiaal naar de keuken, klagend over het drukkende weer.

'Ik ben jaloers op jou, Anna. Lekker in de schaduw, rustig werkend. Ik ben altijd onderweg. En de baas?'

Zijn bolle ogen keken de kant van het hok op.

‘Meneer houdt daarginds kantoor.’

Ruysch ging bij haar zitten.

‘Nog nieuws, Anna?’

‘Ik zou het niet weten. Nee, alles is goed. Net was ik kort heel bang. Ik dacht echt: hij is mij ontvallen. Ik hoorde hem niet meer. Ik riep. Geen antwoord. Ik dacht: wat voor geks is hij nu weer aan het verzinnen? Ik riep weer, stapte op het hok af, rukte de deur open. Met de beide hanen in zijn armen ligt hij te slapen. Zelfs in een sprookje tref je zo’n tafereel niet aan. Hij werd wakker en staarde me aan of ik een totaal onbekende was. Je weet hoe hij soms kan kijken. Je bent er niet zeker van of hij je ziet. Daar word ik nou onzeker van.’

‘Hij is zichzelf.’

‘Wat moet ik met zo’n opmerking?’

‘Hij is wie hij is.’

‘Ik denk dat ik je begrijp.’

‘De toestand van Henk... dat gaat je niet in de koude kleren zitten.’

‘Hou daarover op.’

‘Vandaag blijf ik kort. Er is veel te doen. Nog een nabestelling van de boerderij vlak over de grens.’ Hij knipoogde.

‘Ik deed toen wat kortaf.’

‘Dat begreep ik ook wel, Anna. Het was een opmerkelijk verhaal.’ Daarna, zonder overgang: ‘Je zit hier zo mooi.’

Joop noemde nieuwe getallen wat betreft het aantal auto’s dat in het hoogseizoen het kruispunt zou passeren, haalde er de sprengen en het gebraden piepkuiken bij.

Zijn gezicht glom.

Joop benadrukte opnieuw dat zij zijn beste thuiswerkster was, ook de zorgvuldigste. Niet één lijstje was afgeraffeld. Op haar kon hij volledig bouwen.

'Jouw hortensia's staan er zo prachtig bij! Een lust voor het oog.'

Hij stond op, liep op de border onder het raam toe, omvatte zo'n grote, blauwe bloem. Die bloem lag zacht en vochtig in zijn grote hand met de dikke vingers. Hij wiegde die ene tros. Hij sprak over een zacht babyhoofdje.

'Hou op, Ruysch.'

'Laatst kwam ik de foto tegen met de baby.'

'Ik wil er geen woord over horen.'

'Anna, luister.'

Hij boog zich naar haar toe.

'Ik kan toch rustig praten.'

'Wielheesen is met de deur bezig. Hij haalt hem er helemaal uit en wil nieuwe scharnieren aanbrengen.'

'Voor Wielheesen heb ik geen geheimen. De deur is uit het hok. Hij kan meeluisteren.'

'Ik had het onlangs met je over de leverantie aan de verbouwde boerderij. Ik vertelde Ruben daar gezien te hebben. Je deed nogal kortaf, wat ik begreep. Van Ruben moet ik afblijven. Dat voel ik ook wel. Laat ik dit zeggen: Ruben heb ik heel hoog. Maatschappelijk is hij ver boven ons uitgestegen. Een doctorstitel, inmiddels rector van het gymnasium in de stad. Een aanbieding om hoogleraar Franse letterkunde te worden aan de VU in Amsterdam en aan de Universiteit van Leuven. Aanbiedingen waar hij niet op is ingegaan. Hij ziet ervan af, vermoed ik, om dicht bij jullie in de buurt te blijven.'

Hij zweeg, leek zich te bedenken.

'Wat ik nu ga vertellen doet niets af van het respect dat ik voor hem voel. De laatste keer heb ik slechts de halve waarheid verteld. Anna, ik zag hem de parkeerplaats op rijden en de auto uit stappen. Hij kwam de zaak binnen – ik was aan het afrekenen – en we troffen elkaar. Hij nodigde me uit om aan de bar wat te drinken. In het restaurant hebben we iets gegeten. Iedereen kende hem. Hij bleek een vaste bezoeker. Met alle egards werd hij behandeld. Hij was openhartig. Hier bereidde hij moeilijke vergaderingen voor en dacht nieuwe plannen voor de schoolstructuur uit. Het was een mooie avond. We hebben nog op het terras gezeten, keken uit over het kalkrijke parklandschap, waar ooit de zee was. Er worden veel oude fossielen van reuzenvissen gevonden. Ruben zei dat hij van deze vage, onbepaalde grensstreek hield. De taal die hier werd gesproken stamde regelrecht af van het Oudwestgermaans. Het was een plek waar hij tot zichzelf kon komen. Ten slotte, bij het afscheid nemen, vertrouwde hij me toe dat hij hier ook de liefde zocht, de liefde in alle eenvoud, met haar vaste, geijkte gebaren. Zo ongeveer sprak hij zich uit.'

Anna zweeg. Ze begon langzaam, met zorg, haar jurk te schikken.

'Waarom zeg je niets? Ik kon het niet voor me houden. Het deed me natuurlijk ook goed dat Ruben mij als zijn gelijke zag.'

‘Wat moet ik met dit verhaal? Ruben is een volwassen man. Hij leidt zijn eigen leven. Jij vertelt zijn geheim door. Dat klopt niet. Zonder Ruben zijn we niets. Wekenlang zweeg Wielheesen als het graf. Ruben heeft hem weer aan de praat gekregen.’

‘Ik kon het echt niet voor me houden. Hij is in alles met jullie verbonden.’

‘Bedankt, heb ik weer iets om over te piekeren.’

‘Niet doen, Anna. Ik kan het deels goedmaken. Ik ga de stuksprijs flink verhogen.’

~

Anna ging vroeg naar bed. Henk zei dat hij ook zo bovenkwam.

‘Je ziet er moe uit, Wielheesen. Kom gelijk mee.’

Hij zou er direct aankomen.

‘Vergeet niet het licht uit te doen.’

Hij hoorde haar naar boven gaan.

Wielheesen deed het licht in de kamer uit. Tot middernacht bleef hij in de donkere kamer zitten. In het licht van de maan zag hij in de omlijsting van het raam de bloemtrossen van Anna’s hortensia’s, verderop de tuintafel, de bonenstaken met het verdorde blad.

Hij dacht aan Anna boven, aan haar gezicht dat steeds meer inviel, het bleke van haar huid, de koortsige blik. Henk had geen idee of ze al in de buurt kwam van het bedrag dat ze bij elkaar moest tikken.

Hij verliet het huis, ging aan het tuinhek staan. Boven de straat hingen sluiers van schemer en avondmist. Wielheesen opende het hek, liep de straat af tot aan de lijstenwinkel van Joop Ruysch. Daar keerde hij om, liep de steile straat op, kwam langs zijn eigen huis, toen dat van Ruben. Rubens auto stond op straat geparkeerd.

Hij liep tot helemaal boven aan de straat, precies tot het punt waar de Bergweg het dal in tuimelde. De sportvelden baadden in het maanlicht.

Henk Wielheesen ging terug.

Alle huizen waren donker. Iedereen sliep, behalve Henk Wielheesen.

Hij ging weer in de donkere kamer zitten. Hij was onrustig. Aan het hek keek hij weer de straat af. Rubens auto stond er nog steeds, geparkeerd onder de straatlantaarn.

Henk bleef heen en weer lopen. Van het huis naar het hek, en weer terug. Hij had geen idee wat ging gebeuren.

Bij de eerste streep paars licht van de dag ging hij naar de keuken, haalde uit het aanrechtkastje drie in elkaar geschoven emmers. Hij vond daarin een spons en een zeemlap. Die legde hij keurig naast elkaar op het aanrecht. Spons en zeemlap had hij niet nodig. Hij stak half zijn duim in de mond, als om na te denken.

Was Ruben Sievez juist die nacht maar in de relaxboerderij geweest om er wat vertier te zoeken en in de vroege ochtend thuisgekomen? Met groot licht zou hij de Bergweg op zijn gereden. Dan had Ruben zijn broer met de drie emmers naar buiten zien komen. Hij zou naar hem toegelopen zijn, de blik in zijn ogen hebben gezien.

Henk zette de emmers op het verwaarloosde landje waar hij ooit bonen, rabarber en zelfs zilveruitjes kweekte. En kapucijners. Zijn lievelingsgroente.

Hij schepte de emmers vol aarde, tot boven de rand uit, zoals kinderen aan het strand, en sloeg de aarde met de hand plat.

Ze waren te zwaar om te tillen. Hij sleepte ze tot aan de border onder het raam. De struiken waren in de loop van de jaren, onder de goede zorg van Anna, breed uitgegroeid.

Hij brak stelselmatig alle bloemtrossen af en drukte ze zonder omwegen in de aarde van de emmers.

Hij controleerde de struiken op bloemtrossen. Geen had het overleefd. Het paars aan de hemel was roze geworden.

Het zweet stond in zijn nek.

Henk Wielheesen keek naar de opgemaakte emmers. Wat een bloemenweelde! Hij wist niet wat hem te doen stond. Hij besefte op de een of andere manier dat hij uitzinnig en schaamtevol bezig was geweest. Wist hij dat zijn broer nog moest thuiskomen, dan had hij de emmers met bloemen op de weg gezet ter verwelkoming.

Hij staarde naar de tooi.

Een voor een sleepte hij de emmers achterom en zette ze naast elkaar onder het schuine dak van gekleurd glas.

Ruben stond vroeg op.

Henk wachtte onder de kleine veranda van zijn geboortehuis. Het licht van een vuurrode zon breidde zich uit over de hemel. Het hoge bos van de blauwe douglasspar werd bijna lila.

Henk Wielheesen zag dat. Tot in de kleinste bijzonderheden nam hij waar, alsof hij door een verrekijker keek. Hij zag de naalden aan elke tak, het pikkerige van de schors. Hij hield van de blauwe douglasspar. Die had karakter, was sterk. De naalden konden door de palm van een hand heen steken. Van dennen hield hij minder.

Hij keek. Daar had hij in zijn jeugd het schoffelen en het harken geleerd. Blindelings zou hij in de wildernis nog steeds de weg kunnen vinden.

Achter hem, onder de kleine veranda, stonden de drie volgepropte emmers.

Daar was de zon.

Ze dook op vanachter het sparrenbos. Stralen gingen rakelings langs de palmenkas, verrafelden het doorzichtige glas. Nooit was het licht weldadiger dan op dit moment.

Hij hoorde zijn broer de trap af komen, de keukendeur van het slot doen. Hij zou Henk Wielheesen al zien.

Ruben keek.

Hij zag wat er gebeurd was, kwam op zijn broer toe, drukte hem tegen zich aan. Geen van beiden bewoog.

'Mijn lief broertje.'

Hij wreef zacht in zijn nek, masseerde die, duwde zijn roodgebloemde zomerbloes opzij, zocht zijn blote schouder, zette daar zacht zijn tanden in.

Binnen dronken ze koffie.

'Wat heb je aangericht?'

Henk Wielheesen knikte. Hij besefte het terdege,

maar had het niet kunnen voorkomen. Hij was op die weg gezet…

Ruben belde zijn school. Vandaag was hij verhinderd.

Er ging tijd overheen.

Het najaar was zo zacht dat de vogels weer aan het broeden waren en met dikke wormen af en aan vlogen.

'Het lijkt wel lente,' zeiden de mensen in de straat.

Na zijn terugkeer uit 's Heeren Loo kreeg hij dagelijks een zwaardere medicatie om zijn stemmingen af te vlakken en te stabiliseren.

Het was de vraag of hij het werk bij Klugkist weer op zou pakken. Waarschijnlijk zou hij over een tijdje wel weer met het inscharen van vee kunnen beginnen. Dieren maakten hem rustig. De oude haan leek zich beter te voelen. Hij at weer. De jonge haan, de geelzwarte Sebright, drentelde steeds om de vechthaan heen, scharrelde zaadjes voor hem op.

Onder het raam stonden sinds kort jonge hortensia's. Hij had ze samen met Ruben gekocht en geplant. Henk had op een geel plantenetiket de Latijnse naam geschreven: hydrangea. Anna had aan de voet oud ijzer gelegd. Met enkele jaren zouden de planten volwassen zijn. Het waren snelle groeiers, en ze stonden op het zuiden.

Ruben had hem, in de inrichting waar hij behandeld werd, iets van Anna's reacties verteld. Ze had van de verminkte struiken naar de kinderlijk volgeplempte emmers gekeken en steeds maar herhaald: 'Een stakker is het. Een onnozele hals.'

Ze was er niet zo lang bij blijven stilstaan. Meer nog dan voorheen was ze vastbesloten geweest: ze zou voor zichzelf gaan beginnen. Ze had ook haar eigen idee omtrent het aanzien van haar snackbar. Die was vanbuiten opgebouwd uit over elkaar liggende, rustieke planken, met schors en noesten. Er zou een dag komen dat het leven van een leien dakje zou gaan, dat ze aan het eind van de dag haar inkomsten kon tellen.

Ze ging harder werken. Alles wat ze door hem misliep, zou ze inhalen. Haar succes, als bijkomend gevolg, zou alsnog ook zijn leven succesvol maken.

Anna tikte lijstjes in een razend, schrikwekkend tempo. Henk Wielheesen, als hij niet aan het hek stond of in het hok bezig was, zat bij haar aan tafel, als een verdwaasd kind.

'Wat zit je me aan te kijken, Wielheesen?'

'Ik mag toch wel naar je kijken?'

Hun dochter kwam thuis.

'Dag pap en mam,' riep ze snel. Ze ging boven aan haar scriptie werken.

Op zijn knie zaagde hij een multiplex plankje doormidden. Henk wist nog niet waarvoor hij het wilde gebruiken. Waarschijnlijk voor de uitbouw. Hij sprak tegen de hanen in een zelfgemaakt kindertaaltje. Die woorden riepen zijn kindertijd op.

De koningin deed afstand van de troon, haar dochter werd aangekondigd. Met zijn moeder liep Henk de Bergweg af. Hij droeg een oranje sjerp. In het dorp klonk tromgeroffel, geschetter van trompetten. De harmonie maakte op deze feestelijke dag al vroeg een eerste rondje. De klokken beierden, van alle huizen wapperde de vlag. De lokalen van de school voor speciaal onderwijs waren versierd. De ouders kregen koffie met een oranje tompoes. Voor de leerlingen was er, behalve limonade, een verrassing. Die zat in een vierkant doosje van geribbeld karton. Een oranje vaasje met luchtbelletjes in de slanke hals. In de hals was een W gegraveerd. De jongen naast Henk in de bank liet het vaasje uit zijn handen glippen. Het spatte op het voetenbankje uiteen. Henk Wielheesen wikkelde het vloeipapier rustig af. Triomfantelijk hield hij zijn exemplaar in de lucht. Moeder zei dat ze het een plaats op zijn kamer zou geven, vond wel dat de organisatie beter een ander cadeau had kunnen verzinnen.

Of hij sprak voor zichzelf de ritsen woorden uit, die hij, na zijn sprakeloosheid, van Ruben had moeten oefenen. 'Kooi, allooi, foei, vloei – wat een geknoei van laag allooi. Foei, hij gooide de schooier een fooitje toe.'

Anna trok het deurtje open, onderbrak zijn gedachtevlucht.

'Hoe hou je het vol in dit benauwde hol. Je kunt hier toch niet normaal ademen. Kom eruit, alsjeblieft. Ga iets nuttigs doen, Wielheesen. Je kunt de bonenstaken weghalen. Dat staat direct al een stuk netter. Ga wat spitten. Zaai iets in. Poot iets. Pak, zoals Ruben je aanraadde, het herbarium weer op. Daar was je zo goed in.'

Haar stem smeekte. Zij ging boodschappen doen. Kon ze erop vertrouwen dat hij iets onder handen nam? Guusje was op haar kamer aan het werk.

Met Anna liep hij tot onder aan de Bergweg. Dat was al heel wat.

Zij verdween in de smalle Vlashofstraat die op de Hoofdstraat uitkwam.

Hij keek haar na. Zij keek om en zwaaide.

Henk Wielheesen keerde terug naar huis. Hij liep stil de trap op, zette de losse ladder in het zoldergat. Op zolder vond hij de oude herbariumschriften. Ook het schrift met de verzameling bijbelse plaatjes. Hij hoorde zijn dochter op haar kamer met iemand bellen.

Ze lachte.

Beneden bladerde hij door de schriften, begon te transpireren, proefde in zijn mond de metalige smaak van de zware medicijnen. Hij dronk een glas water met citroensap dat Anna voor hem had klaargezet.

Hij keek nog eens in het herbarium. Het blauw van de ereprijs was verflauwd met de jaren. Hij raakte de bloem aan. Ze viel uit elkaar.

Hij bracht de schriften terug naar de zolder, sloot het zolderluik, deed zijn schoenen uit.

Het gewelfde deksel van de dekenkist duwde hij omhoog tot het in evenwicht tegen de muur stond.

Henk Wielheesen kleedde zich uit, trok mama's mooiste jurk aan, zette haar zonnehoed met linten op. Hij liep heen en weer, wrong zich in haar schoenen, waarvan hij de wreefband had verwijderd, trok een jurk over de eerste aan. Nog een jurk. Eenmaal op gang, eenmaal op deze weg, kon hij niet meer stoppen.

Onder zich hoorde hij heel duidelijk de stem van zijn dochter. Haar stem had hem tot bezinning kunnen brengen. Had ze hem maar geroepen!

Hé, pap, wat ben jij daarboven aan het doen?

Had ze dat maar gedaan.

Henk Wielheesen raakte in een woeste bui. Wat zijn handen aan goed in de dekenkist vonden stopte hij onder de jurken. Hij trok flarden van het halfvergane, jute binnenwerk.

Zijn boezem werd zwaar.

Hij hoorde Guusjes heldere stem door het plafond heen.

Henk Wielheesen leunde zover hij reiken kon naar de bodem van de dekenkist, vond er nog resten van verknipte jurken, garnering die hij niet thuis kon brengen, maar zacht aanvoelde. Hij stak ze ergens in waar plaats was. Smalle linten bond hij om zich heen.

Een wanstaltig mismaakt gedrocht waggelde over het beplankte deel van de zolder. Het waagde zich met al zijn fladderige uitsteeksels en veelkleurige franjes over de smalle steunbalken naar de verre, schemerige hoeken, stapte van de ene balk op de andere en als hij het evenwicht dreigde te verliezen zocht hij met zijn handen snel steun tegen de schuine wand boven hem.

Henk werd overmoedig. De erectie zweepte hem op.

Duizelig, verdoofd, doorkruiste hij in die monsterlijke uitdossing de zolder.

Begon het op zolder te schemeren of werd het juist lichter?

Hij kon het niet zeggen, had een droge mond van de zware medicijnen. Moest ook nodig een plas doen. Het glas water met citroen, het toilet waren beneden. Van beneden had hij geen idee.

Henk Wielheesen was alleen. De stem van zijn dochter hoorde hij niet meer.

Zó toegetakeld stapte hij op het buigzame spaanhout, ergens midden op zolder.

Hij had het niet direct door.

Krakend spleet het dunne, broze hout uiteen. In dat scheurende hout leek één fractie het door schimmels aangetaste, uitgedijde, verworden wortelgestel van een reuzenagave te hangen, aan het plafond van haar meisjeskamer, voor het in de chaos van zijn vrije val met gruis en kalkplakken, op haar neerstortte.

Deerniswekkende, verwarrende verschijning.

'Heer, o Heer, help mij.'

Het gedrocht Vader dat houvast zocht en slechts een telefoondraad vond.

Een ijselijk gillen en krijsen.

Het meisje vluchtte de trap af, rende de straat op.

Joop Ruysch was juist op weg naar Bergweg 17 en ving haar op.

DEEL ZEVEN

Enkele weken voor zijn vierenzestigste verjaardag stond Henk Wielheesen extra vroeg op. Hij had kort geslapen, maar voelde zich uitgerust. Anna, die bij het naar bed gaan had geklaagd over kortademigheid en lichte druk op haar borst, ademde gelijkmatig en was diep in slaap. Dat stelde hem gerust. Een moment boog hij zich over haar en keek naar het scherm sproeten rond haar neus.

In bed had Henk Wielheesen naar zijn eigen stem geluisterd, diep in hemzelf een nogal aanhoudende stem, goed verstaanbaar, in een kalm gemompel, die hem vertelde dat het vandaag een warme dag zou worden, dat de temperaturen snel zouden oplopen, dat aan het einde van de week een vruchtbaar regentje zou vallen, dat het tijd werd het verwaarloosde land wat op te knappen, te zaaien en te poten.

Hij had de Sebright-streepjeshaan horen kraaien.

'Ja, ja, ik kom eraan,' had hij geantwoord. Hij was snel het bed uit gekomen, had zich aangekleed en was naar buiten gegaan.

Over het land hing lage mist. Hij liep naar het tuinhek. Hij keek de straat af. Door de mist kon hij niet tot onder aan de straat kijken.

De mist zou weldra optrekken.

Van het oude gereedschap dat hij vroeger op de kwekerij gebruikte, bezat hij nog de kruiwagen en de haspel met gekleurd touw om in rechte lijnen een zaaibed uit te zetten.

Voor hij de kruiwagen uit de fietsenschuur ging halen, begroette hij de haan. Hij liet de deur van het hok open. Het beest liep het land op, begon driftig naar pieren te zoeken. Henk trok een pol muur uit de grond en gooide dat in zijn richting.

'Allemaal vitaminen.'

Henk Wielheesen had schik in zijn eigen vreugde. Hij trok de bonenstaken uit de grond, laadde ze op de kruiwagen en kruide ze naar de achtertuin, waar het hok van de haan was. Hij zette ze tegen de uitbouw, die bijna klaar was en onttrok die zo aan het gezicht.

Hij werkte als een bezetene.

Met het opruimen van de bonenstaken was hij enige uren bezig.

Ruben stapte in zijn auto, reed langzaam de straat af, zag zijn broer druk bezig, zich in het zweet werkend.

Hij kwam direct zijn auto uit, omhelsde zijn broer.

'Wat ben je hard aan het werk.'

'Ik hoorde een stem, Ruben, half in mijn droom, half wakend.'

'Een stem in je droom moet je altijd volgen. En je ziet er zo goed uit. Geen grammetje vet. Gebruind. Ik ga blij naar school. Mijn voorlaatste jaar. En jij bent gauw jarig.'

'Daarom wil ik dat alles er netjes uitziet.'

'Ik begrijp het.'

Ze zoenden elkaar.

'Het stond me al zo lang tegen dat ik niets met dit mooie stukje grond deed.'

Ruben zoende zijn broer weer.

Henk begon het onkruid weg te schoffelen, had het nog niet verleerd.

De zon kreeg al kracht. De hitte straks zou het onkruid verdorren en hij zou het bij elkaar kunnen harken.

Henk Wielheesen hoorde de keukendeur opengaan, keek niet op. Hij wilde dat ze hem hard aan het werk zag.

'Wielheesen, goedemorgen. Wat ben je allemaal aan het doen?'

'Dat zie je toch?'

Ze kwam over het landje op hem af. Hij zag haar op zich toekomen, veegde met zijn mouw het zweet van zijn voorhoofd. Hij zag dat haar halsspieren zich spanden toen ze voor hem stond. Anna stond op het punt om te gaan huilen.

'Waarom, ineens? Och, ik hoef het ook niet te weten.'

'Een stem.'

'Een stem, Wielheesen?'

'Ik sliep nog half. Ik denk dat ik vanmiddag al zo ver ben dat ik kan inzaaien. Jij mag het zaad kiezen.'

Zij koos direct voor de lathyrus en de Oost-Indische kers, haar lievelingsbloemen.

Hij ging door met het werk, schoffelde, harkte. Hij trok zijn bloes uit. Het zweet brandde in zijn huid. Henk

Wielheesen had nog steeds een krachtig en gezond lichaam.

Zij zat aan de tuintafel. Ze riep: 'Als het meezit, staat alles in bloei op je verjaardag!'

Hij knikte. Daar had hij ook aan gedacht.

'Ik kan de lathyrus op kleur kopen. Welke kleur?'

'De lichtpaarse tint. Die ruiken ook het lekkerst.'

'Vanmiddag ga ik gaas kopen. Paaltjes heb ik zelf.'

Hij harkte het laatste onkruid bij elkaar. De grond hoefde niet omgespit te worden. Door jarenlange bemesting en toevoeging van turfmolm was hij zacht van structuur.

Ze dronken samen koffie.

'Ik ga nu bedden uitzetten. Wil je me helpen?'

Zij wikkelde het kleurige touw van de haspel af. Hij hield de rechte lijn in de gaten. Vijf zaaibedden legden ze aan van acht bij anderhalve meter.

's Middags kochten ze in het dorp zaad, en vijf meter gaas. Hij zaaide de Oost-Indische kers uit, in drie kleuren oranje. Hij spande gaas tussen paaltjes. Aan de voet maakte hij met de schoffel een smalle geul.

'Kijk, Anna. Sieje heeft hem zijn hele, werkzame leven gebruikt.' Hij liet haar het dunne, afgesleten blad zien.

In de geul legde hij de lathyruszaadjes, elk op tien centimeter afstand. Met de achterkant van het schoffelblad duwde hij voorzichtig de geul dicht. Op zijn knieen drukte hij met zijn hand, als vuist gebald, de grond aan.

Hij besproeide het gezaaide met de lichtste broes die hij bezat.

Henk had er plezier in, dacht nergens aan. Ja, hij dacht aan de ontkieming die nu begonnen was. Hij zag wat daar ondergronds gebeurde. Hij leefde mee.

Later op de dag kocht hij bij een kwekerij buiten het dorp knalrode salvia's en roze geraniums, die Reine du balcon heetten en rijk bloeiden.

Voor het avondeten had hij geen tijd.

'Goed werk lever je, Wielheesen,' riep ze. 'Dit is toch een heel ander gezicht. Wat een weelde aan kleur als dat allemaal uitkomt. Daar kunnen we naar uitkijken. Op de tafel in de keuken een klein vaasje met drie takjes Oost-Indische kers en op de tuintafel de lathyrus.' En na een lange stilte: 'Ik ben hier al dankbaar voor.'

Die dag liet ze het lijstjes tikken na.

Daar was Ruben. Hij had iets warms uit de stad meegebracht.

'Om dit te vieren.'

~

Het was gelukt. De tuin stond in volle bloei. Overdag veel zon, in de nanacht viel er een zachte regen. Het lila van de lathyrus versmolt met de tinten oranje van de Oost-Indische kers. Anna had twee vaasjes opgemaakt, elk met drie takjes. Hoe simpeler, hoe mooier.

Vanmorgen had Henk Wielheesen bij Klugkist gewerkt. Hij had thuis het grind geharkt, dode bloemen weggesneden. Daarna was hij het hok in gegaan, had gebladerd in Thomas à Kempis' *De navolging van Christus*. Nu tuurde hij naar de bijbelse plaatjes in het oude schrift. Hij volgde met zijn vinger de contouren van 'De kruisiging' en 'De opstanding uit het graf'.

Zij tikte.

Morgen vierden ze Henks vierenzestigste verjaardag.

Hij hoorde Anna opstaan. Ze kwam naar het hok toe, opende de deur.

'Ik maakte me ongerust. Ik hoorde niets. Ik zie het al. De plaatjes van vroeger laten je niet los. Waar kijk je speciaal naar?'

Hij wees 'De kruisiging' en 'De opstanding' aan.

Ze keek om zich heen. De haan zat op zijn knie, als een trouwe schildknaap. Hij was de ridder op zoek naar de heilige graal. 'Wat ik zeggen wil, Wielheesen, ondanks alles, ik heb het met jou getroffen. Er zit geen cent kwaad in jou.'

Hij wist niet wat hij daarop moest zeggen, glimlachte van verlegenheid. Hij besefte terdege dat ze de juiste woorden had gebruikt. 'Soms zou ik wel willen...' begon hij.

'Wat? Maak je zin af?'

Hij keek intens naar de oude, beduimelde plaatjes.

'Zeg dan wat! Het is niet duidelijk wat je zelf wilt.'

Als antwoord legde hij zijn hoofd tegen haar been.

Er waren woorden in zijn mond. Hij kon ze niet uitspreken. Ze zouden als een weke, vormeloze massa uit zijn mond komen.

Het avondeten gebruikten ze in de keuken.

De telefoon ging.

Anna nam direct op, legde de hoorn neer.

Verkeerd verbonden.

'Ik wist zeker dat het onze dochter was. Ik dacht: die belt om te zeggen dat ze morgen langskomt. En om mij te vragen of je nog een speciale wens hebt. Sinds je door de zolder zakte, hebben we haar niet meer gezien. Met mijn verjaardag heeft ze gebeld. Toen heeft ze wel gevraagd: hoe is het met pa?

Ze hoorden flarden muziek uit het centrum.

'Het harmoniekorps,' zei Henk Wielheesen.

'Ze maken een rondgang door het dorp om hun nieuwe uniformen aan de bevolking te tonen. We hebben er ook iets aan gegeven.'

'Ze geven een concert in de tuin van Naeff,' wist Henk.

'We hadden kunnen gaan kijken,' zei Anna.

Ze ruimden samen af.

Hij liep de tuin door, bukte zich naar het rood van de salvia's.

Anna tikte in de keuken, omdat het buiten kil van de grond optrok.

Henk Wielheesen mompelde: 'En op de eerste dag van de week gingen ze al vroeg in de ochtend naar het graf en vonden de steen afgewenteld en twee mannen in een blinkend gewaad zeiden tegen de vrouwen: "Hij is hier niet, Hij is opgewekt."'

Dan dacht Henk Wielheesen: was ik daar maar bij geweest.

Vanmorgen onder het krullen vegen bij Klugkist had hij aan de rovers zitten denken, die met Jezus gekruisigd waren. Een van hen had tegen de Verlosser gezegd:

‘Zijt Gij niet de Christus, red U zelf en ons.’ Maar de andere bandiet bestrafte hem: ‘Wij zijn terecht gekruisigd, maar Deze heeft niets onbehoorlijks gedaan.’ Tegen hem zei Jezus: ‘Voorwaar, Ik zeg u, heden zult gij met Mij in het paradijs zijn.’

Henk Wielheesen dacht vanmorgen in de zagerij dat hij wel die bandiet zou willen zijn.

Zij was ook de tuin in gelopen.

‘We zullen zien hoe het morgen gaat.’ Ze snoof de geur van de lathyrus op. ‘Soms, Wielheesen, komt het in mij op dat onze dochter nooit bestaan heeft, dat ik haar alleen bedacht heb, begrijp je? Je zou bijna zeggen dat wánneer ik aan haar denk, de voorbije jaren waarin we niets, helemaal niets hoorden van haar, dat ik een moment net zo verbaasd ben als bij haar geboorte, toen ze ineens uit mij kwam. Tegelijk verbaas ik me nergens meer over.’

Hij zuchtte, gaapte. Zijn mond werd vanbinnen gevuld met het laatste ondergaande licht.

Zonet vloog, verschrikt door iets, een vogel op.

Mensen kwamen terug uit het dorp. Ze hadden geluisterd naar het concert van de harmonie in het park van Naeff. De straat werd algauw weer stil.

Daarnet hoorde hij Anna huilen.

Vanavond zal ze ook huilen. Ondanks de bloeiende tuin, het aangeharkte pad, de broederschap van Ruben. Het is geen leven.

Hij kwam terug en zei tegen Anna: ‘Morgenvroeg ga ik kijken hoe het met het vee gesteld is. Dan naar Klugkist.’

‘Ik zorg voor boterhammen. Morgenvroeg ga ik in het dorp gebak kopen.’

~

Om vijf uur de volgende ochtend was hij bij de rivier. Henk telde het ingeschaarde vee, dertig koeien en wat jong vee, pinken en vaarzen. De dieren zagen hem al van ver aankomen, hielden op met grazen, kwamen met schuddende koppen op hem af. Sommige loeiden, bliezen wolken adem door hun wijdgeopende neusgaten. Ze verdrongen zich om hem heen, vroegen alle aandacht. Hij raakte ze aan, sloeg er geen over. Een kalf ontbrak.

Wielheesen dacht aan de pas gegraven oevergeul. Hij zou zich geen raad weten als hij een verdronken kalf aantrof. Henk liep over de langsdijk, klom toen over de slaperdijk, kwam in een oude wei met deels middeleeuwse bedijkingen, afgezet met witte meidoorn. De oude overblijfselen waren onlangs tot gemeentelijk monument verklaard. Hij vond het kalf, met de voorpoten verstrikt in een rol afzetbedrading. Hij verloste het dier, smeerde de oppervlakkige verwondingen met ganzenvet in, streelde het dier over zijn kop om het gerust te stellen en bracht het terug bij de andere, intussen pratend tegen het beest of het een mens was.

Daarna keerde hij terug naar huis.

Anna, die ochtend, wachtte hem om kwart voor zeven met koffie op. Zijn trommel met boterhammen stond klaar. Ze feliciteerde hem, zoende haar man.

Op dat moment kwam Ruben langs het huis op om hen beiden te feliciteren. Ze liepen samen met Ruben mee naar de straat en zwaaiden tot hij onderaan de hoek omsloeg.

Hij deed de trommel onder zijn snelbinders.

'Begin van de middag ben ik weer thuis.'

Sinds kort werkte hij weer dagelijks bij de houtzagerij, maar beperkte het tot de ochtenden. De ergste stoornissen leken voorbij. Wilde hij een ochtend toch liever thuisblijven, dan gaf Ruben dit door. De eigenaar had zelf aangegeven: sinds de overheid de sociale werkplaatsen uit besparing had afgeschaft, moesten bedrijven zelf hun verantwoordelijkheid nemen.

Onderweg naar de stad dacht hij aan Anna. Nadat ze Ruben hadden uitgezwaaid, was ze naar binnen gehold. Ze meende de telefoon te horen. Hij had het kleine gebaar van teleurstelling gezien dat ze voor hem verborgen had willen houden. Daarna had ze gezegd: 'Vandaag worden er geen lijstjes getikt. Ik ga straks het dorp in. Wie weet is er onverwachte aanloop.' Ze was zichzelf aan het bemoedigen.

Met het tikken was ze lange tijd gestopt. Toen het met hem beter ging, had ze het thuiswerk weer opgepakt. Haar handen hadden in de rustpauze hun oude soepelheid weer teruggekregen. De duim bleef gevoelloos. In het vlees zat een harde knobbel, die geen pijn deed. Ze drukte de kopspijkers met een van de andere vingers in, afwisselend.

Bij Klugkist stapelde hij planken, vette een zaag in, veegde schaafkrullen op een hoop.

Het was koffiepauze. Met de anderen zat hij in het schaftlokaal. Hij nam niet deel aan het gesprek. De buitendeur, die uitkeek op een onafzienbaar terrein vol zware boomstammen uit Gabon, ging open.

Hij zag Anna en Ruben binnenkomen. Tegelijk kwam de baas met medewerkers uit het kantoor. Het personeel in het schaftlokaal ging staan. Hij werd toegezongen. Op een koffiewagen werd een taart met vierenzestig kaarsjes binnengereden.

Klugkist zelf sprak hem toe. Henk Wielheesen stond te trillen op zijn benen. Ruben ging naast hem staan. De baas kenschetste hem als een medewerker die bij afwezigheid direct gemist werd. Hij bracht iets extra's mee. Geen ongepast woord kwam uit zijn mond. Om hem heen hing een bepaalde sfeer van ingetogenheid. Om het samen te vatten: absolute toewijding aan het allerkleinste.

Wielheesen had genoeg adem om de kaarsjes in drie keer uit te blazen.

Na de plechtigheid ging Ruben door naar zijn school. Henk en Anna zouden met een taxi worden thuisgebracht. De fiets zou vanmiddag worden bezorgd.

Ze zaten stil naast elkaar in de auto.

Voor het huis werden ze afgezet.

'Wat hebben ze je verwend. Ik kon mijn tranen niet bedwingen. Wat hebben ze ons verwend. Op een bepaald moment stonden we bij elkaar als twee kinderen. Twee grote kinderen. Ik heb begrepen dat Ruben het allemaal bedacht heeft.'

Binnen gaf ze hem zijn cadeau. Een timmermanskist en een tube lotion voor zijn handen. Rond de nagels waren zijn vingers gezwollen. Hij sloeg vaak mis.

Anna had al gezien dat geen bericht was ingesproken. Het kon betekenen dat ze zou komen.

Ik wil dat ze komt voor Anna, dacht hij. Ik zou niet weten hoe ik kijken moet. Herken ik haar nog?

'We gaan direct wat aan die vingers van jou doen.' Ze nam de tijd om de crème zacht in het nagelbed van elke vinger te wrijven. Ze waren donkerrood en zaten vol blaasjes.

'Het lijkt wel of je winterhanden hebt.'

Hij bekeek zijn vingers.

'Ik wou dat je wat zei, Wielheesen.'

Hij bedankte haar en in één zin door, alsof hij die woorden op zijn lippen klaar had liggen: 'Zo lief van onze dochter, dat zij er vanmorgen, zelfs nog voor jou, als eerste bij was om mij te feliciteren.'

Perplex keek ze hem aan. Ze begreep hem niet direct. Hij voegde eraan toe: 'Vannacht ben ik bezig geweest om die zin te bedenken.'

'Je maakt grapjes over haar afwezigheid, over ons kind van wie we niet eens meer weten hoe ze eruitziet, wat ze doet, met wie ze samenleeft. Zouden we haar op straat herkennen? Jij bent meer dan gewoon beter.'

Ze pakte zijn beide handen.

Ze gingen buiten zitten.

'Als je wilt tikken...? De middag duurt nog lang.'

'Goed. Ik heb dan iets om handen.'

Ze tikte lijstjes, maar haar bewegingen waren anders. Die hadden niet het rake, het bezetene. Zij sloeg mis.

Na een tijdje hield ze op.
'Henk Wielheesen?'
Hij keek haar aan.
'Jij drijft de spot met haar afwezigheid. Dat is jouw verweer. Ik kan dat niet. Henk Wielheesen, zal ik je haar bijknippen? Er zit alweer een flinke bos op.'
Met het afbouwen van de zware medicijnen was zijn haar weer gaan groeien.
Ze haalde een schaar en een kam, en het scheerapparaat om zijn nek uit te scheren. Ze kwam terug, was nog het kleine schaartje met de vleugels vergeten om de haartjes uit zijn neus en oren weg te halen. Dat kon straks nog.
Ze maakte zijn haar nat, bracht precies de scheiding links aan, knipte het haar om zijn oren weg.
'Hou je hoofd recht.'
Ze was een tijdje bezig, kamde het haar, duwde er met de hand een lichte golf in, bekeek het van afstand.
Hij voelde een aangename slaap van het gefrunnik over zich heen komen.
'Geef er maar aan toe. Het haar zo maakt je jonger.'
Hij sliep in. Zij redderde wat, kwam bij hem zitten.
Een voorbijkomende fietser stak zijn hand naar hen op. Henk en Anna waren beiden ingedommeld. Voor de zon trokken langzaam kleine wolken. Het werd een moment killer. De zon scheen weer volop. Over de bloeiende tuin, over de fluwelige bloemblaadjes van de lathyrus op tafel, over Henk en Anna, de straat.
Henk zag haar wakker worden.
Anna's haar zat wanordelijk. Ze glimlachte verontschuldigend toen ze zei: 'Ik droomde dat ze het hek opendeed en ons slapend aantrof.'

Hij dacht dat ze een grapje maakte en stond op om naar het hok te gaan. Zij begon een doos vol lijstjes met breed band dicht te plakken. Joop zou vanmiddag nog wel langskomen.

In het hok opende hij het kastje met boeken en schriften.

Een kleine verzameling die hij had klaargelegd om mee te nemen, als hij onverwacht vertrok.

Uit het Atjeh-boek haalde hij het korte, vergeelde bericht, dat Rubens moeder ooit voor hem had uitgeknipt.

Hij las het voor de zoveelste keer.

Vrouw (36) dodelijk verongelukt
Bij het oversteken van de Hoofdstraat, ter hoogte van de bushalte, vermoedelijk verblind door het zonlicht, moet zij de naderende trolley, vanuit richting stad, over het hoofd hebben gezien.

Hij kwam met het bericht uit de plaatselijke krant naar buiten. Anna staarde naar de straat. Hij liet het haar lezen. Ze zag het voor het eerst. Anna had zijn moeder nooit gekend. 'Met Ruben ging ik naar de motorraces. Ik zie nog dat ze me uitzwaaide.'

Anna herlas het bericht. Hij hield zijn blik op haar gericht. Ze was iets aangekomen, maar haar ogen waren dieper gaan liggen, de kringen onder haar ogen waren donkerder, de huid van haar gezicht was vettig.

Hij voelde onmacht.

'Vreselijk,' zei ze.

'Ik zie mama's gezicht niet meer voor me. Wat was de kleur van haar ogen?'

Anna ging thee maken. Ze kwam terug met twee kopjes thee.

Ze nam een klein slokje, brandde haar dunne lippen. Ze blies over haar hete thee.

'Wielheesen, we weten niets van onze dochter. Ze wil niets met ons te maken hebben. Iemand moet haar hebben ingefluisterd dat wij niet deugen.'

Hij drentelde naar het hok, dacht aan de vechthaan die hij op een dag op zijn zij in het hok gevonden had. Over zijn ogen was een vliesje van kurk gezakt. Zijn staartveren zaten los. De mooiste had hij uit het lijf getrokken en achter een lat gestoken. Hij nam hem in zijn hand, voelde aan de pennenschacht, keek in het holle deel dat naar binnen donkerder roze werd.

Hij timmerde een paar latten extra vast met nieuwe spijkers uit de timmerkist. Met het geel-zwarte haantje ging hij in de uitbouw staan. Wie het hok binnenkwam, zag hem niet. Hij trok de deur van de uitbouw achter zich dicht. Hij verliet de uitbouw toen hij Anna zijn kant hoorde opkomen.

Ze keek het hok in. Hij dacht een moment dat ze een verjaarsbericht voor hem had. Ze had een trek op haar gezicht die hij ook vanmorgen had gezien op de zagerij. Een lieve, zachte trek.

Hij begon te snikken.

Ze hoorden de donkere motor van de Mercedes en gingen aan de tuintafel zitten.

Met nieuwe dozen kwam Joop het pad op. Hij zette de dozen neer, liep terug naar de auto, kwam terug met een cadeau, gewikkeld in een doek.

'Gefeliciteerd, Henk Wielheesen. Dit is voor jou.'

Wielheesen wikkelde het doek af. In zijn hand had hij een klein schilderij. Stuivers, dubbeltjes, kwartjes, die niets meer waard waren sinds een nieuwe munt was ingevoerd, waren aan elkaar geplakt op wit karton en vormden het cijfer 64.

'Heel bijzonder. Wat een tijd moet dat gekost hebben,' zei Anna.

Ze hield het van zich af. De munten flonkerden in de zon.

Henk bedankte Joop Ruysch.

Anna schonk hem een glaasje in.

Op dat moment werd door een bestelwagen van Klugkist Henks fiets bezorgd.

'Het wordt druk op je verjaardag, Wielheesen,' merkte Anna op. Ze bood de man thee of iets anders aan, maar hij moest direct terug naar zijn werk.

Joop had een goed bericht. Door alle gebeurtenissen was er uitstel geweest. Hij ging nu concreet werk maken van de snackbar. Voorlopig nam hij de hele financiering op zich. Hij wilde niet dat zij zich daar zorgen over moest maken. Hij kende ook iemand die zo'n moderne uitspanning, met de hele inrichting erbij, binnen enkele weken neer kon zetten. Dat ging én sneller, én goedkoper, dan de officiële weg.

'Ik steun je op alle manieren. Werk rustig door.' Bij het weggaan stopte hij Anna een briefje van vijftig toe.

Ze liepen mee tot aan het tuinhek. Hij stapte in. Vanuit het autoraampje vroeg hij naar hun dochter.

Anna schudde onmerkbaar haar hoofd.

'De dag is nog jong, mensen.'

Ze liepen samen terug. In Henks hoofd zeurde een zin uit Thomas à Kempis' *Navolging*: 'Stelt op prinsen geen betrouwen. Wens slechts met God en Zijn engelen gemeenzaam te zijn en vermijd kennismaking met mensen.'

Daar was Ruben.

Hij was eerder van school thuisgekomen en nam hen mee voor een autoritje.

Ze reden naar de rivier. Het vee lag rustig te herkauwen.

Het fijne blad van de meidoornhagen trilde. De stroom tussen de kribben was vertraagd, tegengesteld. Kleine flarden mist dreven vlak boven het water met de stroom mee. Daarin weerspiegelden kleine, roze wolken.

Anna vond dat de blauwe gympen, Rubens verjaarscadeau, Wielheesen goed stonden. 'Jou staat alles goed.'

Ze liepen naar het oude veerhuis, dat dichtgetimmerd was.

Het veer was al lang in onbruik.

Anna zei dat je erger niet kon bedenken.

'Ik heb me vaak voorgesteld: samen in de stad gaan winkelen. Over van alles praten wat mannen niet interesseert. Een leuk jurkje voor haar uitzoeken.'

Ruben bleef tot middernacht bij hen. Ze gingen naar boven.

'Ik,' zei Anna, 'had er juist heel sterk in geloofd. Vierenzestig. Bijna een kroonjaar.'

Henk Wielheesen dacht aan de tijd die ging komen.

Henk Wielheesen spleet hout met een korte bijl. Om zich heen kijkend zocht hij naar zwakke plekken, berekende hoeveel hout hij nodig had voor het werk dat hem voor ogen stond.

Hij timmerde een nieuwe laag planken en latten tegen de wanden en werkte aan de uitbouw waar hij zich in nood zou kunnen verbergen. Zo helder formuleerde hij die gedachte niet, hij voelde wel dat zijn hersenen toch dicht tegen dit denken aanzaten. Instinctief voelde hij zich op een weg van onbereikbaarheid. Niemand zou meer bij hem kunnen komen. Voor altijd zou hij onkwetsbaar zijn. Grote gele vonken schoten in gedachteflitsen door zijn hoofd. Hij zag zich dan als de Verlosser van zichzelf.

'En Maria Magdalena zag de steen afgewenteld en ging het graf binnen en zag de windsels liggen, en was verbaasd.'

Het was in de afgelopen jaren in hem opgekomen om het hele, krotterige bouwwerk radicaal af te breken, tot op de grond toe, en het opnieuw, hoger, gerieflijker, op te bouwen. In dat geval zou alle getimmer van jaren nutteloos zijn geweest.

Toen hij die gedachte opzijschoof dook een heel ander plan op. Het was direct verbonden met een zin die hij Sieje in de palmenkas had horen citeren: 'Gij zult op het verzoendeksel, als offer, het bloed van bokjes sprenkelen.' De Ark des Verbonds was van acaciahout gemaakt.

Dat bezat hij. Hij had een duidelijk doel en begon een eenvoudige kist in elkaar te zetten. Hij timmerde er vier poten onder. Op het deksel tekende hij met het rode timmermanspotlood gestalten van twee engelen, hun gezicht naar elkaar toegekeerd.

Zij riep hem.

Hij hoorde haar wel, maar was te ingespannen met de Ark bezig.

Zij trok de deur open.

'Je geeft geen antwoord. Wat ben je aan het doen?'

'De Ark des Verbonds van de Israëlieten.'

'Waarom, Wielheesen?'

'In de Ark ligt de Wet. God is in de Ark aanwezig. Een gordijn sloot het Heilige van het Allerheiligste af. Jezus stierf aan het kruis en het voorhangsel scheurde in tweeën en het werd duister over de hele aarde, tot aan het negende uur.'

'Laat het straks maar aan Ruben zien. Ik vind het knap van je.'

~

Het mooie weer hield aan.

Anna tikte de lijstjes weg, als binnen in de kamer de klok de tijd. Ze zat in de schaduw die nog warm was. Ze bewoog haar knieën tegen elkaar. Haar benen jeukten. Ze zat er verstrakt en gespannen bij.

Vandaag had Henk Wielheesen niet bij Klugkist gewerkt. In de loop van de dag was hij op de fiets weggegaan. Op het trottoir had hij afvalhout zien liggen, dat hij goed kon gebruiken. Wat paste bij zijn plannen stak hij onder de snelbinders en hij keerde terug naar huis.

Thuis liet hij het hout onder de snelbinders, bleef besluiteloos staan. Henk voelde zijn ogen in hun oogkassen. Ze staken van droogte en waren onrustig.

Hij ging bij Anna zitten.

'Neem het ervan,' zei ze. 'We eten wat later.'

Ze reikte naar het doosje kopspijkers. Hij hield haar hand tegen, pakte die, begon hem heftig te zoenen. Het lijstje in haar andere hand viel uit elkaar op tafel.

Ze probeerde zich rustig los te maken, zonder hem te verstoten. Hij hield haar hand stevig omklemd, likte tussen de magere vingers.

'Het is nu mooi geweest.'

Hij liet los.

'Je hebt nooit tijd voor mij,' vond Henk Wielheesen.

'Je weet dat dat niet waar is. Jij denkt, geloof ik, dat ik de kleine Guusje ben.'

Ze maakte direct excuses. Zo bedoelde ze het niet.

Hij liep naar de fiets, haalde het afvalhout vanonder de snelbinders. Met een arm vol hout kwam hij haar kant op, wees resoluut naar de straat. Een jong echtpaar dat bovenaan woonde, kwam voorbij, een kind aan de hand tussen hen in. De jonge vader riep een, twee, drie en het kind sprong aan de hand van zijn ouders omhoog.

Hij wees.

'Wat wijs je nou?'
'Zo'n gezin had ik gewild.'
'Wat denk je van mij?'

~

Wielheesen voelde dat iets in de lucht hing. Hij kon daar geen woorden voor vinden.

Afvalhout. Noestig, ongeschaafd hout. Alles was bruikbaar. Wielheesen gunde zich geen rust. Het getimmer was luidruchtiger, aanhoudender dan anders. Het werd tot onder aan de straat op de wind meegevoerd. Onder dat lawaai het getik van Anna, die weer op haar oude tempo zat.

Hij bracht een extra laag tegen de wand aan waar hij zwakheid vermoedde. Zijn blik was gespannen. Het kwam er nu op aan.

Hij gaf het haantje een handvol voer. De oude, leren handschoenen die hij aantrok tijdens een gevecht hingen aan een spijker achter de deur. Hij trok ze aan. Hij keek van de geel-zwarte haan naar de Ark met de engelen. Voor een geldig zoenoffer waren druppels bloed vereist.

Hij ging op zijn hurken bij het dier zitten.

Anna vroeg met een zo gewoon mogelijke stem of hij naar buiten kwam. Ze had thee klaarstaan.

'Heer, neem mij op,' bad hij en hij sloot zijn ogen om zijn denken beter te kunnen volgen. Alle getimmer van jaren zou beloond worden. Over de vorm van de beloning had hij nagedacht.

Hij zou geroepen worden.

'Ik kom,' zei hij en hij keek naar de dikke platen multiplex waarmee hij de uitgang had dichtgetimmerd. Tegen het ruitje dat op het plaatsje met de tuintafel keek had hij latten geslagen.

Henk Wielheesen hoorde geruis als van vele watergoten. Hij kon dat lawaai niet thuisbrengen. Het was als het klapwieken van een schare engelen. Hun aanwezigheid kwam hem als vertrouwd voor.

Hij hoorde ook de Mercedes van Joop Ruysch.

Joop liep het pad op. Zijn dikke buik bewoog bij elke stap.

Hij ging bij Anna zitten.

Ze schonk thee voor hem in.

'Henk heb ik ook al voor de thee geroepen.'

'Nee, laat hem daar.'

'Ik heb met Wielheesen te doen,' zei ze. 'Het is daar snikheet. Niet om te harden.'

Ze riep de kant van het hok op: 'Kom er alsjeblieft uit. Je stikt nog eens in die zurige lucht.'

'Nee, laat hem. Het is in dit geval beter dat wij samen zijn.'

'Ik heb hard gewerkt, Joop.'

'Ik neem het spul straks mee. Eerst wat anders, Anna…'

Een licht regentje viel zomaar uit de hemel.

'Wat we krijgen, hoeven we niet te betalen,' merkte Joop Ruysch op, schuin omhoogkijkend. De regen hield op.

'Jij krijgt zo het woord. Mijn man, het gaat niet goed met hem.'

Hij dronk de thee in een grote slok op.

'Daar hebben we het zo over. Geef me een borrel. Ik moet je wat vertellen.'

'Karaf, glaasjes, alles staat klaar. Ik heb nog nooit zoveel lijstjes in een week getimmerd.'

Ze stond op, liep snel naar de keuken, kwam terug met het dienblad.

Ze schonk in en ze klonken.

'Jij, Anna, strijkt een flinke premie op. Je zult direct versteld staan.'

Hij schonk zichzelf opnieuw in, dronk het glas met één teug leeg, ging staan.

'Je bent jezelf moed aan het inschenken?'

'Wie weet! Anna, wat ik je ga vertellen heb ik van horen zeggen. Knoop dat goed in je oren. De kant van de grens kom ik al tijden niet meer op.'

Hij zoog een kers leeg. Zijn blik kreeg het vage, het schaamteloze van de onthulling. Hij had zijn handen in de zakken van zijn stofjas gestoken, behalve de duimen.

'Ik wil geen vervelende dingen horen,' zei Anna. 'Er is hier al genoeg aan de hand.'

'Nogmaals, ik heb het niet uit de eerste hand. Het verhaal gaat dat jullie dochter in een bar, in de grensstreek, werkt.'

De duimen gingen tijdens de onthulling op en neer. De duimen knikten 'ja'. Hun baas vertelde de waarheid.

'Nou en? Ik geloof je niet. Hou daarover op. Je geniet van onze ellende. Die gelegenheid soms waar je Ruben een keer hebt aangetroffen?'

Hij vouwde zijn dikke handen over elkaar en ging weer bij haar zitten.

'Anna, dat werd gesuggereerd. Het was mij onmogelijk het voor me te houden.'

Henk hoorde hem later de dozen met lijstjes inladen. De Mercedes reed de Bergweg af.

Wielheesen trok zijn handschoenen weer uit, hing ze aan de spijker achter de deur. Het beest nam hij in zijn armen. Op dat moment scheen in zijn onderkomen, waarvan toch alle kieren gedicht waren, een helder licht. Een stem, ongewoon zacht en helder, klonk: 'Een nieuwe hemel en een nieuwe aarde zullen komen, de oude zullen voorbijgaan.'

Hij ontwaarde een blinkende gestalte, keek in een geopende hemel, zag niets, tuurde met zijn innerlijk.

'Wielheesen!' riep Anna.

Hoe kon hij nou antwoord geven? Hij was met andere dingen bezig. In zijn borst fladderde een gloeiend heet dier rond. Zijn keel was droog van opwinding.

Halverwege de middag kwam Ruben gehaast het pad op, ging bij Anna zitten.

'Ik kom net uit het dorp. Voor het raam van de lijstenwinkel hangt een bord: 'Gesloten'. Groepjes mensen kijken omhoog naar het huis. Een uur geleden is Joop Ruysch door de politie gearresteerd. Zijn huis zou van onder tot boven volhangen met foto's van naakte en zogende vrouwen. Ook foto's van kinderen... Op zijn huis onder aan de straat en op zijn kartonfabriek in de stad zou beslag zijn gelegd.'

Anna trok bleek weg, keek naar haar spullen op tafel. Vandaag had ze flink wat getikt.

'Wielheesen, hoor je wat Ruben vertelt!'

Hij gaf geen antwoord.

Ze liep naar het hok toe, probeerde de deur open te trekken. Anna rukte aan de deur.

'Ruben, hij heeft zich dichtgetimmerd. Er was vandaag geen land met hem te bezeilen.'

'Henk, zeg wat!' Hij antwoordde niet. 'Het moest eens misgaan.'

Ruben kwam bij haar. Hij sprak zijn broer rustig toe. Hij kreeg geen antwoord.

'Henk!' riep Anna. 'Hij heeft zichzelf wat aangedaan!'

Ruben trapte de deur in. Op het verzoeningsdeksel van de Ark lagen enkele druppeltjes bloed. Van Henk Wielheesen en de haan geen spoor.

'De vogel is gevlogen,' zei Anna.

Het was die dag aanhoudend heet en broeierig. Waar je de zon vermoedde, was de grijze lucht zo licht dat zij doorschijnend was en oneindig leek. Een oneindigheid die tot nadenken stemde.

Voorbijgangers bleven ter hoogte van nummer 17 stilstaan, keken omhoog alsof zich daar iets ging afspelen. Hun blik bleef vooral hangen aan die extra lichte plek waar de zon zich moest bevinden.

Enkelen vertelden later dat ze de Verlosser hadden zien neerdalen. Hij zou immers op een dag op de wolken verschijnen en de volkeren richten. De muren van Jericho zouden scheuren, de doden zouden opstaan uit hun graven. Dit was de Wederkomst, zo vaak aangezegd.

Het licht zweefde over de straat, over de tuinen, over de donkere bossen van conifeer, taxus en blauwe douglasspar.

Daarna overviel de mensen op de Bergweg een lichte schaamte. Ze begonnen over het warme weer dat maar aanhield. De ouderen onder hen herinnerden zich de mooie dag in september 1948 toen de koningin afstand van de troon deed.

Op de straatweg die het dorp met de stad verbond, was geen verkeer.

Het was ver na middernacht.

Op de kamer van Henk Wielheesen, in Insula Dei, brandde alleen een wandlampje. Op het gele prikbord boven zijn bed ansichten, die Ruben had gestuurd, vastgezet met rode punaises. Op de vensterbank het oranje Wilhelminavaasje. Ruben, negenenzeventig jaar, zat aan zijn bed. Over twee dagen zou zijn broer deze leeftijd bereiken.

De deur ging open. De jonge, Surinaamse verpleegster, die net de nachtdienst had overgenomen, kwam binnen. Ze sloeg het dek open, keek naar de voeten van Henk Wielheesen. Ze waren donker en opgezet.

'Het gaat snel,' zei ze tegen Ruben. 'Hij zal de nacht niet halen. Ik kom direct terug.'

Ruben belde naar de receptie.

'Ik heb u de vrouw beschreven. Stuur haar direct door. Nee, belt u mij. Dan kom ik haar halen.'

Henk Wielheesen had zijn ogen gesloten. Zijn oogleden bewogen. Zijn lippen bewogen.

Anna? vroegen zijn lippen.

'Nee, lieve jongen. Anna is al zo lang uit de tijd. Je dochter komt. Ze heeft het beloofd.'

Rubens woorden zakten langzaam door dichte lagen van zijn aangetaste bewustzijn totdat ze bij een heldere plek terechtkwamen. Zijn handen op het dek beefden. Een traan verscheen in de ooghoek. Zijn tenen deden een poging holtes in het onderlaken te graven, als wilde hij er kleine gaten in boren.

De verpleegster kwam weer binnen. Over zijn benen was het donker verder opgekropen.

Ruben hield zijn hand vast. De verpleegster zei: 'Die man, vanaf de eerste dag dat ik hem ontmoette, heeft hij mij ontroerd. Ik weet niet waarom. Misschien het zachtmoedige, het onschuldige.'

Een kleine schok ging door het lichaam van Henk Wielheesen. Nog een kleine schok. Een ademtocht.

Zijn aardse bestaan was voorbij.

De verpleegster vouwde haar handen, drukte zijn ogen dicht.

Daarna condoleerde zij Ruben.

'Hem staat veel moois te wachten.'

Het scherm van Rubens telefoon lichtte op.

De receptie.

De vrouw was gearriveerd.

EPILOOG

Ruben verhuisde naar zijn geboortehuis op nummer 17 van de Bergweg.

Algauw kwam Guusje Wielheesen bij hem inwonen.

Ruben overleefde zijn broer slechts enkele maanden. Hij werd getroffen door een beroerte. Zij verzorgde hem tot zijn dood.

Sinds kort is de voormalige boomkwekerij officieel opengesteld voor het publiek, onder de naam 'Hortus Botanicus Sievez'.

In de palmenkas staan weer agaves, yucca's en rijkbloeiende bougainvillea's. Ook talloze soorten vruchtdragende citrusboompjes, in groene kuipen. Op dit moment staat de agapanthus in volle bloei.

De publieke belangstelling is groot.